Arthur Conan Doyle
Der Hund der Baskervilles

Auf dem Landsitz der Familie Baskerville in Dartmoor stirbt Sir Charles Baskerville unter mysteriösen Umständen. Sir Henry Baskerville, sein Bruder und Erbe, und Dr. Mortimer, der Arzt des Verstorbenen, bitten Sherlock Holmes und seinen Freund Dr. Watson um Hilfe. Holmes erfährt von Mortimer, dass der Arzt am Tatort die Fußspuren eines riesigen Hundes gefunden hat. Noch in London erhält Sir Henry einen anonymen Brief, der ihn vor dem Moor warnt. Holmes schickt Dr. Watson zu Sir Henry nach Baskerville Hall, weil er befürchtet, dass auch dieser von dem Hund angegriffen werden könnte. Auf dem Landsitz passieren seltsame Dinge. Des Öfteren wird Dr. Watson von fürchterlichen Geräuschen aus dem Schlaf gerissen. Aus dem nahe gelegenen Zuchthaus Dartmoor ist ein gefährlicher Serienmörder ausgebrochen, der sich im Sumpf verborgen halten soll. Eines Nachts sieht Dr. Watson ein unheimliches Licht über dem Moor, und als er der Spur folgt, erblickt er auf einem Felsenturm vor dem leuchtenden Hintergrund des Mondes den schwarzen Schattenriss eines Unbekannten.

Arthur Conan Doyle wurde am 22. Mai 1859 in Edinburgh geboren. Er studierte Medizin und eröffnete 1882 eine Arztpraxis. In seiner Freizeit begann er, Geschichten zu schreiben, und veröffentlichte 1887 seine erste Erzählung über den Detektiv Sherlock Holmes und seinen Freund, den Arzt Dr. Watson: *A Study in Scarlet* (dt. *Eine Studie in Scharlachrot*). Mit seinen Detektiverzählungen um Sherlock Holmes, insbesondere dem 1903 erschienenen Roman *The Hound of the Baskervilles* (dt.: *Der Hund der Baskervilles*) erlangte Doyle Weltruhm. Am 7. Juli 1930 starb Doyle in Windlesham an den Folgen eines Herzinfarkts.

Arthur Conan Doyle

Der Hund der Baskervilles

Kriminalroman

Benu Krimi Edition

Bibliografische Information der Deutschen Nationalbibliothek: Die Deutsche Nationalbibliothek verzeichnet diese Publikation in der Deutschen Nationalbibliografie; detaillierte bibliografische Daten sind im Internet über dnb.dnb.de abrufbar.

© 2023, Arthur Conan Doyle
Benu Krimi Edition
www.benu-verlag.de
Benu Krimi Nr. 13
Covermotiv: Sidney Paget (1860-1908)
Herstellung und Verlag:
BoD - Books on Demand, Norderstedt

ISBN 978-3-7431-6275-4

INHALT

1. Mr. Sherlock Holmes — 7
2. Der Fluch der Baskervilles — 15
3. Das Problem — 28
4. Sir Henry Baskerville — 39
5. Drei gerissene Fäden — 53
6. Baskerville Hall — 66
7. Die Stapletons aus Merripit — 78
8. Erster Bericht von Dr. Watson — 95
9. Das Licht auf dem Moor — 104
10. Auszug aus Dr. Watsons Tagebuch — 125
11. Der Mann auf dem Felsturm — 137
12. Tod auf dem Moor — 153
13. Das Netz zieht sich zu — 169
14. Der Hund der Baskervilles — 183
15. Ein Rückblick — 197

Der Roman »Der Hund der Baskervilles« wurde erstmals als Fortsetzungsgeschichte im »Strand Magazine, London« von August 1901 bis April 1902 veröffentlicht. Noch vor Abschluss der Zeitschriftenserie kam im März 1902 die Buchfassung heraus. Die erste deutsche Ausgabe des Romans in der Übersetzung von Heinrich Darnoc erschien im Jahre 1903. Der Text der vorliegenden Ausgabe folgt in sorgfältiger Überarbeitung alten Übersetzungen.

1. Mr. Sherlock Holmes

Mr. Sherlock Holmes, der für gewöhnlich morgens sehr spät aufstand, wenn er nicht – was allerdings nicht selten vorkam – die ganze Nacht aufblieb, saß am Frühstückstisch. Ich stand auf dem Kaminvorleger und nahm den Stock zur Hand, den unser Besucher gestern Abend zurückgelassen hatte. Es war ein schönes, dickes Stück Holz mit einem runden Knauf, ein sogenannter Polizistenknüppel. Gleich unterhalb des Griffs befand sich ein gut zwei Zentimeter breites Silberband, auf welchem die Widmung »Für James Mortimer, M. R. C. S., von seinen Freunden des C. C. H.« eingraviert war, datiert auf das Jahr 1884. Es war so recht ein altmodischer Hausdoktorstock; würdevoll, solide und zuverlässig.

»Nun, Watson, was ersehen Sie daraus?«

Holmes saß mit dem Rücken zu mir und ich hatte mir meine Beschäftigung doch in keiner Weise anmerken lassen.

»Woher wussten Sie, was ich mache? Mir scheint, Sie haben Augen im Hinterkopf!«

»Ich habe zumindest eine gut polierte silberne Kaffeekanne vor mir stehen«, antwortete er. »Doch sagen Sie mir, Watson, was Sie aus dem Spazierstock unseres Besuchers ersehen. Da wir ihn unglücklicherweise verpasst und keine Ahnung hinsichtlich seines Anliegens haben, kommt diesem zufälligen Fundstück große Bedeutung zu. Lassen Sie hören, wie Sie nach der Untersuchung dieses Stockes sich den Mann, dem er gehört, vorstellen.«

»Ich glaube«, sagte ich und versuchte, soweit ich konnte, die Methoden meines Freundes anzuwenden, »dass Dr. Mortimer ein erfolgreicher älterer Arzt mit guter Praxis ist, der von seiner Umgebung sehr geachtet wird, wie man aus einem solchen Zeichen der Wertschätzung schließen kann.«

»Gut«, sagte Holmes, »ausgezeichnet!«

»Außerdem glaube ich, dass er mit hoher Wahrscheinlichkeit ein Landarzt ist, der einen großen Teil seiner Hausbesuche zu Fuß erledigt.«

»Warum?«

»Weil dieser Stock, der ursprünglich sehr elegant war, inzwischen in einem so abgenutzten Zustand ist, dass ich mir kaum einen Arzt in der Stadt damit vorstellen kann. Die dicke Eisenspitze ist ganz abgewetzt, ein offensichtlicher Hinweis darauf, dass er sehr viel damit gelaufen ist.«

»Absolut zutreffend!«, antwortete Holmes.

»Und schließlich dieses ›Freunde des C. C. H.‹; es könnte sich dabei um einen örtlichen Jagdverein handeln, dessen Mitgliedern er ärztliche Hilfe geleistet hat und die ihm als Anerkennung dieses kleine Geschenk überreicht haben.«

»Wirklich, Watson, Sie übertreffen sich selbst«, sagte Holmes, stieß seinen Stuhl zurück und zündete sich eine Zigarette an. »Ich bin geneigt zu sagen, dass Sie in Ihren Berichten über meine kleinen Erfolge Ihre eigenen Fähigkeiten viel zu sehr unterbewertet haben. Es mag sein, dass Sie selbst keine große Leuchte sind, aber Sie können andere erleuchten. Manche Menschen, die selbst kein Genie besitzen, haben die bemerkenswerte Fähigkeit, den Geist anderer anzuregen. Ich gestehe, mein lieber Freund, dass ich tief in Ihrer Schuld stehe.«

Nie zuvor hatte er mich so gelobt, und ich muss zugeben, dass seine Worte mir ungemein Freude bereiteten, denn wie oft hatte es mich gekränkt, dass er meine Bewunderung ebenso gleichgültig aufnahm wie meine Bemühungen, seine Methoden einer breiten Öffentlichkeit zugänglich zu machen. Überdies erfüllte es mich mit Stolz, dass ich seine Methoden offenbar ausreichend beherrschte, um sie in einer Weise anzuwenden, die seine Zustimmung fand.

Er nahm mir den Stock jetzt aus der Hand und untersuchte ihn einige Minuten mit bloßem Auge. Schließlich legte er mit interessierter Miene seine Zigarette beiseite, ging mit dem Stock ans Fenster und betrachtete ihn nochmals durch ein Vergrößerungsglas. »Seltsam, aber wesentlich«, sagte er, nachdem er zu seiner Lieblingsecke auf dem Sofa zurückgekehrt war, »es gibt tatsächlich ein, zwei Hinweise auf diesem Stock, die einige Rückschlüsse zulassen.«

»Ist mir etwas entgangen?«, fragte ich mit einer gewissen Süffisanz.

»Ich bin mir sicher, nichts von Bedeutung übersehen zu haben.«

»Ich fürchte, mein lieber Watson, dass die meisten Ihrer Schlussfolgerungen falsch waren. Als ich sagte, dass Sie mich stimulierten, wollte ich damit offen gestanden zum Ausdruck bringen, dass es Ihre Irrtümer waren, die mich die Wahrheit erkennen ließen. Nicht dass Sie völlig falsch gelegen hätten – der Mann ist sicherlich ein Landarzt, und er geht auch bestimmt viel zu Fuß.«

»Dann hatte ich Recht.«

»Bis hierhin schon.«

»Aber das war alles!«

»Nein, nein, mein lieber Watson, das war nicht alles, wirklich nicht. Beispielsweise bin ich der Ansicht, dass ein solches Geschenk für einen Arzt eher aus einem Krankenhaus als von einem Jagdverein stammt, und wenn Sie den Buchstaben H für Hospital annehmen, könnte das C. C. davor sehr gut ›Charing Cross‹ bedeuten.«

»Da könnten Sie Recht haben.«

»Darin besteht eine hohe Wahrscheinlichkeit ... und wenn wir dies als Arbeitshypothese akzeptieren, haben wir eine neue Ausgangsbasis, um die Gestalt unseres Besuchers zu rekonstruieren.«

»Nun, angenommen, C. C. H. stünde für ›Charing Cross Hospital‹, welche weiteren Folgerungen könnten wir daraus ziehen?«

»Ist das nicht offensichtlich? Sie kennen meine Methoden. Sie müssen sie nur anwenden!«

»Ich kann nur schlussfolgern, was auf der Hand liegt,

nämlich dass der Mann in der Stadt praktiziert hat, bevor er aufs Land gezogen ist.«

»Ich glaube, wir können doch ein wenig mehr wagen. Betrachten Sie ihn unter diesem Aspekt: Bei welcher Gelegenheit würde ein solches Geschenk am ehesten überreicht werden? Wann würden Freunde sich versammeln, um ihrer Wertschätzung dergestalt Ausdruck zu verleihen? Mit aller Wahrscheinlichkeit doch zu dem Zeitpunkt, da sich Dr. Mortimer aus dem Krankenhausdienst verabschiedet, um seine eigene Praxis zu eröffnen. Wir wissen, dass eine feierliche Übergabe stattgefunden hat. Wir glauben, dass ein Wechsel von einem städtischen Krankenhaus zu einer Landpraxis erfolgt ist. Ist es denn dann zu weit hergeholt zu behaupten, dass dieser Wechsel der Anlass zu diesem Geschenk war?«

»Es klingt sogar äußerst wahrscheinlich.«

»Nun werden Sie feststellen, dass er keinesfalls zum festen Stamm des Krankenhauspersonals gehört haben kann, da dies nur ein in London etablierter Arzt könnte – und dieser würde nicht aufs Land ziehen. Was war er dann? Wenn er zwar im Krankenhaus arbeitete, aber nicht zum Personal gehörte, kann er wohl nur Assistenzarzt gewesen sein, kaum mehr als ein Student eines höheren Semesters. Und er ist vor fünf Jahren gegangen, wie das Datum auf dem Stock uns zeigt. So löst sich also Ihr gravitätischer Hausarzt mittleren Alters in Luft auf, mein lieber Watson, und hervor kommt ein junger Mann unter dreißig, liebenswürdig, ohne Ehrgeiz, zerstreut und Besitzer eines Hundes, den ich grob als größer als ein Terrier und kleiner als eine Bulldogge schätzen würde.«

Ich lachte ungläubig, während Sherlock Holmes sich in sein Sofa zurücklehnte und kleine, wellenartige Ringe aus Rauch gegen die Zimmerdecke blies.

»Was den letzten Teil anbelangt, so sehe ich mich außer Stande, dies nachzuprüfen«, sagte ich, »doch ansonsten ist es nicht schwierig, einige Einzelheiten über das Alter des Mannes und seine berufliche Laufbahn in Erfahrung zu bringen.«Ich nahm das Medizinische Handbuch aus meinem Bücherschrank und schlug die Seite mit seinem Namen auf. Es gab mehrere Mortimers, jedoch nur einen, der auf unseren Besucher passte. Ich las den entsprechenden Eintrag vor: »Mortimer, James, M. R. C. S., 1882, Grimpen, Dartmoor, Devon. Assistenzarzt am Charing Cross Hospital von 1882 bis 1884. Gewinner des Jackson-Preises für vergleichende Pathologie mit der Studie ›Ist Krankheit ein Atavismus?‹. Korrespondierendes Mitglied der Schwedischen Pathologischen Gesellschaft. Verfasser von ›Einige Launen des Atavismus‹ (Lancet 1882), ›Machen wir Fortschritte?‹ (Zeitschrift für Psychologie, März 1883). Amtsarzt in den Gemeinden Grimpen, Thorsley und High Barrow.«

»Keine Erwähnung dieses örtlichen Jagdvereins, Watson«, sagte Holmes mit boshaftem Lächeln, »aber ein Landarzt, wie Sie äußerst scharfsinnig erkannt haben. Meiner Ansicht nach sind meine Schlussfolgerungen im Großen und Ganzen bestätigt. Was seinen Charakter anbelangt, so bezeichnete ich ihn, wenn ich mich recht entsinne, als liebenswürdig, ohne Ehrgeiz und zerstreut. Es ist meine Erfahrung, dass in dieser Welt nur liebenswürdige Menschen solch anerkennende Geschenke erhalten; nur jemand ohne Ehrgeiz lässt die Aussicht auf eine Londoner Karriere fahren und begibt sich aufs Land, und nur ein zerstreuter Mensch lässt seinen Spazierstock anstelle seiner Visitenkarte zurück, nachdem er eine Stunde vergeblich in Ihrer Wohnung auf Sie gewartet hat.«

»Und der Hund?«

»Hat die Angewohnheit, seinem Herrn den Stock hinterher zu tragen. Da der Stock recht schwer ist, hielt der Hund ihn in der Mitte, wo die Abdrücke seiner Zähne deutlich zu erkennen sind. Angesichts des Abstands zwischen den Abdrücken erscheint mir sein Kiefer zu breit für einen Terrier, aber nicht breit genug für eine Bulldogge. Es könnte vielleicht ... natürlich, bei Jupiter, es ist ein kraushaariger Spaniel!« Während er sprach, war er aufgestanden und im Zimmer auf und ab gegangen. Nun blieb er in der Fensternische stehen. In seiner Stimme lag ein solcher Ausdruck von Überzeugung, dass ich überrascht aufblickte.

»Mein lieber Freund, wie um alles in der Welt können Sie sich da so sicher sein?«

»Aus dem einfachen Grund, weil ich den Hund vor unserer Haustüre sehe – und da klingelt auch schon sein Besitzer. – Bleiben Sie da, Watson, ich bitte Sie. Er ist schließlich ein Kollege von Ihnen und Ihre Anwesenheit könnte hilfreich sein. Das ist jetzt der dramatische Augenblick des Schicksals, Watson, da Sie einen Schritt auf der Treppe hören, im Begriff, in Ihr Leben zu treten, und Sie haben keine Ahnung, ob es sich zum Guten oder zum Bösen wenden wird. Was wird wohl Dr. James Mortimer, der Mann der Wissenschaft, von Sherlock Holmes, dem Experten für Verbrechen, wollen? Treten Sie ein!«

Die Erscheinung unseres Besuchers war eine Überraschung für mich, denn ich hatte einen typischen Landarzt erwartet. Er war ein recht großer, dünner Mann mit einer langen, fast schnabelartigen Nase, die zwischen zwei scharf blickenden grauen Augen hervorragte, welche eng beisammen standen und hinter goldgefassten Brillengläsern hell funkelten. Seine Kleidung war zwar einem Arzt gemäß, doch wirkte sie vernachlässigt, denn sein Rock war leicht schmuddelig und seine Hose abgenutzt. Obwohl er noch jung war, hatte er eine gebeugte Haltung, schob beim Laufen den Kopf vor sich her und vermittelte den Eindruck aufmerksamen Wohlwollens.

Als er das Zimmer betrat, erblickte er den Stock in den Händen meines Freundes und schoss mit erfreutem Ausruf darauf zu. »Ich bin so froh«, sagte er, »ich war nicht sicher,

ob ich ihn hier oder im Reedereibüro vergessen hatte. Um nichts in der Welt möchte ich diesen Stock verlieren!«
»Ein Geschenk, wie ich sehe«, sagte Holmes.
»So ist es.«
»Vom Charing Cross Hospital?«
»Von ein paar Freunden dort, anlässlich meiner Hochzeit.«
»Oh, oh, das ist nicht gut!«, sagte Holmes und schüttelte seinen Kopf.
Dr. Mortimer schaute leicht verwundert durch seine Brille. »Was ist daran nicht gut?«
»Ach, Sie haben nur unsere hübschen Schlussfolgerungen durcheinander gebracht. Ihre Hochzeit, sagen Sie?«
»Ja, ich habe geheiratet und daher die Arbeit im Krankenhaus aufgegeben, um mich selbstständig zu machen.«
»Na, dann haben wir uns doch nicht allzu sehr geirrt«, sagte Holmes. »Und nun, Dr. James Mortimer ...«
»Mr. Mortimer, einfach Mr. – einfaches Mitglied der Medizinischen Akademie.«
»Und jemand, der die Dinge offenbar genau nimmt.«
»Ein dilettierender Wissenschaftler, Mr. Holmes, ein Muschelsammler am Strand des großen, unbekannten Meeres. Ich nehme doch an, dass ich das Vergnügen mit Mr. Holmes habe?«
»Ja, und dies ist mein Freund Dr. Watson.«
»Sehr erfreut, Sie kennen zu lernen. Ich habe schon von Ihnen im Zusammenhang mit Ihrem Freund gehört. Sie interessieren mich sehr, Mr. Holmes. Ich hatte kaum einen solch dolichozephalischen Schädel erwartet, der so ausgeprägt supra-orbital entwickelt ist. Hätten Sie etwas dagegen, wenn ich einmal mit dem Finger über Ihre parietale Fissur fahre? Ein Abguss Ihres Schädels, Mr. Holmes, wäre – zumindest bis das Original zu haben ist – eine Zierde für jedes anthropologische Museum. Ich will nicht ins Schwärmen geraten, aber ich muss gestehen, dass mich Ihr Schädel fasziniert.«

Sherlock Holmes bot unserem merkwürdigen Gast einen Stuhl an. »Wie ich sehe, sind Sie auf Ihrem Fachgebiet ein ebensolcher Enthusiast wie ich auf dem meinen«, sagte er. »Aus Ihrem Zeigefinger schließe ich, dass Sie ihre Zigaretten selbst drehen. Haben Sie keine Hemmungen zu rauchen, wenn Ihnen danach ist.«

Mr. Mortimer zog Tabak und Papier hervor und drehte sich mit überraschender Geschicklichkeit eine Zigarette. Seine langen, zittrigen Finger wirkten so flink und ruhelos wie die Fühler eines Insekts.

Holmes blieb still, aber seine kurzen, aufmerksamen Blicke verrieten mir sein Interesse an unserem seltsamen Besucher. »Ich vermute«, sagte er schließlich, »Sie haben mir nicht sowohl gestern Abend als auch heute ein weiteres Mal die Ehre Ihres Besuches erwiesen, nur um meinen Schädel zu untersuchen?«

»Nein, Mr. Holmes, obwohl ich wirklich erfreut bin, dazu Gelegenheit gehabt zu haben. Ich komme zu Ihnen, weil mir bewusst geworden ist, dass ich selbst kein sonderlich praktischer Mensch bin und mich plötzlich mit einem äußerst ernsten und ungewöhnlichen Problem konfrontiert sehe. Und da Sie, soweit ich weiß, der zweitbeste Fachmann in Europa ...«

»Tatsächlich? Darf ich fragen, wer die Ehre hat, die Nummer Eins zu sein?«, fragte Holmes mit einem Anflug von Schroffheit.

»Einem Mann von exaktem wissenschaftlichen Verstand muss das Werk von Monsieur Bertillon unvergleichlich erscheinen.«

»Hätten Sie dann nicht besser ihn um Rat gefragt?«

»Von exaktem wissenschaftlichen Verstand, sagte ich. Was praktische Angelegenheiten anbelangt, so sind Sie zweifellos der konkurrenzlos Beste. Ich hoffe, Mr. Holmes, ich habe Sie nicht versehentlich ...«

»Es geht«, sagte Holmes. »Ich glaube, Dr. Mortimer, es

wäre angebracht, wenn Sie nunmehr so freundlich wären und ohne weitere Umschweife berichteten, welcher genauen Art das Problem ist, bei welchem Sie meine Hilfe erbitten.«

2. Der Fluch der Baskervilles

»Ich habe ein Manuskript in meiner Tasche«, sagte Dr. James Mortimer.
»Ich bemerkte es, als Sie den Raum betraten«, antwortete Holmes.
»Es ist ein altes Manuskript.«
»Aus dem frühen 18. Jahrhundert, falls es sich nicht um eine Fälschung handelt.«
»Wie können Sie das so bestimmt sagen?«
»Während Sie mit mir gesprochen haben, konnte ich genug davon sehen, um es näher zu untersuchen. Nur ein armseliger Fachmann wäre nicht in der Lage, ein Dokument auf wenigstens ein Jahrzehnt genau zu datieren. Vielleicht haben Sie meine kleine Abhandlung zu diesem Thema gelesen. Ich schätze dieses auf 1730.«
»Die genaue Jahreszahl ist 1742.«
Dr. Mortimer zog das Manuskript aus der Brusttasche hervor. »Dieses Familiendokument wurde mir durch Sir Charles Baskerville anvertraut, dessen plötzlicher und tragischer Tod vor gut drei Monaten ganz Devonshire in Aufregung versetzt hat. Ich darf wohl sagen, dass ich ebenso sehr sein persönlicher Freund wie sein Arzt gewesen bin. Er war ein willensstarker und scharfsinniger Mann, praktisch veranlagt und mit genauso wenig Einbildungskraft versehen wie ich selbst. Dennoch nahm er dieses Schriftstück sehr ernst und war innerlich auf eben ein solches Ende vorbereitet, wie es ihn schließlich ereilt hat.«
Holmes streckte seine Hand nach dem Manuskript aus und breitete es auf seinem Knie aus.

»Sie werden bemerken, Watson, dass das lange und das kurze S hier abwechselnd gebraucht wurden. Das ist einer von mehreren Hinweisen, die es mir ermöglichten, das Alter zu bestimmen.«

Ich schaute über seine Schulter auf das vergilbte Dokument und die verblasste Schrift. Der Kopf des Manuskripts lautete »Baskerville Hall« und darunter stand in breiten, krakeligen Ziffern »1742«.

»Es scheint eine Art Aussage oder Erklärung zu sein.«

»Ja, es erzählt von einer Legende, die in der Familie Baskerville überliefert wird.«

»Aber ich gehe davon aus, dass es sich um etwas Aktuelleres und Handfesteres handelt, weswegen Sie mich aufgesucht haben?«

»Hochaktuell. Eine äußerst handfeste, dringende Angelegenheit, die innerhalb von 24 Stunden entschieden werden muss. Doch das Manuskript ist kurz und auf engste Weise mit der Angelegenheit verwoben. Wenn Sie gestatten, werde ich es Ihnen vorlesen.«

Holmes lehnte sich in seinen Stuhl zurück, drückte seine Fingerspitzen gegeneinander und schloss mit einem Anflug von Resignation seine Augen. Dr. Mortimer drehte die Handschrift näher zum Licht und begann mit hoher, gebrochener Stimme die folgende seltsame, altmodische Erzählung vorzulesen:

»Vom Ursprung des Hundes der Baskervilles gibt es viele Versionen, doch da ich in direkter Linie von Hugo Baskerville abstamme und die Geschichte von meinem Vater erzählt bekam, der sie wiederum von seinem Vater erfahren hatte, schreibe ich sie hier nieder in dem festen Glauben, dass sie sich genau so zugetragen hat. Und ich bitte euch, meine Söhne, daran zu glauben, dass dieselbe Gerechtigkeit, die unsere Sünden bestraft, diese auch gnadenvoll vergeben kann, und dass kein Fluch so schwer wiegt, dass er nicht durch Gebete und Reue aufgehoben werden kann. Lernt also aus dieser Erzählung, nicht die Früchte der Vergangenheit zu fürchten, sondern voller Umsicht die Zukunft zu gestalten, auf dass jene üblen Leiden, die unserer Familie so entsetzlich zugesetzt haben, nicht zu unsrem Ruin erneut entfesselt werden. Wisset also, dass in der Zeit der Großen Revolution (deren Geschichte des hochgelehrten Lord Clarendon zu lesen ich euch nachdrücklich empfehle) das Landgut der Baskervilles von Herrn Hugo des gleichen Namens geführt wurde, der als äußerst wilder und gottloser Mann verrufen war. Seine Nachbarn hätten ihm solches Verhalten sicherlich verziehen, da jene Gegend noch nie einen Heiligen hervorgebracht hatte, doch waren ihm solcher Mutwille und grausamer Humor zu Eigen, dass sein Name im ganzen Westen einen furchtbaren Klang besaß.

Nun begab es sich, dass jener Hugo zu der Tochter eines freien Bauern, der nahe dem Schloss der Baskervilles Land besaß, in Liebe entflammte (wenn man denn tatsächlich eine so dunkle Leidenschaft mit einem so strahlenden Wort bezeichnen kann). Doch die wohlerzogene und auf ihren Ruf bedachte junge Frau mied ihn, da sie seinen bösen Namen fürchtete. So geschah es denn eines Tages an Michaelis, dass jener Hugo, um die Abwesenheit des Vater und ihrer Brüder wissend, zusammen mit fünf oder sechs seiner boshaften Gefährten sich auf den Bauernhof schlich und das junge Mädchen entführte. Zurück in Baskerville Hall wurde sie in ein Zimmer der oberen Stockwerke verbracht, während Hugo und seine Freunde zu einem langen Gelage niedersaßen, wie es ihre allabendliche Gewohnheit war. Dem armen Mädchen vergingen die Sinne, als sie die Gesänge, das Geschrei und die schrecklichen Flüche mitanhören musste, die von unten zu ihr heraufdrangen, denn man sagte von Hugo Baskerville, dass seine Worte, wenn er getrunken hatte, dazu angetan waren, ihn in Ewigkeit zu verdammen. Schließlich wurde ihre Angst so groß, dass sie tat, wovor die tapfersten Männer wohl zurückgeschreckt wären; denn mit Hilfe des Efeubewuchses, der damals (und selbst heute noch) die südliche Hauswand bedeckte, kletterte sie unterhalb des Dachvorsprungs hinab und lief zu Fuß durch das Moor; es waren drei Meilen von Baskerville Hall bis zu ihres Vaters Haus.

Der Zufall wollte es, dass Hugo kurze Zeit später seine Gäste verließ, um seiner Gefangenen Essen und Trinken zu bringen, sofern ihm der Sinn nicht nach Üblerem stand, und dabei den Käfig leer und den Vogel ausgeflogen vorfand. Da schien ihn der Teufel zu befallen, so raste er die Treppen hinunter in den Speisesaal, sprang auf die große Tafel, dass Krüge und Teller umherflogen, und rief vor seinen Gefährten laut aus, er wolle noch in dieser Nacht Leib und Seele den Mächten des Bösen verschreiben, wenn er das Frauenzimmer nur zurückholen könne. Und während die Gäste von dem Zorn dieses Mannes wie versteinert waren, schrie einer von ihnen, noch bösartiger oder vielleicht betrunkener als der Rest, sie sollten die Hunde auf ihre Fährte hetzen, woraufhin Hugo aus dem Haus lief und den Reitknechten befahl, seine Stute zu satteln und das Rudel loszubinden. Er gab den Hunden des Mädchens Halstuch, so dass sie Witterung aufnehmen konnten, und sie jagten mit lautem Gebell im Mondschein über das Moor.

Eine Weile standen die Gäste wie angewurzelt da, unfähig zu begreifen, was sich mit solcher Schnelligkeit abgespielt hatte. Doch alsbald kamen sie wieder zu sich und begriffen langsam, was da im Moor vor sich ging. Alles war nun in Aufruhr, einige riefen nach ihren Waffen, andere nach ihren Pferden, andere nach mehr Wein. Aber schließlich kehrte der Verstand in ihre wirren Köpfe zurück und alle zusammen, dreizehn an der Zahl, sprangen auf ihre Pferde und nahmen die Verfolgung auf.

Hell beschien sie der Mond, und sie ritten rasch Seite an Seite den Weg entlang, den das Mädchen auf dem Weg nach Hause genommen haben musste. Sie waren ein oder zwei Meilen weit gekommen, als sie an einem der Schäfer vorbei ritten, die nachts die Herden auf dem Moorhüteten, und sie fragten ihn, ob er Reiter und Hunde gesehen habe. Die Legende beschreibt, dass der Mann so verrückt vor Angst war, dass er kaum sprechen konnte, aber schließlich tat er kund, das unglückliche Mädchen gesehen zu haben, die Hunde auf ihren Fersen. ›Doch sah ich mehr als das‹, sagte er, ›denn Hugo Baskerville ritt auf seiner schwarzen Stute an mir vorüber, und stumm hinter ihm her jagte ein Höllenhund, wie ihn Gott niemals auf mich hetzen möge.‹ Die betrunkenen Junker verfluchten den Schäfer und ritten weiter. Bald jedoch lief es ihnen kalt den Rücken hinunter, denn sie hörten ein Galoppieren über das Moor, und die schwarze Stute, mit weißem Schaum bedeckt, kam zurück mit schleifenden Zügeln und leerem Sattel. Die Reiter drängten sich dichter aneinander, denn große Furcht stieg in ihnen auf, doch noch immer setzten sie ihren Weg über das Moor fort, auch wenn jeder von ihnen, wäre er alleine gewesen, sofort umgekehrt wäre. Langsamer reitend als zuvor gelangten sie schließlich bei den Hunden an. Diese, obwohl für ihre Rasse und ihren Mut berühmt, saßen winselnd auf einem Haufen am Rande einer tiefen Senke im Moor; einige schlichen sich davon, andere starrten mit gesträubtem Nackenfell und stierem Blick in das enge Tal, das sich vor ihnen ausbreitete. So hatte die Gruppe also angehalten, und wie zu vermuten waren die Männer weitaus nüchterner als zum Zeitpunkt ihres Aufbruchs. Die meisten von ihnen waren durch nichts zu bewegen weiterzureiten, doch die drei Wagemutigsten oder vielleicht Betrunkensten ritten in das enge Tal hinab. Unten weitete es sich zu einer breiten Ebene, auf welcher zwei jener großen Steine standen, die einst von längst vergessenen Menschen dort aufgerichtet wurden und heute noch dort stehen. Hell erleuchtete der Mond die Lichtung, und in ihrer Mitte lag das unglückliche Mädchen dort, wo sie vor Erschöpfung und Angst tot zusammengebrochen war.

Jedoch war es weder der Anblick ihres Leichnams noch der neben ihr liegenden Leiche von Hugo Baskerville, der den drei draufgängerischen Wüstlingen die Haare zu Berge stehen ließ: Über Hugo gebeugt, seine Kehle zerfleischend, stand ein grausiges Untier, eine große, schwarze Bestie, von der Gestalt eines Hundes, doch größer als jeder Hund, den je ein menschliches Auge erblickt hat. Und während sie es anstarrten, zerfetzte das Untier ungerührt Hugo Baskervilles Kehle; als es ihnen schließlich seine glühenden Augen und tropfenden Lefzen zuwandte, schrien sie vor Entsetzen laut auf und ritten um ihr Leben davon. Einer von ihnen, so heißt es, starb noch in derselben Nacht vor Grauen, die beiden anderen jedoch waren den Rest ihrer Tage gebrochene Männer.

Dieses ist, meine Söhne, die Geschichte von der Herkunft des Hundes, von dem es heißt, dass er seither unsere Familie so grimmig verfolgt hat. Ich habe sie niedergeschrieben, weil etwas Bekanntes weniger Grauen einflößt als etwas, das einem nur mit Winken und Andeutungen vorgetragen wird. Es lässt sich freilich nicht leugnen, dass viele Mitglieder unserer Familie eines unseligen Todes gestorben sind, auf plötzliche, blutige und geheimnisumwitterte Weise. Doch mögen wir uns ruhig der unendlichen Güte der Vorsehung anvertrauen, die nicht auf ewig Unschuldige über die dritte oder vierte Generation hinaus bestraft, wie es in der Heiligen Schrift angedroht wird. Dieser Vorsehung empfehle ich euch daher, meine Söhne, und rate euch, aus Vorsicht dem Moor fern zu bleiben in jenen dunklen Stunden, da die Mächte des Bösen sich erheben.

Dies von Hugo Baskerville an seine Söhne Rodger und John mit der Anweisung, hiervon nichts ihrer Schwester Elizabeth zu berichten.«

Nachdem Dr. Mortimer diese seltsame Erzählung zu Ende gelesen hatte, schob er seine Brille auf die Stirn und blickte zu Sherlock Holmes hinüber. Dieser gähnte und warf seinen Zigarettenstummel in das Kaminfeuer.

»Nun?«, sagte er.

»Finden Sie das nicht interessant?«

»Für einen Märchensammler ...«

Dr. Mortimer zog eine zusammengefaltete Zeitung aus seiner Tasche.

»Nun gut, Mr. Holmes, dann werde ich Ihnen jetzt etwas Aktuelleres vorlegen. Dies hier ist der ›Devon County Chronicle‹ vom 14. Mai dieses Jahres. Darin findet sich ein kurzer Artikel über die Umstände des Todes von Sir Charles Baskerville, der ein paar Tage zuvor eingetreten ist.«

Mein Freund beugte sich etwas vor und der Ausdruck auf seinem Gesicht wurde etwas erwartungsvoller. Unser Besucher rückte seine Brille zurecht und las:

»Der kürzliche, überraschende Tod von Sir Charles Baskerville, der als Kandidat der liberalen Partei für die bevorstehende Wahl in Mittel-Devon im Gespräch war, hat einen Schatten auf die Grafschaft geworfen. Obwohl Sir Charles erst kurze Zeit in Baskerville Hall residierte, so haben sein liebenswürdiger Charakter und seine äußerste Großzügigkeit die Zuneigung und Anerkennung aller gewonnen, die mit ihm in Berührung kamen. In dieser Ära der Neureichen ist es erfreulich, noch Fälle wie diesen zu erleben, wo der Spross eines alten Geschlechts dieser Grafschaft, einstmals ins Unglück gestürzt, sein eigenes Vermögen erworben und hierhergebracht hat, wo er den früheren Stand seiner Familie wiederherstellen konnte. Wie bekannt hat Sir Charles durch Spekulationen in Südafrika erhebliche Summen gewinnen können. Klüger als jene, die nicht aufhören können, bis das Glück sich wieder gegen sie wendet, zog er seine Gelder rechtzeitig ab und kehrte nach England zurück. Vor zwei Jahren erst bezog er Baskerville Hall und es ist allgemein bekannt, welches Ausmaß seine Pläne hinsichtlich

Wiederaufbau und Erweiterung seines Stammsitzes hatten, deren Verwirklichung jetzt durch seinen Tod unterbrochen worden ist. Da er selbst keine Kinder hat, war es sein offen erklärter Wunsch, dass die gesamte Grafschaft zu seinen Lebzeiten von seinem Vermögen profitieren solle, und viele Bürger werden daher Grund haben, sein vorzeitiges Ende zu beklagen. Seine großzügigen Schenkungen zu örtlichen und grafschaftlichen Wohlfahrtszwecken wurden in dieser Zeitung schon häufig erwähnt.

Die mit dem Tode von Sir Charles verbundenen Umstände können nicht als durch die Untersuchung völlig geklärt bezeichnet werden, doch wurde letzten Endes genug festgestellt, um den Gerüchten entgegenzutreten, die örtlichem Aberglauben entsprungen sind. Es gibt keinerlei Anlass, unnatürliche oder gar übernatürliche Ursachen zu vermuten. Sir Charles war Witwer und ein Mann, von dem es hieß, er habe eine gewisse exzentrische Art. Trotz seines beträchtlichen Vermögens führte er ein eher einfaches Leben, und seine Dienerschaft in Baskerville Hall bestand lediglich aus einem Ehepaar namens Barrymore; der Mann diente als Butler und die Frau als Haushälterin. Ihre Aussage, die von mehreren Freunden bestätigt wurde, weist darauf hin, dass die Gesundheit von Sir Charles sich seit längerem verschlechtert habe; vor allem ein Herzleiden machte sich durch Veränderungen der Gesichtsfarbe, Atembeschwerden und plötzliche Anfälle nervöser Depression bemerkbar. Dr. James Mortimer, der Freund und Hausarzt des Verstorbenen, konnte dies ebenfalls bezeugen. Die Tatsachen in diesem Fall sind einfach. Sir Charles Baskerville hatte die Angewohnheit, jeden Abend vor dem Schlafengehen einen Spaziergang durch die berühmte Eibenallee von Baskerville Hall zu machen. Die Aussage der Barrymores bezeugt diese Gewohnheit.

Am 4. Mai erklärte Sir Charles, dass er beabsichtige, am folgenden Tag nach London zu fahren, und ordnete an, Barrymore solle seine Koffer packen. Wie üblich unternahm er auch an diesem Abend seinen nächtlichen Spaziergang, bei welchem er wie gewöhnlich eine Zigarre rauchte. Er kam jedoch nicht zurück. Als Barrymore um Mitternacht die Haustür immer noch unverschlossen vorfand, geriet er in Sorge und machte sich mit einer Laterne auf die Suche nach seinem Herrn. Es war ein regnerischer Tag gewesen, so dass man den Fußspuren von Sir Charles auf der Allee leicht folgen konnte. Auf halber Strecke befindet sich ein Tor, welches hinaus aufs Moor führt. Es gab Anzeichen dafür, dass Sir Charles dort einen Moment verweilte. Dann setzte er seinen Weg die Allee hinunter fort bis zum äußersten Ende, wo seine Leiche entdeckt wurde. Ein Umstand, der noch der Aufklärung bedarf, ist die Aussage von Barrymore, dass die Fußspuren seines Herrn sich verändert hatten seit dem Moment, da er am Tor zum Moor verweilt hatte, und dass es von da an so aussah, als sei er auf Zehenspitzen gegangen. Ein gewisser Murphy, ein Zigeuner, der mit Pferden handelt, hielt sich zu diesem Zeitpunkt nicht weit entfernt auf dem Moor auf, scheint jedoch nach eigener Aussage ziemlich betrunken gewesen zu sein. Er behauptet, Schreie gehört zu haben, aber es ist ihm unmöglich anzugeben, aus welcher Richtung sie kamen. Man hat auch keinerlei Anzeichen von Gewalt an Sir Charles' Körper entdecken können, und obwohl nach Aussage von Dr. Mortimer sein Gesicht auf kaum glaubliche Weise verzerrt war – so sehr, dass der Arzt sich zunächst weigerte zu glauben, dass es sich tatsächlich um seinen Freund und Patienten handelte –, erklärt sich dies aus der Tatsache, dass ein solches Symptom in Fällen von Atemnot und Tod durch Herzanfall nicht ungewöhnlich sei. Dieser Befund wurde durch die Autopsie bestätigt, die eine schon länger zurückreichende organische Erkrankung belegte, so dass auch der offizielle Spruch an einer natürlichen Todesursache festhielt. Man kann damit zufrieden sein, denn es ist außerordentlich wichtig, dass der

Erbe von Sir Charles sich in Baskerville Hall niederlässt, um das gute Werk seines Vorgängers fortzusetzen, das auf so traurige Weise unterbrochen wurde. Hätte das prosaische Resultat des Leichenbeschauers den romantischen Legenden, die im Zusammenhang mit der Affäre wieder auftauchten, nicht endlich ein Ende gesetzt, so wäre es sicherlich schwierig geworden, jemanden zu finden, der Baskerville Hall bewirtschaftet. Soweit bekannt ist der nächste Verwandte Mr. Henry Baskerville, der Sohn von Sir Charles Baskervilles jüngerem Bruder, sofern er noch lebt. Er soll sich zuletzt in Amerika aufgehalten haben, und Nachforschungen mit dem Ziel, ihn von seiner Erbschaft zu unterrichten, sind bereits im Gange.«

Dr. Mortimer faltete die Zeitung wieder zusammen und steckte sie in seine Tasche zurück. »Dies sind die öffentlich bekannten Tatsachen, Mr. Holmes, die in Zusammenhang stehen mit dem Tod von Sir Charles Baskerville.«

»Ich darf Ihnen dafür danken«, sagte Sherlock Holmes, »dass Sie meine Aufmerksamkeit auf einen Fall gelenkt haben, der wohl einige interessante Aspekte aufweist. Ich las kürzlich einige Zeitungsartikel darüber, aber ich war überaus in Anspruch genommen durch jenen kleinen Fall der vatikanischen Kameen, und in meinem Eifer, dem Papst dienlich zu sein, habe ich einige interessante englische Fälle aus den Augen verloren. Dieser Artikel, sagten Sie, enthält alle öffentlich bekannten Tatsachen?«

»So ist es.«

»Dann berichten Sie mir doch über die nicht öffentlichen.«

Er lehnte sich zurück und presste mit unbewegter Miene und dem Ausdruck ungeteilter Aufmerksamkeit seine Fingerspitzen gegeneinander.

»Wenn ich dies tue«, sagte Dr. Mortimer, der nun aufgeregter wirkte, »erzähle ich Ihnen Dinge, die ich sonst niemandem erzählt habe. Der Grund, warum ich dies vor dem Leichenbeschauer nicht erwähnt habe, liegt darin, dass ein

Mann der Wissenschaft sich wohl kaum öffentlich dem Ruf aussetzen würde, einem volkstümlichen Aberglauben Vorschub zu leisten. Ein weiterer Grund, wie es die Zeitung beschreibt, liegt darin, dass wohl kaum jemand Baskerville Hall bewohnte, wenn irgendetwas bekannt würde, dass den ohnehin schon recht schlechten Ruf des Hauses noch verschlimmerte. Diese beiden Gründe veranlassten mich zu glauben, dass es gerechtfertigt sei, eher weniger auszusagen, als ich weiß, da ohnehin kein praktischer Nutzen daraus zu ziehen wäre, doch gibt es keinen Grund für mich, mit Ihnen nicht völlig offen zu sprechen.

Das Moor ist recht dünn besiedelt, daher sind die Anlieger sehr aufeinander angewiesen. Aus diesem Grund sah ich Sir Charles Baskerville recht häufig. Abgesehen von Mr. Frankland aus Lafter Hall und Mr. Stapleton, dem Naturforscher, gibt es keine kultivierten Menschen im Umkreis von vielen Kilometern. Sir Charles lebte zwar sehr zurückgezogen, aber der Umstand seiner Krankheit brachte uns zusammen und gemeinsame wissenschaftliche Neigungen ließen eine engere Beziehung entstehen. Von Südafrika hatte er eine Menge wissenschaftlicher Kenntnisse mitgebracht, und wir verbrachten manch angenehmen Abend damit, über die vergleichende Anatomie des Buschmanns und des Hottentotten zu diskutieren.

Während der letzten Monate wurde es für mich immer offensichtlicher, dass Sir Charles nervlich am Rande des Zusammenbruchs stand. Er hatte sich die Legende, welche ich Ihnen vorgelesen habe, sehr zu Herzen genommen – so sehr, dass nichts auf der Welt ihn dazu gebracht hätte, des Nachts auf das Moor hinauszugehen, obwohl er auf seinem eigenen Boden viel spazieren ging. Es mag ihnen unglaublich erscheinen, Mr. Holmes, doch er war ernsthaft davon überzeugt, dass ein furchtbares Schicksal seine Familie bedrohte, und die Berichte seiner Vorfahren waren alles andere als ermutigend. Die Vorstellung entsetzlicher Gespenster suchte ihn heim, und mehr als einmal fragte er mich, ob ich während meiner ärztlichen Tätigkeit nachts jemals eine seltsame Kreatur gesehen oder das Bellen eines Hundes gehört hätte. Die letzte Frage stellte er mir immer wieder mit einer Stimme, die vor Aufregung bebte.

Ich erinnere mich gut, wie ich eines Abends, etwa drei Wochen vor seinem Tod, zu seinem Haus fuhr. Er stand vor seiner Haustür. Ich stieg aus meinem Einspänner und stand direkt vor ihm, als ich bemerkte, dass seine Augen über meine Schultern hinweg mit dem Ausdruck fürchterlichsten Entsetzens in die Dunkelheit starrten. Ich fuhr herum und hatte gerade genug Zeit, den Anblick von etwas am Ende der Auffahrt zu erhaschen, das mir wie ein großes, schwarzes Kalb vorkam. Sir Charles war dermaßen erregt und entsetzt, dass ich es für angebracht hielt, zu der Stelle zu gehen, an welcher sich das Tier befunden hatte, und nach ihm Ausschau zu halten. Es war jedoch fort, und der ganze Vorfall schien auf den seelischen Zustand von Sir Charles eine schlimme Wirkung zu haben. Ich blieb den ganzen Abend über bei ihm, und bei dieser Gelegenheit vertraute er mir, um seine Erregung begreiflich zu machen, die Niederschrift der Geschichte an, die ich Ihnen vorgelesen habe. Ich erwähne diese kurze Episode, weil sie angesichts der Tragödie, die folgen sollte, eine gewisse Bedeutung erlangt hat, doch damals war ich davon überzeugt, dass die ganze Angelegenheit völlig belanglos war und für seine Aufregung keinerlei Anlass bestand.

Auf meinen Rat hin wollte Sir Charles sich nach London begeben. Sein Herz war, wie ich wusste, angegriffen, und der Zustand permanenter Angst, in welchem er lebte, verschlechterte offensichtlich seine Gesundheit, auch wenn für diese Angst keinerlei Grund bestand. Ich war der Meinung, ein paar Monate städtischer Vergnügungen würden aus ihm einen neuen Menschen machen. Mr. Stapleton, ein gemeinsamer Freund, der ebenfalls um seinen Gesundheitszustand sehr besorgt war, teilte meine Ansicht. Im letzten Moment geschah dann dieser schreckliche Vorfall. In der Nacht, in der Sir Charles starb, schickte Barrymore, der ihn gefunden hatte, den Stallknecht Perkins zu mir, und da ich noch spät auf war, konnte ich Baskerville Hall innerhalb einer Stunde erreichen. Ich prüfte und sammelte alle bei der Untersuchung erwähnten Fakten. Ich folgte den Fußspuren die Eibenallee hinunter, ich sah die Stelle am Tor zum Moor, wo er anscheinend gewartet hatte, mir fiel der Unterschied in der Form der Fußspuren nach dieser Stelle auf, ich stellte fest, dass es außer den Fußabdrücken von Barrymore keine anderen Spuren auf dem weichen Untergrund gab, und schließlich untersuchte ich sorgfältig den Leichnam, der bis zu meiner Ankunft nicht berührt worden war. Sir Charles lag mit dem Gesicht nach unten, die Arme ausgestreckt, die Finger in den Boden gegraben, und seine Züge waren von heftiger Erregung dermaßen verzerrt, dass ich kaum hätte beschwören wollen, dass er es war. Bestimmt gab es keinerlei physische Verletzung irgendwelcher Art. Allerdings hat Barrymore bei der Untersuchung eine falsche Behauptung aufgestellt. Er sagte, um den Leichnam herum habe es keine anderen Abdrücke gegeben. Er habe jedenfalls keine gesehen. Aber ich habe welche bemerkt – etwas entfernt, doch frisch und deutlich zu erkennen.«

»Fußspuren?«

»Fußspuren.«

»Von einem Mann oder einer Frau?«

Dr. Mortimer schaute uns einen Moment merkwürdig an und seine Stimme wurde fast zu einem Flüstern, als er antwortete: »Mr. Holmes, es waren die Abdrücke eines riesengroßen Hundes!«

3. Das Problem

Ich muss gestehen, dass mich bei diesen Worten ein Schauder überlief. Des Doktors Stimme bebte in einer Weise, die ahnen ließ, dass er selbst durch das, was er erzählte, tief bewegt war. Holmes lehnte sich aufgeregt vor und seine Augen besaßen jenes harte, trockene Glitzern, das gewöhnlich sein höchstes Interesse ausdrückte.

»Sie haben sie gesehen?«
»So deutlich, wie ich Sie vor mir sehe.«
»Und Sie haben nichts davon erzählt?«
»Zu welchem Zweck?«
»Wie kam es, dass niemand sonst sie bemerkt hat?«
»Die Abdrücke waren etwa zwanzig Meter von der Leiche entfernt und niemand hat einen Gedanken an sie verschwendet. Ich denke nicht, dass sie mir aufgefallen wären, wenn ich die Erzählung nicht kennen würde.«

»Gibt es viele Schäferhunde im Moor?«
»Zweifelsohne, doch war dies kein Schäferhund.«
»Sie sagen, es war ein großer Hund?«
»Ungeheuerlich groß.«
»Doch hatte er sich nicht dem Leichnam genähert?«
»Nein.«
»Wie war die Nacht?«
»Klamm und rau.«
»Aber es regnete nicht?«
»Nein.«
»Wie ist die Allee beschaffen?«
»Sie ist von zwei Reihen alter Eibenhecken gesäumt, die knapp vier Meter hoch und undurchdringlich sind. Der Weg in der Mitte ist etwa zweieinhalb Meter breit.«
»Befindet sich irgend etwas zwischen den Hecken und dem Weg?«
»Ja, auf jeder Seite des Weges gibt es einen Streifen Rasen von vielleicht nicht ganz zwei Metern Breite.«

»Soweit ich verstanden habe, wird die Eibenhecke an einer Stelle von einem Tor unterbrochen?«

»Ja, ein Gattertor führt auf das Moor hinaus.«

»Gibt es irgendeine andere Öffnung?«

»Keine.«

»Um die Eibenallee zu betreten, muss man folglich entweder vom Haus her kommen oder aber durch das Tor vom Moor?«

»Es gibt noch am jenseitigen Ende einen Ausgang durch einen Pavillon.«

»Ist Sir Charles so weit gekommen?«

»Nein, er lag schätzungsweise fünfzig Meter davon entfernt.«

»Nun sagen Sie mir bitte, Dr. Mortimer – und das ist wichtig: Die Spuren, die Sie gesehen haben – waren diese auf dem Pfad und nicht etwa auf dem Rasen?«

»Man hätte auf dem Gras keine Spuren sehen können.«

»Befanden sie sich auf derselben Seite des Weges wie das Tor zum Moor?«

»Ja, sie waren auf derselben Seite wie das Tor, am Wegesrand.«

»Außerordentlich interessant. Noch etwas: War das Gattertor geschlossen?«

»Geschlossen und verriegelt.«

»Wie hoch ist es?«

»Etwa ein Meter zwanzig.«

»Dann hätte jeder hinüberklettern können.«

»Allerdings.«

»Was für Spuren sahen Sie bei dem Gattertor?«

»Keine besonderen.«

»Gütiger Himmel! Hat das niemand untersucht?«

»Doch, ich selbst.«

»Und nichts gefunden?«

»Es war alles recht zertreten. Offenbar hat Sir Charles dort fünf oder zehn Minuten lang gestanden.«

»Wie kommen Sie zu diesem Schluss?«
»Weil zweimal Asche von seiner Zigarre heruntergefallen ist.«
»Ausgezeichnet! Das ist ein Kollege nach unserem Geschmack, Watson. Doch die Abdrücke?«
»Er hat auf der ganzen mit Kies bestreuten Stelle nur seine Fußabdrücke hinterlassen. Ich konnte keine anderen ausfindig machen.«
Mit einer ungeduldigen Bewegung schlug Holmes die Hand aufs Knie.
»Wäre ich nur dort gewesen!«, rief er. »Ganz offensichtlich handelt es sich um einen Fall von außergewöhnlichem Interesse, der einem wissenschaftlichen Fachmann unermessliche Gelegenheiten bietet. Dieser Kies, aus welchem ich so viel herausgelesen hätte, ist längst vom Regen verwaschen und von Neugierigen zertrampelt. Ach, Dr. Mortimer, warum haben Sie mich nicht früher gerufen! Sie haben eine Menge zu verantworten!«
»Ich konnte doch nicht nach Ihnen schicken lassen, Mr. Holmes, ohne diese Fakten der Öffentlichkeit zu enthüllen – und warum ich das nicht wollte, habe ich Ihnen bereits erklärt. Davon abgesehen ...«
»Warum zögern Sie?«
»Es gibt eine Welt, in welcher der umsichtigste und erfahrenste aller Detektive machtlos ist.«
»Halten Sie die Angelegenheit für übernatürlich?«
»Das wollte ich nicht direkt sagen.«
»Nein, aber offenbar denken Sie so.«
»Seitdem sich die Tragödie ereignet hat, sind mir einige Vorfälle zu Ohren gekommen, die nur schwer mit der natürlichen Ordnung der Dinge in Einklang zu bringen sind.«
»Zum Beispiel?«
»Ich habe herausgefunden, dass vor diesem schrecklichen Ereignis verschiedene Leute ein Wesen auf dem Moor gesehen haben, das diesem Baskerville-Ungeheuer entspricht

und keinem anderen der Wissenschaft bekannten Tier gleicht. Alle stimmten überein, dass es sich um eine ungeheuer große Kreatur handelte, leuchtend, gespenstisch und schaurig. Ich habe diese Menschen ins Kreuzverhör genommen, einer von ihnen war ein starrköpfiger Landbewohner, einer ein Hufschmied und ein anderer ein Moorbauer, die alle dieselbe Geschichte von einer grässlichen Erscheinung erzählten, die aufs Genauste dem Höllenhund der Legende entsprach. Glauben Sie mir, in der Gegend herrscht Angst, und nur ein tollkühner Mann würde sich des Nachts aufs Moor hinaus wagen.«

»Und Sie, ein erfahrener Mann der Wissenschaft, Sie glauben an das Übernatürliche?«

»Ich weiß nicht mehr, was ich glauben soll.«

Holmes reagierte mit Achselzucken.

»Bislang habe ich meine Untersuchungen auf diese Welt beschränkt«, sagte er. »Auf bescheidene Weise habe ich das Böse bekämpft, aber gegen den Herrscher der Unterwelt selbst anzutreten wäre eine wohl zu ehrgeizige Aufgabe. Doch müssen Sie zugeben, dass die Fußspur etwas Weltliches ist.«

»Der ursprüngliche Hund war weltlich genug, eines Mannes Kehle zu zerfleischen, und doch war er gleichfalls diabolischer Natur.«

»Ich sehe schon, Sie sind ins Lager des Übernatürlichen gewechselt. Aber dann erklären Sie mir, Dr. Mortimer, warum Sie mich trotz dieser Haltung aufgesucht haben. Sie suchen mir klarzumachen, dass es sinnlos sei, den Tod von Sir Charles zu untersuchen, und im gleichen Atemzug bitten Sie mich, es zu tun.«

»Darum hatte ich Sie nicht gebeten.«

»Dann möchte ich wissen, womit ich Ihnen behilflich sein kann?«

»Indem Sie mir einen Rat geben, was ich mit Sir Henry Baskerville tun sollte, der –« Dr. Mortimer schaute auf seine

Armbanduhr «– in genau einviertel Stunden in Waterloo Station ankommen wird.«

»Er ist der Erbe?«

»So ist es. Bei Sir Charles' Tod zogen wir Erkundigungen nach diesem jungen Mann ein und fanden heraus, dass er Farmer in Kanada ist. Nach den Auskünften, die uns gegeben wurden, handelt es sich um einen in jeder Hinsicht tadellosen Menschen. Dies sage ich nicht als Arzt, sondern als Treuhänder von Sir Charles und sein Testamentsvollstrecker.«

»Ich vermute, dass es keinen anderen Anwärter gibt?«

»Niemanden. Der einzige andere Verwandte, den wir ausfindig machen konnten, was Rodger Baskerville, der jüngste der drei Brüder, von denen Sir Charles der älteste war. Der zweitälteste Bruder ist jung gestorben und war der Vater dieses Henry. Rodger, der dritte, war das schwarze Schaf der Familie. Er kam nach der alten herrischen Baskerville-Linie und war, wie mir berichtet wurde, das Ebenbild eben jenes Hugo. Als ihm in England der Boden zu heiß wurde, setzte er sich nach Mittelamerika ab und starb dort 1876 an Gelbfieber. Henry ist der Letzte der Baskervilles. In einer Stunde und fünf Minuten treffe ich ihn in Waterloo Station. Ich erhielt ein Kabel, dass er heute Morgen in Southampton eingetroffen ist. Nun, Mr. Holmes, wozu würden Sie Sir Henry raten?«

»Warum sollte er nicht das Haus seiner Vorfahren in Besitz nehmen?«

»Es scheint vollkommen natürlich, nicht wahr? Und doch – bedenken Sie, dass jeder Baskerville, der dort lebt, ein schreckliches Los erleidet. Ich bin mir sicher, hätte Sir Charles Gelegenheit gehabt, vor seinem Tod mit mir darüber zu reden, er hätte mich gewarnt, den Letzten des alten Geschlechts und Erbe eines großen Vermögens zu diesem tödlichen Ort zu bringen. Andererseits kann ich nicht leugnen, dass der Wohlstand dieser armen und freudlosen Gegend von seiner Anwesenheit abhängt. Alle Wohltaten, die Sir Charles vollbracht hat, werden vergebens gewesen sein, wenn Baskerville Hall unbewohnt bleibt. Da ich fürchte, zu sehr von meinem eigenen Interesse in der Angelegenheit beeinflusst zu sein, habe ich Ihnen diesen Fall vorgetragen und erbitte Ihren Rat.«

Holmes versank eine Weile in Nachdenken. »Offen gesagt handelt es sich um Folgendes«, sagte er schließlich. »Ihrer Meinung nach gibt es eine teuflische Macht, die Dartmoor zu einem unsicheren Ort für einen Baskerville macht – ist das richtig?«

»Zumindest gehe ich so weit zu sagen, dass dafür eine gewisse Wahrscheinlichkeit spricht.«

»Genau. Aber sicherlich ist es so, dass eine übernatürliche Macht, sofern diese existiert, dem jungen Mann ebenso sehr in London wie in Devonshire schaden könnte. Ein Teufel mit lokal beschränkten Fähigkeiten, beispielsweise nur im Umkreis einer bestimmten Gemeinde, erscheint mir doch etwas weit hergeholt.«

»Sie würden die Angelegenheit ernster nehmen, Mr. Holmes, wenn Sie die Ereignisse selbst erlebt hätten. Ihre Ansicht, so wie ich sie verstehe, ist also, dass der junge Mann in Devonshire ebenso sicher sein wird wie in London. Er kommt in fünf Minuten an. Was empfehlen Sie mir?«

»Ich empfehle Ihnen, ein Taxi zu rufen, Ihren Hund, der an meiner Tür kratzt, mitzunehmen und sich zur Waterloo Station zu begeben, um Sir Henry Baskerville abzuholen.«

»Und dann?«

»Und dann werden Sie ihm solange nichts über diese Angelegenheit berichten, bis ich mir über alles im Klaren bin.«

»Wie lange werden Sie dazu benötigen?«

»24 Stunden. Ich wäre Ihnen sehr verbunden, Dr. Mortimer, wenn Sie mich morgen früh um zehn hier wieder aufsuchten, und es wäre eine große Hilfe für alle Pläne, wenn Sie Sir Henry Baskerville mitbrächten.«

»Das werde ich tun, Mr. Holmes.«

Er kritzelte die Verabredung auf seine Manschette und eilte auf seine merkwürdig spähende, geistesabwesende Art davon.

Holmes stoppte ihn auf dem Treppenabsatz.

»Eine Frage noch, Dr. Mortimer. Sie bemerkten, dass vor Sir Charles' Tod mehrere Menschen diese Erscheinung auf dem Moor gesehen haben?«

»Drei, um genau zu sein.«

»Hat irgendjemand sie danach gesehen?«

»Davon habe ich nichts gehört.«

»Ich danke Ihnen. Guten Tag!«

Holmes kehrte mit jenem Ausdruck innerer Zufriedenheit zu seinem Platz zurück, an dem man ablesen konnte, dass er die vor ihm liegende Aufgabe seiner würdig erachtete.

»Gehen Sie aus, Watson?«

»Sofern ich Ihnen nicht behilflich sein kann.«

»Nein, lieber Freund, erst wenn die Stunde zu handeln gekommen ist, werde ich Sie um Hilfe ersuchen. Aber dies ist ein prachtvoller Fall, unter bestimmten Aspekten wirklich einzigartig. Wenn Sie bei Bradley's vorbeikommen, bitten Sie diese doch, mir ein Pfund ihres stärksten Pfeifentabaks zu schicken. Ich danke Ihnen. Könnten Sie es außerdem einrichten, nicht vor Abend zurückzukehren? Ich freue mich darauf, mich anschließend mit Ihnen über die Eindrücke auszutauschen, die dieses höchst interessante Problem heute Morgen bei uns hinterlassen hat.«

Ich wusste, dass Abgeschiedenheit und Einsamkeit für meinen Freund in diesen Stunden intensiver geistiger Konzentration wichtig waren, während derer er jedes winzige Stückchen an Indizien gewichtete, verschiedene Theorien konstruierte, eine gegen die andere abwog und sich darüber klar wurde, welche Gesichtspunkte essenziell und welche nebensächlich waren. Daher verbrachte ich den Tag im Club und kehrte erst gegen Abend in die Baker Street zurück. Es war fast neun Uhr, als ich mich wieder im Wohnzimmer einfand.

Als ich die Tür öffnete, war mein erster Gedanke, es sei ein Feuer ausgebrochen, denn das Zimmer stand so voller Qualm, dass das Licht der auf dem Tisch stehenden Lampe kaum hindurchschien. Beim Eintreten erkannte ich jedoch, dass ich mich geirrt hatte; es war nur der beißende Rauch starken Tabaks, der mir die Kehle zuschnürte, sodass ich husten musste. Durch den Dunst hindurch sah ich undeutlich die Gestalt von Holmes, der in seinen Morgenmantel gekleidet im Armsessel kauerte, seine schwarze Pfeife zwischen den Lippen. Mehrere Rollen Papier lagen um ihn verstreut.

»Haben Sie sich erkältet, Watson?«, fragte er.

»Nein, das kommt von der giftigen Atmosphäre hier drinnen.«

»Die Luft scheint mir in der Tat zum Schneiden, jetzt, wo Sie es erwähnen.«

»Sie ist nahezu unerträglich!«

»Nun, Sie können ein Fenster öffnen. Anscheinend waren Sie den ganzen Tag im Club.«

»Lieber Holmes!«

»Habe ich Recht?«

»Sicher, doch woher ...?«

Er lachte über mein erstauntes Gesicht.

»Sie besitzen eine erfreuliche Unbekümmertheit, Watson, so dass ich großen Spaß dabei empfinde, meine kleinen Fähigkeiten auf Ihre Kosten auszuprobieren. Ein Gentleman verlässt an einem regnerischen und schmierigen Tag seine Wohnung. Er kehrt abends makellos nach Hause zurück mit glänzendem Hut und Schuhen. Daher hat er den ganzen Tag wohlbehütet verbracht. Nun hat er keine engen Freunde. Wo könnte er also gewesen sein? Ist das nicht offensichtlich?«

»Nun ja, das ist wohl eher offensichtlich.«

»Die Welt ist voll von offensichtlichen Tatsachen, die

niemand jemals bemerkt. Wo bin ich Ihrer Meinung nach gewesen?«

»Ebenfalls den ganzen Tag daheim.«

»Im Gegenteil – ich war in Devonshire.«

»In Gedanken?«

»Genau. Mein Körper blieb in diesem Armsessel und hat, wie ich bedauernd feststellen muss, in meiner Abwesenheit zwei große Kannen Kaffee und eine unglaubliche Menge Tabak konsumiert. Nachdem Sie fortgegangen waren, habe ich von Stamford's eine Karte jenes Teils des Moores kommen lassen und mein Geist hat den ganzen Tag über ihm geschwebt. Ich darf mir wohl schmeicheln, mich nunmehr dort auszukennen.«

»Eine Karte großen Maßstabs, vermute ich?«

»Sehr groß.« Er breitete einen Teil auf seinem Knie aus. »Hier sehen Sie den speziellen Teil, der uns betrifft. Das da in der Mitte ist Baskerville Hall.«

»Von einem Wald umgeben?«

»Richtig. Auch wenn die Eibenallee unter diesem Namen nicht verzeichnet ist, glaube ich doch, dass sie sich an dieser Linie hier rechts des Moores entlangziehen muss. Diese kleine Ansammlung von Gebäuden ist das Örtchen Grimpen, wo unser Freund Dr. Mortimer sein Hauptquartier hat. Innerhalb eines Radius von acht Kilometern befinden sich lediglich ein paar wenige verstreute Häuser, wie Sie sehen können. Dies ist Lafter Hall, das in der Erzählung erwähnt wurde. Dort ist ein Gebäude verzeichnet, welches das Haus des Naturforschers sein könnte – er hieß Stapleton, wenn ich nicht irre. Da gibt es zwei Moorfarmen, High Tor und Foulmire, außerdem, in einer Entfernung von rund 20 Kilometern, das große Zuchthaus Princetown. Zwischen diesen verstreuten Punkten und um sie herum erstreckt sich das trost- und leblose Moor. Dies ist also die Bühne, auf welcher sich die Tragödie abgespielt hat und sich vielleicht mit unserer Hilfe ein weiteres Mal abspielen wird.«

»Es scheint eine öde Gegend zu sein.«
»Oh ja, unserem Fall angemessen. Wenn es den Teufel gelüstet, seine Nase in die Angelegenheit der Menschen zu stecken ...«
»Dann neigen Sie also auch zu der übernatürlichen Erklärung.«
»Des Teufels Handlanger können aus Fleisch und Blut sein, nicht wahr? Es stellen sich uns zunächst zwei Fragen: Die erste, ob überhaupt ein Verbrechen verübt worden ist; die zweite, um welches Verbrechen handelt es sich und wie wurde es begangen? Wenn allerdings Dr. Mortimers Vermutung richtig ist und wir es mit Kräften zu tun haben, die jenseits der natürlichen Ordnung existieren, ist unsere Untersuchung damit beendet. Doch bevor wir diese Erklärung akzeptieren können, sind wir gehalten, alle anderen Hypothesen erschöpfend zu erforschen. Wenn Sie nichts dagegen haben, sollten wir jetzt dieses Fenster wieder schließen. Es mag seltsam erscheinen, aber ich finde, eine konzentrierte Atmosphäre unterstützt konzentriertes Denken. Ich habe es noch nicht so weit getrieben, in eine Kiste zu steigen, um nachzudenken, aber das wäre die logische Konsequenz meiner Überzeugung. Sind Sie den Fall in Gedanken durchgegangen?«
»Ja, ich habe im Laufe des Tages eine Menge darüber nachgedacht.«
»Und was ist Ihr Eindruck?«
»Es ist sehr verwirrend.«
»Es ist sicherlich ein sonderbarer Fall. Manche Aspekte sind ganz außergewöhnlich, zum Beispiel die Veränderung der Fußabdrücke. Was halten Sie davon?«
»Mortimer sagte, der Mann sei den letzten Teil der Allee auf Zehenspitzen gelaufen.«
»Er hat nur wiederholt, was irgendein Spinner bei der Untersuchung gesagt hat. Warum sollte ein Mann auf Zehenspitzen die Allee entlanggehen?«
»Was sonst?«

»Er rannte, Watson – rannte verzweifelt, rannte um sein Leben, rannte, bis sein Herz versagte und er tot zusammenbrach.«

»Doch wovor rannte er davon?«

»Da liegt unser Problem. Es gibt Anzeichen, dass er vor Angst von Sinnen war, bevor er überhaupt losrannte.«

»Wie können Sie das wissen?«

»Ich gehe davon aus, dass der Grund seiner Angst über das Moor auf ihn zukam. Falls dem so war, und das scheint äußerst wahrscheinlich, so wird nur ein Mann, der völlig außer sich war, vom Haus weg anstatt zum Haus zurück rennen. Davon ausgehend, dass die Aussage des Zigeuners wahr ist, rannte er, um Hilfe rufend, in diejenige Richtung, aus der Hilfe am allerwenigsten zu erwarten war. Und es stellt sich weiterhin die Frage, auf wen er in jener Nacht gewartet hat und warum in der Eibenallee und nicht in seinem eigenen Haus.«

»Sie glauben, er hat jemanden erwartet?«

»Der Mann war schon älter und kränklich. Zwar können wir verstehen, dass er einen Abendspaziergang gemacht hat, aber der Boden war feucht und die Nacht unfreundlich. Ist es unter diesen Umständen normal, dass er fünf oder zehn Minuten stehen blieb, wie Dr. Mortimer, mit praktischerem Verstand, als ich ihm zugetraut hätte, aus der Zigarrenasche geschlossen hat?«

»Aber er ging doch jeden Abend spazieren.«

»Ich halte es für unwahrscheinlich, dass er jeden Abend am Gattertor wartete. Im Gegenteil, es wurde ausgesagt, dass er das Moor gemieden hat. In jener Nacht jedoch wartete er dort. Es war die Nacht vor seiner Reise nach London. Die Dinge nehmen Gestalt an, Watson. Sie fangen an zusammenzupassen. Darf ich Sie bitten, mir meine Geige zu reichen, dann verschieben wir jeden weiteren Gedanken an diese Angelegenheit auf morgen, wenn wir die Ehre haben, Dr. Mortimer und Sir Henry Baskerville zu empfangen.«

4. Sir Henry Baskerville

Unser Frühstückstisch war schon zeitig abgeräumt und Holmes wartete in seinem Morgenmantel auf den angekündigten Besuch. Unsere Klienten waren pünktlich, denn die Uhr hatte gerade zehn geschlagen, als Dr. Mortimer mit dem jungen Baronet eintraf. Dieser war ein kleiner, lebhafter, dunkeläugiger Mann um die dreißig, recht kräftig gebaut, mit dichten schwarzen Augenbrauen und einem aufgeweckten, streitlustigen Gesichtsausdruck. Er trug einen rötlichen Tweedanzug und hatte das wettergegerbte Aussehen eines Menschen, der die meiste Zeit an der frischen Luft verbracht hatte, und doch lag etwas in seinem unerschütterlichen Blick und der ruhigen Sicherheit seines Auftretens, das den Gentleman verriet.

»Dies ist Sir Henry Baskerville«, sagte Dr. Mortimer.

»Nun ja, so ist es«, sagte er, »und das Seltsame ist, Mr. Sherlock Holmes, hätte mein Freund hier nicht vorgeschlagen, Sie heute Morgen aufzusuchen, so wäre ich aus eigenem Antrieb gekommen. Meines Wissens beschäftigen Sie sich gern mit kleinen Rätseln, und mir ist heute Morgen eines untergekommen, das anscheinend mehr Verstand erfordert, als ich besitze.«

»Nehmen Sie doch Platz, Sir Henry. Wenn ich Sie recht verstehe, haben Sie seit Ihrer Ankunft in London bereits ein seltsames Erlebnis gehabt?«

»Nichts von Bedeutung, Mr. Holmes. Vermutlich nur ein schlechter Scherz. Es handelt sich um diesen Brief – wenn Sie es einen Brief nennen können –, der mich heute Morgen erreichte.«

Er legte einen Umschlag auf den Tisch und wir beugten uns alle darüber. Er war von gewöhnlicher Qualität und leicht grauer Farbe. Die Adresse »Sir Henry Baskerville, Northumberland Hotel« bestand aus groben Druckbuchstaben; der Poststempel lautete »Charing Cross« und war vom vorigen Abend.

»Wer wusste, dass Sie im Northumberland Hotel absteigen würden?«, fragte Holmes und blickte unseren Besucher scharf an.

»Niemand konnte das wissen. Das haben wir erst entschieden, nachdem ich Dr. Mortimer getroffen hatte.«

»Aber Dr. Mortimer hatte zweifellos dort bereits ein Zimmer?«

»Nein, ich übernachtete bei einem Freund«, antwortete der Doktor. »Es gab keinen möglichen Hinweis auf unsere Absicht, in diesem Hotel zu wohnen.«

»Hm! Jemand scheint sehr daran interessiert zu sein, wo Sie sich aufhalten.« Er entnahm dem Umschlag einen halben Bogen doppelt gefaltetes Briefpapier, öffnete ihn und breitete ihn auf dem Tisch aus. Quer über die Mitte stand ein einziger Satz, gebildet aus ausgeschnittenen gedruckten Wörtern, der lautete: »Wenn Sie Wert auf Leben oder Verstand legen, so halten Sie sich vom Moor fern.« Lediglich das Word ›Moor‹ war mit Tinte geschrieben.

»Nun«, sagte Sir Henry Baskerville, »vielleicht können Sie mir sagen, Mr. Holmes, was zum Donnerwetter das zu bedeuten hat und wer so viel Interesse an meinen Angelegenheiten an den Tag legt!«

»Was halten Sie davon, Dr. Mortimer? Sie werden mir zustimmen, dass es sich zumindest bei diesem Brief um nichts Übernatürliches handelt.«

»Nein, aber er könnte wohl von jemandem stammen, der überzeugt davon ist, dass der ganze Fall übernatürlich ist.«

»Was für ein Fall?«, fragte Sir Henry scharf. »Ich habe den Eindruck, jeder von Ihnen weiß bedeutend mehr über meine Angelegenheiten als ich selbst!«

»Sie sollen in unser Wissen eingeweiht werden, bevor Sie dieses Zimmer verlassen, Sir Henry, das verspreche ich Ihnen«, sagte Sherlock Holmes. »Doch mit Ihrer Erlaubnis wollen wir uns für den Moment auf dieses sehr interessante Dokument beschränken, das gestern Abend zusammengestellt und abgeschickt worden sein muss. Haben Sie die ›Times‹ von gestern, Watson?«

»Sie liegt hier in der Ecke.«

»Darf ich Sie darum bitten? Den inneren Teil, bitte, mit den Leitartikeln.« Er warf einen flüchtigen Blick darauf und ließ seine Augen die Spalten auf und ab gleiten. »Vortrefflicher Artikel über den Freihandel. Darf ich Ihnen einen Auszug daraus vorlesen? ›Wenn manche Menschen Wert auf den Umstand legen, dass der heimische Handel oder die heimische Industrie durch Schutzzölle gefördert werden, so halten wir es doch mit dem Verstand, der uns sagt, dass solche Gesetze langfristig dem Wohlstand des Landes hinderlich sein, sie den Wert unserer Importe verringern und die generelle Qualität des Lebens auf dieser Insel senken werden.‹ Was halten Sie davon, Watson?«, rief Holmes fröhlich und rieb seine Hände zufrieden aneinander. »Finden Sie nicht, dass das ein bewundernswerter Standpunkt ist?«

Dr. Mortimer betrachtete Holmes mit einem Anflug beruflichen Interesses, während Sir Henry Baskerville mir seine dunklen Augen ratlos zuwandte.

»Ich verstehe nicht viel von Schutzzöllen und solchen Sachen«, sagte er, »aber mir scheint, wir sind ein wenig vom Thema abgekommen, was diesen Brief anbelangt.«

»Im Gegenteil, ich denke, wir sind auf einer besonders heißen Spur, Sir Henry. Watson kennt meine Methoden besser als Sie, doch fürchte ich, dass nicht einmal er die Bedeutung dieses Satzes erkannt hat.«

»Nein, ich gestehe, dass ich keinen Zusammenhang erkennen kann.«

»Und doch, mein lieber Watson, ist der Zusammenhang so eng, dass das eine aus dem anderen entstanden ist: ›Wenn‹, ›Wert‹, ›legen‹, ›Leben‹, ›Verstand‹, ›halten‹ – sehen Sie nun, woher diese Wörter kommen?«

»Donnerwetter, Sie haben Recht! Wenn das nicht schlau ist«, rief Sir Henry aus.

»Bliebe überhaupt noch ein Zweifel, so räumte ihn die Tatsache aus, dass ›Wert auf‹ und ›so halten‹ in einem Stück herausgeschnitten wurden.«

»Tatsächlich, so ist es!«

»Wirklich Mr. Holmes, das übersteigt alles, was ich mir vorgestellt hatte«, sagte Dr. Mortimer, während er meinen Freund erstaunt anstarrte. »Ich könnte verstehen, dass jemand sagt, diese Wörter seien aus einer Zeitung ausgeschnitten; aber dass Sie erkennen, um welche Zeitung es sich handelt und aus welcher Art von Artikel die Ausschnitte sind, ist eine der bemerkenswertesten Leistungen, die ich je gesehen habe. Wie haben Sie das fertig gebracht?«

»Ich nehme an, Doktor, Sie können den Schädel eines Negroiden von einem Eskimo unterscheiden?«

»Gewiss doch.«

»Aber wie?«

»Weil das mein besonderes Hobby ist. Die Unterschiede sind offensichtlich. Der supra-orbitale Kamm, der Gesichtswinkel, die Kurve des Kiefers, der ...«

»Und dies hier ist mein besonderes Hobby und die Unterschiede sind ebenfalls offensichtlich. In meinen Augen gibt es ebenso große Unterschiede zwischen dem Durchschuss-Bleisatz eines ›Times-Artikels‹ und dem schlampigen Druckbild eines Boulevardblattes wie zwischen Ihrem Negroiden und dem Eskimo. Das Erkennen von Drucktypen gehört zum elementaren Wissen eines Verbrechensexperten, obwohl ich gestehen muss, dass ich einmal, als ich noch sehr jung war, den ›Leeds Mercury‹ mit den ›Western Morning News‹ verwechselt hatte. Aber ein Leitartikel der ›Times‹ ist etwas absolut Unverwechselbares und diese Wörter konnten nirgendwo sonst herstammen. Und da der Brief gestern abgeschickt worden war, schien es mir äußerst wahrscheinlich, dass die Wörter aus der gestrigen Ausgabe stammen.«

»Soweit ich Ihren Ausführungen folgen konnte, Mr. Holmes«, sagte Sir Henry Baskerville, »hat also jemand diese Nachricht mit der Schere ...«

»Nagelschere«, sagte Holmes. »Sie können erkennen, dass es sich um eine kurze Schere handelte, weil für ›Wert auf‹ zwei Schnitte nötig waren.«

»So ist es. Jemand schnitt also die Wörter mit einer Nagelschere aus, bestrich sie mit Kleber ...«

»Mit Papierleim,« sagte Holmes.

»... mit Papierleim und klebte sie auf. Aber warum hat er das Wort ›Moor‹ mit der Hand geschrieben?«

»Weil er es in der Zeitung nicht gefunden hat. Alle anderen Wörter waren einfach und leicht in jeder beliebigen Ausgabe zu finden, aber ›Moor‹ ist weniger gewöhnlich.«

»Aber natürlich, das erklärt es. Konnten Sie dieser Nachricht noch mehr entnehmen, Mr. Holmes?«

»Es gibt ein oder zwei Fingerzeige, obwohl jede Mühe unternommen wurde, alle Hinweise zu entfernen. Die Adresse, wie Sie sehen, wurde in ungelenken Druckbuchstaben verfasst, doch ist die ›Times‹ eine Zeitung, die gewöhnlich nur von sehr gebildeten Menschen gelesen wird. Deshalb können wir davon ausgehen, dass der Brief von einem gebildeten Menschen verfasst wurde, der den Anschein erwecken wollte, als sei er ungebildet, und die Mühe, seine Handschrift zu verstellen, lässt vermuten, dass die Handschrift Ihnen bekannt ist oder werden könnte. Weiterhin werden Sie feststellen, dass die Wörter nicht akkurat in einer Linie aufgeklebt wurden, sondern dass manche höher sitzen als andere. ›Leben‹ beispielsweise sitzt weit außerhalb des Platzes, wo es hingehört. Dies mag auf Unachtsamkeit deuten oder aber auf Aufregung und Eile hinweisen. Ich neige eher zu letzter Ansicht, da die Angelegenheit offenbar wichtig war und es nicht wahrscheinlich ist, dass der Verfasser eines solchen Briefes unachtsam vorgeht. War er aber in Eile, so stellt sich die interessante Frage, warum, denn jeder Brief, der am frühen Morgen aufgegeben wird, hätte Sir Henry erreicht, bevor er sein Hotel verließ. Befürchtete der Absender eine Störung – und durch wen?«

»Hier geraten wir mehr und mehr ins Reich der Vermutung«, sagte Dr. Mortimer.

»Sagen wir eher in Bereiche, wo wir Möglichkeiten abwägen und das Wahrscheinlichste wählen. Es ist der wissenschaftliche Gebrauch unserer Vorstellungskraft, doch bleibt uns immer eine materielle Grundlage, auf welcher wir unsere Spekulation beginnen. Sie mögen es Vermutung nennen, aber ich bin fast sicher, dass diese Adresse in einem Hotel geschrieben worden ist.«

»Wie um alles in der Welt können Sie das behaupten?«

»Bei gründlicher Untersuchung werden Sie feststellen, dass sowohl Feder als auch Tinte dem Verfasser Schwierigkeiten bereitet haben. In einem einzigen Wort hat die Feder zweimal gestreikt, und dreimal insgesamt ist in dieser kurzen Adresse die Tinte ganz ausgegangen, was darauf schließen lässt, dass wenig Tinte in der Flasche war. Nun kommt es selten vor, dass sich eine persönliche Feder oder Tintenflasche in solchem Zustand befindet, und die Kombination von beidem scheint mir nahezu ausgeschlossen. Aber Sie kennen Tinte und Feder in Hotels, wo man selten etwas anderes bekommt. Ja, ich zögere nicht zu behaupten, dass wir nur die Papierkörbe der Hotels um Charing Cross untersuchen müssten, um die Überreste des verstümmelten ›Times-Leitartikels‹ zu finden und so die Person ausfindig zu machen, die diese seltsame Nachricht verschickt hat ... oh, hallo, was ist das?«

Er war dabei, den Bogen Briefpapier mit den aufgeklebten Wörtern sorgfältig zu untersuchen, wobei er ihn höchstens drei, vier Zentimeter von seinen Augen entfernt hielt.

»Nun?«

»Nichts«, sagte er und legte es nieder. »Es ist ein unbeschriebener, halber Bogen Papier ohne jedes Wasserzeichen.

Ich denke, wir haben so viel wie nur irgend möglich diesem merkwürdigen Brief entnommen, und jetzt, Sir Henry, sagen Sie mir, ob sich sonst irgendetwas Erwähnenswertes ereignet hat, seit Sie nach London gekommen sind.«

»Nein, Mr. Holmes, ich glaube nicht.«

»Haben Sie niemanden bemerkt, der Ihnen folgte oder Sie beobachtete?«

»Mir scheint, ich bin geradewegs in einen Groschenroman geraten «, sagte unser Besucher, »warum zum Teufel sollte mir irgendjemand folgen oder mich beobachten?«

»Dazu kommen wir später. Haben Sie uns nichts anderes zu berichten, bevor wir uns dieser Angelegenheit zuwenden?«

»Nun, das hängt davon ab, was Sie für würdig erachten berichtet zu werden.«

»Meiner Meinung nach ist alles, das vom gewöhnlichen Gang des Alltagslebens abweicht, berichtenswert.«

Sir Henry lächelte. »Noch weiß ich nicht viel über das britische Leben, denn ich habe fast mein ganzes Leben in den USA und Kanada verbracht, aber ich hoffe, es wird hier nicht als alltäglich angesehen, wenn man einen seiner Stiefel verliert.«

»Sie haben einen Ihrer Stiefel verloren?«

»Bester Sir Henry«, rief Dr. Mortimer, »Sie haben ihn nur verlegt. Sobald Sie ins Hotel zurückkehren, werden Sie ihn wiederfinden. Wozu sollten wir Mr. Holmes mit solchen Lappalien behelligen?«

»Er wollte alles erfahren, was vom gewöhnlichen Gang des Alltagslebens abweicht!«

»So ist es,« sagte Holmes, »wie töricht der Vorfall auch immer erscheinen mag. Sie haben also einen Ihrer Stiefel verloren?«

»Oder verlegt, wie auch immer. Gestern Abend habe ich beide vor meine Tür gestellt und heute Morgen war nur noch einer vorhanden. Aus dem Schuhputzer konnte ich kein einziges vernünftiges Wort herausbringen. Das Schlimmste ist, dass ich die Stiefel erst gestern Abend am Strand gekauft und noch nie getragen habe.«

»Wenn Sie sie noch nie getragen haben, wozu haben Sie sie dann zum Putzen vor die Tür gestellt?«

»Es waren Lederstiefel, die noch nie mit Politur behandelt wurden. Deshalb stellte ich sie hinaus.«

»Wenn ich richtig verstanden habe, gingen Sie also direkt nach Ihrer Ankunft in London aus und kauften ein Paar Stiefel?«

»Ich habe einen ausgedehnten Einkaufsbummel gemacht. Dr. Mortimer hat mich herumgeführt. Sehen Sie, wenn ich dort Gutsherr sein soll, muss ich mich entsprechend kleiden, und vielleicht habe ich mich in dieser Hinsicht im Wilden Westen ein wenig vernachlässigt. Unter anderem habe ich diese braunen Stiefel gekauft – sie haben sechs Dollar gekostet – und bevor ich sie jemals an meinen Füßen hatte, wurden sie mir gestohlen.«

»Es scheint mir ein überaus nutzloser Diebstahl«, sagte Sherlock Holmes. »Ich gestehe, Dr. Mortimers Ansicht zu teilen, dass sich der vermisste Stiefel bald wieder einfinden wird.«

»Und jetzt, meine Herren«, sagte der junge Baronet mit Entschiedenheit, »glaube ich, genug von dem Wenigen, das ich weiß, gesprochen zu haben. Es ist an der Zeit, dass Sie ihr Wort halten und mir detailliert berichten, worum es hier überhaupt geht.«

»Ihr Anliegen ist sehr verständlich«, antwortete Holmes. »Dr. Mortimer, am besten wird es wohl sein, Sie erzählen die Geschichte genauso, wie Sie sie uns erzählt haben.«

Auf diese Weise ermutigt zog unser wissenschaftlicher Freund seine Papiere aus der Tasche und erläuterte den ganzen Fall auf gleiche Weise wie am Morgen zuvor. Sir Henry Baskerville hörte mit äußerster Aufmerksamkeit zu und ließ gelegentlich einen überraschten Ausruf hören.

»Nun, da scheine ich ja mit dem übrigen Besitz einen Rachefeldzug geerbt zu haben«, sagte er, nachdem Dr. Mortimer seine lange Erzählung beendet hatte. »Natürlich hatte ich schon als Kind von dem Hund gehört, es ist eine Familienüberlieferung, doch hatte ich nie daran gedacht, sie ernst zu nehmen. Was den Tod meines Onkels anbelangt – ich habe das Gefühl, in meinem Kopf dreht sich alles und ich kann nicht klar denken. Sie scheinen sich noch nicht darüber schlüssig zu sein, ob es sich um einen Fall für die Polizei oder einen Geistlichen handelt.«

»Ganz genau.«

»Und jetzt auch noch die Affäre mit dem anonymen Brief. Ich vermute, das passt gut dazu.«

»Er lässt vermuten, dass jemand mehr als wir darüber weiß, was im Moor vor sich geht«, sagte Dr. Mortimer.

»Und obendrein«, sagte Holmes, »dass Ihnen dieser Jemand wohlgesonnen ist, denn er warnt Sie vor Gefahr.«

»Oder man will mir aus irgendwelchen Gründen solche Angst machen, dass ich verschwinde.«

»Das ist natürlich ebenfalls möglich. Ich bin Ihnen sehr verbunden, Dr. Mortimer, dass sie mich mit einem Fall vertraut gemacht haben, der so viele verschiedene interessante Alternativen bietet. Aber die Entscheidung, die wir nun zu treffen haben, ist, ob es ratsam für sie ist, Sir Henry, nach Baskerville Hall zu gehen.«

»Warum sollte ich nicht gehen?«

»Es scheint dort eine Gefahr auf Sie zu lauern.«

»Meinen Sie Gefahr von diesem Familiengespenst oder Gefahr von einem menschlichen Wesen?«

»Genau das werden wir herausfinden müssen.«

»Was immer es sein mag, meine Antwort darauf steht fest: Es gibt keinen Teufel in der Hölle, Mr. Holmes, und es gibt keinen Menschen auf Erden, der mich davon abhalten kann, in das Haus meiner Väter heimzukehren, und das ist mein letztes Wort.«

Seine dunklen Augenbrauen zogen sich bei diesen Worten zusammen und ein tiefes Rot flog über sein Gesicht, während er sprach. Es war offensichtlich, dass das grimmige Temperament der Baskervilles in diesem letzten Spross noch nicht erloschen war.

»Indessen«, sagte er, »hatte ich noch keine Gelegenheit, alles zu durchdenken, das Sie mir erzählt haben. Es ist nicht einfach, alles zu verstehen und gleichzeitig Konsequenzen zu ziehen. Ich sollte eine Weile in Ruhe darüber nachdenken. Mr. Holmes, es ist jetzt halb zwölf und ich gehe direkt ins Hotel zurück. Wie wäre es, wenn Sie und Ihr Freund, Dr. Watson, gegen zwei zum Mittagessen herüberkämen? Ich kann Ihnen dann sicherlich besser verdeutlichen, welchen Eindruck diese Dinge auf mich machen.«

»Passt Ihnen das, Watson?«

»Vollkommen.«

»Dann dürfen Sie uns erwarten. Soll ich Ihnen eine Droschke rufen lassen?«

»Ich ziehe einen Spaziergang vor, denn diese Affäre hat mich doch etwas nervös gemacht.«

»Ich werde Sie mit Vergnügen begleiten«, sagte Dr. Mortimer.

»Dann treffen wir uns gegen zwei Uhr wieder. Au revoir und schönen Tag!«

Wir hörten die Schritte unserer Besucher die Stufen hinabsteigen und das Schlagen der Haustür. Im Handumdrehen hatte sich Holmes vom müßigen Träumer zum Mann der Tat gewandelt.

»Hut und Schuhe, Watson, rasch! Wir haben keine Zeit zu verlieren!« Er rannte im Morgenrock in sein Zimmer und war nach wenigen Sekunden im Gehrock zurück. Wir eilten gemeinsam die Treppe hinab und auf die Straße. Dr. Mortimer und Baskerville waren noch zu sehen, wie sie in einer Entfernung von etwa 200 Metern in Richtung Oxford Street liefen.

»Soll ich rennen und sie anhalten?«

»Nicht um alles in der Welt, liebster Watson! Ich bin mit Ihnen als Begleitung vollauf zufrieden, sofern Sie meine Gegenwart ertragen. Unsere Freunde sind sehr weise, denn es ist sicher ein herrlicher Morgen für einen Spaziergang.«

Er beschleunigte seine Schritte, bis wir den Abstand zu ihnen auf etwa die Hälfte verringert hatten. Dann folgten wir ihnen in die Oxford Street und die Regent Street hinunter, immer auf etwa hundert Meter Abstand achtend. Einmal blieben unsere Freunde stehen und betrachteten die Auslagen eines Schaufensters, woraufhin Holmes dasselbe tat. Einen Augenblick später stieß er einen zufriedenen Schrei aus, und als ich der Richtung seiner aufmerksam blickenden Augen folgte, bemerkte ich eine zweirädrige Droschke, in der ein Mann saß; sie hatte auf der anderen Seite der Straße gehalten und fuhr nunmehr langsam weiter.

»Das ist unser Mann, Watson! Kommen Sie! Wir werden ihn uns mal genau anschauen, sofern wir nicht mehr tun können.«

In diesem Augenblick wurde ich auf einen buschigen schwarzen Bart und einen stechenden Blick aufmerksam, der durch das Seitenfenster der Droschke auf uns gerichtet war. Sofort flog das Türchen auf dem Dach auf, dem Fahrer wurde etwas zugerufen und die Droschke raste eilig die Regent Street hinunter. Holmes blickte sich eifrig nach einer anderen um, doch war keine unbesetzte in Sicht. Dann stürzte er sich in wilder Verfolgung mitten in den Verkehrsstrom, aber der Vorsprung war zu groß und die Droschke bereits außer Sichtweite.

»Da haben wir's«, sagte Holmes verbittert, als er keuchend und weiß vor Wut aus der Fahrzeugflut auftauchte. »Hatte ich je so ein Pech und solch eine Dummheit begangen? Watson, Watson, wenn Sie ein ehrenhafter Mann sind, werden Sie auch hiervon berichten und es gegen meine Erfolge aufrechnen!«

»Wer war der Mann?«

»Ich habe keine Ahnung.«

»Ein Spion?«

»Nun, nach allem, was wir gehört haben, ist Baskerville scharf überwacht worden, seit er in London ankam. Wie sonst konnte es so schnell bekannt werden, dass er im Northumberland Hotel abgestiegen ist? Wenn man ihm am ersten Tag folgte – so war meine Schlussfolgerung – würde man ihm auch am zweiten Tag nachgehen. Sie haben vielleicht bemerkt, dass ich, während Dr. Mortimer seine Geschichte vorlas, zweimal ans Fenster ging?«

»Ja, ich erinnere mich.«

»Ich habe Ausschau gehalten, ob sich jemand in der Straße herumtreibt, aber niemanden gesehen. Wir haben es mit einem gerissenen Mann zu tun, Watson. Dieser Fall ist sehr ernst, und auch wenn ich mir noch nicht darüber im Klaren bin, ob es sich um einen wohlwollenden oder übelwollenden Menschen handelt, mit dem wir es hier zu tun haben, spüre ich doch hinter allem Kraft und Entschlossenheit. Als unsere Freunde uns verließen, bin ich ihnen sofort gefolgt in der Hoffnung, den unsichtbaren Begleiter stellen zu können. Er war so schlau, ihnen nicht zu Fuß zu folgen, sondern sich eine Droschke zu nehmen, mal hinter ihnen her zu schlendern, mal vorneweg zu fahren und so ihrer Aufmerksamkeit zu entgehen. Seine Methode hatte den zusätzlichen Vorteil, dass er auch in der Lage war, ihnen zu folgen, sollten sie eine Droschke besteigen, doch sie hatte auch einen offenkundigen Nachteil.«

»Er lieferte sich dem Kutscher aus.«

»Genau.«

»Schade, dass wir nicht die Droschkennummer notiert haben!«

»Mein lieber Watson, wie ungeschickt ich auch gewesen sein mag, Sie können doch nicht ernsthaft glauben, dass ich so nachlässig war, mir nicht die Nummer zu merken? 2704, das ist unser Mann. Aber im Moment ist das für uns nutzlos.«

»Ich kann nicht erkennen, was Sie sonst noch hätten tun können.«

»Als mir die Droschke aufgefallen war, hätte ich auf dem Punkt kehrt machen und in die andere Richtung laufen müssen. Dann hätte ich in Ruhe eine zweite Droschke mieten und der ersten in respektvollem Abstand folgen sollen oder, noch besser, zum Northumberland Hotel fahren und dort warten sollen. Nachdem unser Unbekannter dann Baskerville ins Hotel gefolgt wäre, hätten wir die Gelegenheit gehabt, sein Spiel mit ihm zu spielen und ihm unsererseits zu folgen. Aus unserem Übereifer hat unser Gegenspieler seinerseits mit außerordentlicher Geschwindigkeit und Energie seinen Vorteil gezogen, wir haben uns selbst verraten und ihn verloren.«

Während dieser Unterhaltung waren wir langsam die Regent Street hinuntergeschlendert und Dr. Mortimer sowie sein Begleiter waren längst verschwunden.

»Es hat keinen Zweck, ihnen weiter zu folgen«, sagte Holmes. »Der Schatten ist verschwunden und wird nicht zurückkommen. Lassen Sie sehen, welche Karten wir noch in Händen halten, und sie dann mit Entschlossenheit ausspielen. Könnten Sie das Gesicht des Mannes in der Droschke beschreiben?«

»Mit Sicherheit nur den Bart.«

»So geht es mir auch – woraus ich schließe, dass es sich mit aller Wahrscheinlichkeit um einen falschen Bart handelt. Ein so gerissener Mann mit einem so heiklen Auftrag braucht keinen solchen Bart, sofern er sich nicht dahinter verbergen will. Kommen Sie hier herein, Watson.«

Er betrat ein Büro der Bezirksbotengesellschaft, wo er herzlich vom Büroleiter begrüßt wurde. »Ah, Wilson, wie ich sehe, haben Sie den kleinen Fall nicht vergessen, in welchem ich das Glück hatte, Ihnen helfen zu können!«

»Nein, Sir, das habe ich tatsächlich nicht. Sie haben meinen Ruf gerettet und vielleicht mein Leben.«

»Lieber Mann, Sie übertreiben. Meiner Erinnerung nach haben Sie unter Ihren Boten einen Jungen namens Cartwright, der sich während der Untersuchung als recht geschickt erwies.«

»Ja, Sir, er ist noch bei uns.«

»Könnten Sie ihn holen? Vielen Dank. Und könnten Sie mir freundlicherweise diese Fünf-Pfund-Note wechseln?«

Ein Junge von etwa vierzehn Jahren, mit einem offenen und aufgeweckten Gesicht, war der Aufforderung des Büroleiters gefolgt und sah den berühmten Detektiv nun mit großer Ehrfurcht an.

»Geben Sie mir bitte das Hotelverzeichnis«, sagte Holmes.

»Danke. Nun, Cartwright, hier gibt es die Namen von 23 Hotels, die sich alle in der unmittelbaren Nachbarschaft von Charing Cross befinden. Siehst du?«

»Ja, Sir.«

»Du wirst sie alle der Reihe nach aufsuchen.«

»Ja, Sir.«

»Jedes Mal gibst du zunächst dem Portier an der Eingangstür einen Schilling. Hier sind 23 Schilling.«

»Ja, Sir.«

»Dann sagst du, dass du das Abfallpapier von gestern sehen möchtest, und erklärst ihnen, dass ein wichtiges Telegramm versehentlich weggeworfen wurde und dass du nach ihnen suchen musst. Hast du verstanden?«

»Ja, Sir.«

»Aber in Wirklichkeit suchst du nach der Innenseite der ›Times‹, in welche mit einer Schere Löcher geschnitten wurden. Hier ist eine Exemplar derselben ›Times‹. Es handelt sich um diese Seite hier. Du wirst sie leicht wiedererkennen, oder?«

»Ja, Sir.«

»Der Portier an der Eingangstür wird jedes Mal den Portier der Empfangshalle rufen lassen, welchem du auch einen Schilling gibst. Hier sind weitere 23 Schilling. In schätzungsweise zwanzig von dreiundzwanzig Fällen wirst du hören, dass das Abfallpapier vom Vortrag verbrannt oder fortgeschafft wurde. In den verbleibenden Fällen zeigt man dir einen Haufen Papier und du suchst darin nach dieser Seite der ›Times‹. Die Chancen sie zu finden sind mehr als gering. Hier sind noch zehn Schilling für Notfälle. Schicke mir bis heute Abend einen telegrafischen Bericht in die Baker Street. Und jetzt, Watson, bleibt uns nur noch die Identität des Droschkenkutschers Nr. 2704 herauszufinden, danach wollen wir eine der Kunstgalerien in der Bond Street aufsuchen und uns dort die Zeit vertreiben, bis wir im Hotel erwartet werden.«

5. Drei gerissene Fäden

Holmes besaß in bemerkenswertem Grad die Fähigkeit, sich nach Belieben gedanklich von einem Fall zu lösen. Zwei Stunden lang schien die seltsame Geschichte, in die wir hineingezogen worden waren, vergessen und er war völlig gebannt von den Gemälden moderner belgischer Meister. Von dem Moment an, da wir die Kunstgalerie verließen, bis zu unserer Ankunft im Northumberland Hotel wollte er über nichts anderes als Kunst reden, von welcher er recht seltsame Vorstellungen hatte.

»Sir Henry Baskerville erwartet Sie oben«, sagte der Angestellte. »Er bat mich, Sie bei Ihrer Ankunft sofort nach oben zu führen.«

»Haben Sie etwas dagegen, wenn ich einen Blick in das Meldebuch werfe?«, fragte Holmes.

»Nicht im Geringsten.«

Aus dem Buch war ersichtlich, dass seit der Ankunft Baskervilles zwei weitere Namen hinzugefügt worden waren.

Bei dem einen handelte es sich um Teophilus Johnson und Familie aus Newcastle, bei dem anderen um eine Mrs. Oldmore und ihre Zofe aus High Lodge, Alton. »Ich bin sicher, dass das derselbe Johnson ist, den ich früher kannte«, sagte Holmes zu dem Empfangschef. »Ein Rechtsanwalt, nicht wahr, mit grauen Haaren, der leicht hinkt?«

»Nein, Sir, dieser Mr. Johnson ist der Minenbesitzer, sehr vital, nicht älter als Sie selbst.«

»Haben Sie sich hinsichtlich seines Berufes nicht geirrt?«

»Nein, Sir! Er steigt hier schon seit vielen Jahren ab und ist uns sehr gut bekannt.«

»Ah, das klärt die Sache. Mrs. Oldmore scheint mir auch bekannt zu sein. Verzeihen Sie meine Neugier, aber wie oft, wenn man einen Freund aufsucht, trifft man gleich auf einen anderen Freund!«

»Sie ist eine kränkliche Dame, Sir. Ihr Ehemann war einst Bürgermeister von Gloucester. Immer, wenn sie in der Stadt ist, logiert sie bei uns.«

»Danke; ich fürchte, ich kann mich nicht ihrer Bekanntschaft rühmen. Durch diese Fragen haben wir eine sehr wichtige Tatsache festgestellt, Watson«, setzte er mit leiser Stimme fort, während wir die Treppe hinaufstiegen. »Wir wissen jetzt, dass die Leute, die so an unserem Freund interessiert sind, nicht in diesem Hotel wohnen. Das heißt, dass sie einerseits sehr darauf bedacht sind, ihn zu beobachten, gleichzeitig aber darauf achten, selbst von ihm nicht gesehen zu werden. Aus diesem Umstand lässt sich viel entnehmen.«

»Was denn zum Beispiel?«

»Es folgt daraus – hallo, lieber Freund, was um alles in der Welt ist los?«

Als wir auf dem oberen Treppenabsatz angelangt waren, liefen wir direkt in Sir Henry Baskerville hinein. Sein Gesicht war rot vor Zorn und er hielt einen alten verstaubten Schuh in der Hand. Er war dermaßen wütend, dass er kaum ein Wort herausbrachte, und als er endlich sprach, tat er dies in breiterem westlichen Dialekt als noch am Morgen.

»Mir scheint, die halten mich hier in diesem Hotel für einen Trottel«, rief er. »Die werden merken, dass sie da an den Falschen geraten sind, wenn sie nicht aufpassen. Zum Donnerwetter, wenn dieser Bengel meinen verlorenen Schuh nicht wiederfindet, gibt's Ärger. Ich kann ja einen Spaß vertragen, Mr. Holmes, aber diesmal haben sie zu sehr über die Schnur gehauen.«

»Suchen Sie immer noch Ihren Schuh?«

»Ja, und ich habe auch vor, ihn zu finden.«

»Aber Sie sagten doch, es war ein neuer, brauner Lederstiefel?«

»So ist es, Mr. Holmes, und jetzt ist es ein alter schwarzer Schuh.«

»Wie bitte? Sie wollen doch nicht sagen ...«

»Genau das will ich sagen. Ich besaß überhaupt nur drei Paar Schuhe: Die neuen braunen, die alten schwarzen und die Lackschuhe, die ich trage. Letzte Nacht verschwand einer meiner braunen, heute hat jemand einen meiner schwarzen geklaut. – Nun, haben Sie ihn gefunden? Reden Sie, Mann, und glotzen Sie mich nicht so an!«

Ein aufgeregter deutscher Etagenkellner war aufgetaucht. »Tut mir Leid, Sir, ich habe im ganzen Haus nachgefragt, aber niemand weiß etwas darüber.«

»Ich sage Ihnen, entweder taucht dieser Schuh vor Sonnenuntergang wieder auf oder ich gehe zum Direktor und teile ihm mit, dass ich sofort aus diesem Hotel ausziehe.«

»Er wird gefunden werden, Sir – ich verspreche Ihnen, wenn Sie noch ein wenig Geduld aufbringen, werden wir ihn finden.«

»Das will ich hoffen, denn das ist das letzte Mal, dass ich mir in dieser Diebeshöhle etwas stehlen lasse! Lieber Mr. Holmes, entschuldigen Sie, dass Sie mit solch einer Lappalie behelligt werden ...«

»Meiner Meinung nach ist das mehr als eine Lappalie.«
»Sie machen aber einen sehr ernsten Eindruck.«
»Welche Erklärung haben Sie dafür?«
»Ich versuche gar keine Erklärung zu finden. Mir scheint das die verrückteste und merkwürdigste Geschichte, die mir je passiert ist.«
»Die merkwürdigste vielleicht ...«, sagte Holmes gedankenvoll.
»Was halten Sie selbst davon?«
»Nun, ich kann nicht behaupten, es schon zu durchschauen. Ihr Fall ist sehr verwickelt, Sir Henry. In Verbindung mit dem Tod Ihres Onkels scheint er mir eine Bedeutung zu erlangen, die wohl kaum einer der fünfhundert wichtigen Fälle, mit denen ich bisher zu tun hatte, besaß. Aber wir halten unterschiedliche Fäden in Händen, und mit Glück führt der eine oder andere uns zur Wahrheit. Wenn wir auch damit Zeit vergeuden, einem in die falsche Richtung zu folgen, so stoßen wir doch früher oder später auf den richtigen.«

Wir verbrachten ein angenehmes Mittagessen zusammen, ohne viel über den Fall zu reden, der uns zusammengeführt hatte. Erst als wir uns nach dem Essen in den privaten Salon zurückzogen, fragte Holmes Sir Henry nach seinen Absichten.

»Ich fahre nach Baskerville Hall.«
»Und wann?«
»Ende dieser Woche.«
»Im Großen und Ganzen bin ich der Ansicht, dass Ihre Entscheidung weise ist«, antwortete Holmes. »Ich habe reichlich Hinweise darauf, dass man Sie in London überwacht, und unter den Millionen Einwohnern dieser großen Stadt ist es schwierig herauszufinden, wer diese Leute sind und was der Zweck ihres Tuns ist. Verfolgen sie böse Absichten, so könnte Ihnen ein Unglück zustoßen und wir wären nicht in der Lage, es zu verhindern. Sie wussten nicht,

Dr. Mortimer, dass Sie heute Morgen verfolgt wurden, nachdem sie mein Haus verlassen hatten?«

Dr. Mortimer zuckte heftig zusammen. »Verfolgt? Von wem?«

»Das kann ich Ihnen leider nicht sagen. Gibt es unter Ihren Nachbarn oder Bekannten in Dartmoor jemanden mit einem schwarzen Vollbart?«

»Nein – oder, warten Sie – nun ja, doch. Barrymore, der Butler von Sir Charles, trägt einen schwarzen Vollbart.«

»Aha! Wo ist Barrymore?«

»Er hütet Baskerville Hall.«

»Wir sollten uns vergewissern, ob er sich wirklich dort befindet oder aber zufällig in London aufhält.«

»Wie wollen Sie das tun?«

»Geben Sie mir ein Telegrammformular. ›Ist alles für Sir Henry bereit?‹ Das sollte genügen. Adressiert an Mr. Barrymore, Baskerville Hall. Wo ist das nächste Telegrafenbüro? Grimpen. Sehr gut, wir senden ein zweites Telegramm an den Amtsleiter in Grimpen: ›Telegramm an Mr. Barrymore nur persönlich aushändigen. Falls abwesend, bitte Rücktelegramm an Sir Henry Baskerville, Northumberland Hotel.‹ So werden wir noch vor dem Abend wissen, ob Barrymore in Devonshire auf seinem Posten ist oder nicht.«

»So ist es«, sagte Baskerville. »Übrigens, Dr. Mortimer, wer ist dieser Barrymore überhaupt?«

»Er ist der Sohn des ehemaligen, mittlerweile verstorbenen Hausmeisters. Sie haben sich seit nunmehr vier Generationen um Baskerville Hall gekümmert. Soweit ich weiß, gibt es kein ehrenwerteres Paar in der Grafschaft als ihn und seine Frau.«

»Doch gleichzeitig ist klar«, sagte Baskerville, »dass diese Leute ein prachtvolles Heim und keine Arbeit haben, solange niemand von der Familie dort wohnt.«

»Das stimmt.«

»Hat Barrymore durch Sir Charles' Testament einen Vorteil erlangt?«, fragte Holmes.

»Er und seine Frau erhielten jeder fünfhundert Pfund.«

»Aha! Wussten sie, dass sie das Geld erben würden?«

»Ja, Sir Charles hat sehr gerne über sein Testament gesprochen.«

»Das ist sehr interessant.«

»Hoffentlich betrachten Sie nicht jeden so argwöhnisch, der von Sir Charles mit einem Legat bedacht wurde«, sagte Dr. Mortimer, »denn er hat mir auch tausend Pfund vermacht.«

»Tatsächlich? Und wem hat er sonst noch etwas vermacht?«

»Es gab eine Reihe kleinerer Legate an Einzelpersonen sowie an öffentliche Wohlfahrtseinrichtungen. Der Rest ging an Sir Henry.«

»Und wie viel machte dieser Rest aus?«

»740.000 Pfund.«

Holmes zog überrascht die Augenbrauen hoch. »Ich hatte keine Ahnung, dass es um eine Summe dieser Größe ging.«

»Sir Charles stand im Ruf, ein reicher Mann zu sein, aber wir wussten nicht, wie reich er wirklich war, bis wir seine Wertpapiere begutachteten. Der Gesamtwert seines Vermögens belief sich auf nahezu eine Million!«

»Gütiger Gott! Um einen solchen Einsatz könnte mancher ein verzweifeltes Spiel spielen! Eine Frage noch, Dr. Mortimer. Angenommen, unserem jungen Freund hier stieße etwas zu – verzeihen Sie die unerfreuliche Hypothese! –, wer würde dann das Vermögen erben?«

»Da Sir Charles' jüngerer Bruder Rodger unverheiratet verstorben ist, ginge der Besitz an die Desmonds, entfernte Verwandte. James Desmond ist ein älterer Geistlicher in Westmoreland.«

»Ich danke Ihnen, diese Details sind von großem Interesse. Haben Sie James Desmond kennen gelernt?«

»Ja, er kam einmal zu Besuch zu Sir Charles. Er ist ein Mann von ehrenwerter Erscheinung und religiösem Lebenswandel. Ich erinnere mich, dass er jede finanzielle Zuwendung von Sir Charles ablehnte, obwohl dieser sie ihm aufzudrängen suchte.«

»Und dieser Mann des einfachen Geschmacks wäre der Erbe der Millionen von Sir Charles.«

»Er würde die Liegenschaften erben, weil diese unveräußerlich sind. Das Geld würde er nur dann erben, wenn dies vom gegenwärtigen Eigentümer nicht anders bestimmt würde, wobei dieser damit tun kann, was er will.«

»Und haben Sie Ihr Testament gemacht, Sir Henry?«

»Nein, Mr. Holmes, ich hatte noch nicht die Zeit dazu, da ich erst gestern erfuhr, wie die Dinge stehen. Doch bin ich der Meinung, Titel, Besitz und Geld gehören zusammen. Das war auch die Ansicht meines armen Onkels. Wie soll der Eigentümer den Glanz der Baskervilles wiederherstellen können, wenn er nicht genug Geld hat, um den Besitz zu erhalten? Haus, Land und Dollars müssen beisammen bleiben.«

»Da mögen Sie Recht haben. Nun, Sir Henry, ich bin mit Ihnen einer Meinung dass Sie unverzüglich nach Devonshire weiterreisen sollten, doch sollten Sie eine Vorkehrung treffen: Sie sollten keinesfalls allein fahren.«

»Dr. Mortimer wird mich begleiten.«

»Doch Dr. Mortimer muss sich um seine Praxis kümmern und sein Haus ist von Ihrem meilenweit entfernt. Bei allem guten Willen wird er außer Stande sein, Ihnen zu Hilfe zu eilen. Nein, Sir Henry, es muss Sie jemand begleiten, ein vertrauenswürdiger Mann, der immer an Ihrer Seite bleibt.«

»Wäre es möglich, dass Sie selbst mitkommen, Mr. Holmes?«

»Wenn sich die Lage zuspitzt, werde ich mich darum bemühen, vor Ort zu sein, aber Sie werden verstehen, dass es mir in Anbetracht meiner ausgedehnten Beratungstätigkeit und der ständigen Hilfeersuchen, die von allen Seiten an mich gerichtet werden, unmöglich ist, für unbestimmte Zeit London den Rücken zu kehren. Im Augenblick wird gerade einer der besten Namen Englands von einem Erpresser in den Schmutz gezogen und nur ich kann einen folgenschweren Skandal verhindern. Sie sehen, wie undenkbar es ist, dass ich Sie nach Dartmoor begleite.«

»Wen würden Sie mir dann empfehlen?«

Holmes legte seine Hand auf meinen Arm.

»Sollte mein Freund damit einverstanden sein, so werden Sie keinen Besseren finden, der Ihnen zur Seite steht, wenn es gefährlich wird. Niemand kann das besser beurteilen als ich.«

Der Vorschlag traf mich völlig überraschend, doch bevor ich Zeit hatte zu antworten, ergriff Baskerville meine Hand und schüttelte sie herzlich. »Ich muss sagen, das ist wirklich nett von Ihnen, Dr. Watson«, rief er. »Sie wissen, wie es um mich steht, und sind über den Fall ebenso im Bilde wie ich selbst. Wenn Sie mich nach Baskerville Hall begleiten und mir beistehen wollen, werde ich Ihnen das nie vergessen.«

Die Aussicht auf ein Abenteuer übte immer eine große Anziehungskraft auf mich aus und die Worte von Holmes hatten mir ebenso sehr geschmeichelt wie der Eifer, mit welchem der Baronet mich als Begleiter begrüßte.

»Ich werde mit Vergnügen mitkommen«, sagte ich. »Ich wüsste nicht, wie ich meine Zeit besser verbringen könnte.«

»Und Sie werden mir sorgfältig berichten«, sagte Holmes. »Wenn sich die Situation zuspitzt – und das wird sie –, werde ich Ihnen Anweisungen erteilen, wie Sie sich zu verhalten haben. Ich denke, bis Samstag werden alle Reisevorbereitungen getroffen sein?«

»Passt Ihnen das, Dr. Watson?«

»Vortrefflich.«

»Also dann, sofern Sie nichts Gegenteiliges hören, treffen wir uns Samstag in Paddington am 10.30 Uhr-Zug.«

Wir hatten uns zum Aufbruch erhoben, als Baskerville einen Schrei des Triumphes ausstieß; er hatte sich in einer Ecke des Zimmers gebückt und einen braunen Stiefel unter einem Schrank hervorgezogen. »Der verschwundene Stiefel!«, rief er aus.

»Mögen sich all unsere Schwierigkeiten so leicht in Nichts auflösen!«, sagte Sherlock Holmes.

»Aber das ist eine sehr seltsame Geschichte«, bemerkte Dr. Mortimer. »Ich habe diesen Raum vor dem Essen sorgfältig durchsucht.«

»Ich auch«, sagte Baskerville. »Jeden Zentimeter.«

»Hier war bestimmt kein Stiefel drin.«

»In diesem Fall muss ihn der Kellner gebracht haben, während wir beim Essen saßen.«

Man schickte nach dem Deutschen, doch dieser beteuerte, nichts von dieser Angelegenheit zu wissen, und keine Befragung brachte Licht in die Sache.

Ein weiteres Teil hatte sich zu der ständigen und scheinbar sinnlosen Abfolge kleiner Rätsel gefügt. Abgesehen von der ganzen Gruselgeschichte um den Tod von Sir Charles hatten wir innerhalb von zwei Tagen eine ganze Anzahl unerklärlicher Zwischenfälle erlebt, angefangen von dem anonymen Brief über den schwarzbärtigen Verfolger in der Droschke und den Verlust des alten schwarzen Schuhs bis hin zum Wiederauftauchen des neuen braunen Stiefels. Holmes saß schweigend in der Droschke, als wir in die Baker Street zurückfuhren, und seine hochgezogenen Brauen sowie sein scharfer Blick verrieten mir, dass seine Gedanken ebenso wie meine damit beschäftigt waren, ein Schema zu finden, in das all diese seltsamen und scheinbar zusammenhanglosen Episoden sich einfügten. Den ganzen Nachmittag und bis spät in den Abend hinein saß er in Tabaksqualm gehüllt da und dachte nach.

Kurz vor dem Abendessen trafen zwei Telegramme ein. Das erste lautete: »Habe gerade gehört, dass Barrymore in

Baskerville Hall ist. Baskerville.« Das zweite: »Besuchte wie befohlen dreiundzwanzig Hotels, leider ›Timesseite‹ mit Ausschnitten nicht gefunden. Cartwright.«

»So reißen zwei meiner Fäden, Watson. Es gibt doch nichts Anregenderes als einen Fall, wo sich alles gegen einen stellt. Nun müssen wir uns nach einer anderen Spur umsehen.«

»Wir haben immer noch den Droschkenkutscher, der den Verfolger gefahren hat.«

»Richtig. Ich habe der Droschkenzentrale telegrafiert, um seinen Namen und seine Adresse zu erfahren. Es würde mich nicht überraschen, wenn dies die Antwort auf meine Frage wäre.«

Das Läuten der Hausklingel versprach etwas mehr als nur eine Antwort, denn die Tür öffnete sich und ein grobschlächtig aussehender Mann trat ein, der offenbar der Kutscher selbst war. »Die Zentrale hat mir ausgerichtet, dass ein Herr unter dieser Adresse nach Droschke 2704 gefragt hat«, sagte er. »Seit sieben Jahren fahre ich meine Droschke, ohne jemals eine Klage gehört zu haben. Deshalb bin ich selbst hergekommen und frage Sie gerade ins Gesicht, was Sie gegen mich haben.«

»Nicht das Geringste habe ich gegen Sie, guter Mann«, sagte Holmes. »Im Gegenteil, ich habe einen halben Sovereign für Sie, wenn Sie mir eine klare Antwort auf meine Fragen geben.«

»Nun, ich hatte einen guten Tag ohne Ärger«, sagte der Kutscher grinsend. »Was wollten Sie wissen, Sir?«

»Zunächst Ihren Namen und Ihre Anschrift, falls ich Sie noch einmal brauche.«

»John Clayton, 3 Turpey Street, Borough. Meine Droschke gehört zu Shipley's Yard, in der Nähe von Waterloo Station.«

Sherlock Holmes notierte sich alles.

»Nun, Clayton, erzählen Sie mir alles über den Fahrgast,

der heute Morgen um zehn Uhr zuerst dieses Haus beobachtete und anschließend zwei Herren die Regent Street hinunter folgte.«

Der Mann schaute überrascht und ein wenig verlegen. »Macht nicht viel Sinn, Ihnen davon zu erzählen, da Sie anscheinend genauso viel darüber wissen wie ich selbst«, sagte er. »Die Wahrheit ist, dass der Gentleman mir sagte, er sei Detektiv und ich solle niemandem etwas über ihn erzählen.«

»Mein lieber Mann, dies ist eine sehr ernste Angelegenheit und Sie könnten sich in Ungelegenheiten bringen, wenn Sie irgendetwas vor mir verbergen wollten. Ihr Fahrgast sagte also, er sei Detektiv?«

»So ist es.«

»Wann hat er das gesagt?«

»Als er ausstieg.«

»Sagte er sonst noch etwas?«

»Er nannte mir seinen Namen.«

Holmes warf mir einen flüchtigen, triumphierenden Blick zu.

»Oh, er nannte seinen Namen? Das war unvorsichtig. Was war das denn für ein Name?«

»Sein Name«, antwortete der Droschkenkutscher, »war Sherlock Holmes.«

Niemals habe ich meinen Freund verblüffter gesehen als nach dieser Antwort des Droschkenkutschers. Einen Augenblick lang saß er in stillem Staunen. Dann brach er in herzliches Lachen aus.

»Touché, Watson! Ein unleugbarer Volltreffer«, sagte er. »Ich spüre ein ebenso flinkes und geschmeidiges Florett wie mein eigenes. Meinen Schlag hat er hübsch pariert. So so, sein Name war also Sherlock Holmes?«

»Ja, Sir, so nannte sich der Gentleman.«

»Ausgezeichnet! Sagen Sie mir, wo er eingestiegen ist, und alles, was sich sonst noch ereignet hat.«

»Er winkte mich gegen halb zehn am Trafalgar Square herbei. Sagte, er sei Detektiv, und bot mir zwei Guineen, wenn ich den ganzen Tag täte, was er anordne, ohne Fragen zu stellen. Natürlich habe ich zugestimmt. Zuerst sind wir zum Northumberland Hotel gefahren und haben dort gewartet, bis zwei Herren herauskamen und eine Droschke am Halteplatz nahmen. Wir folgten ihnen, bis sie hier in der Nähe hielten.«

»Genau vor meiner Tür«, sagte Holmes.

»Nun, ich war mir dessen nicht so sicher, aber mein Fahrgast wusste genau Bescheid. Wir fuhren die Straße noch etwas weiter hinunter und warteten eineinhalb Stunden. Dann kamen die beiden Herren zu Fuß an uns vorüber und wir folgten ihnen die Baker Street hinunter und weiter ...«

»Ich weiß«, sagte Holmes.

»... bis wir drei Viertel der Regent Street entlanggefahren waren. Dann öffnete mein Fahrgast die Luke im Verdeck und rief, ich sollte, so schnell ich konnte, direkt zur Waterloo Station fahren. Ich trieb meine Stute an und wir schafften es in kaum zehn Minuten. Dann gab er mir die zwei Guineen, wie versprochen, und verschwand im Bahnhof. Erst als er schon im Begriff war zu gehen, drehte er sich noch einmal um und sagte: ›Es mag Sie interessieren, dass Sie Mr. Sherlock Holmes gefahren haben.‹ So erfuhr ich seinen Namen.«

»Verstehe. Und weiter sahen Sie nichts von ihm?«

»Nicht, nachdem er den Bahnhof betreten hatte.«

»Und wie würden Sie Sherlock Holmes beschreiben?«

Der Kutscher kratzte sich am Kopf. »Nun, er ist keiner, der leicht zu beschreiben ist. Ich schätze ihn auf ungefähr 40 Jahre, mittelgroß, ein paar Zentimeter kleiner als Sie, Sir. Gekleidet war er wie ein feiner Pinkel, und er hatte einen schwarzen Bart, an der Spitze gerade abgeschnitten, und ein bleiches Gesicht. Weiter wüsste ich nichts über ihn zu sagen.«

»Seine Augenfarbe?«
»Kann ich nicht sagen.«
»Sonst nichts, an das Sie sich erinnern können?«
»Nein, nichts, Sir.«
»Nun, dann nehmen Sie den halben Sovereign. Ein anderer wartet auf Sie, falls Sie mir mehr Informationen liefern können. Guten Abend!«
»Guten Abend, Sir, und vielen Dank!«
John Clayton ging, still in sich hineinlächelnd, und Holmes wandte sich mir mit einem Achselzucken und einem kläglichen Lächeln zu.
»Da reißt auch unser dritter Faden und wir sind wieder da, wo wir angefangen haben«, sagte er. »Dieser schlaue Fuchs! Er kannte unsere Hausnummer, wusste, dass Sir Henry mich aufgesucht hatte, entdeckte mich in der Regent Street, vermutete, dass ich mir die Droschkennummer merken und den Fahrer suchen würde und schickte mir eine kecke Botschaft. Ich sage Ihnen, Watson, diesmal haben wir es mit einem Gegner zu tun, der unserer Klinge würdig ist. In London bin ich mattgesetzt worden. Ich kann Ihnen nur mehr Glück in Devonshire wünschen, aber ich bin sehr besorgt.«
»Worüber?«
»Sie dorthin zu schicken. Es ist eine hässliche Geschichte, Watson, eine hässliche und gefährliche Geschichte, und je mehr ich über sie erfahre, um so weniger gefällt sie mir. Ja, mein lieber Freund, Sie mögen lachen, aber ich gebe Ihnen mein Wort darauf, dass ich sehr froh bin, wenn ich Sie gesund und munter zurück in der Baker Street weiß.«

6. Baskerville Hall

Sir Henry Baskerville und Dr. Mortimer waren am verabredeten Tag reisefertig, und zur vereinbarten Stunde brachen wir nach Devonshire auf. Sherlock Holmes fuhr mit mir zum Bahnhof und gab mir letzte Anweisungen und Ratschläge.

»Ich will Sie nicht mit meinen Mutmaßungen und Verdachtsgründen belasten, Watson«, sagte er, »ich wünsche mir nur, dass Sie mir alle Fakten so ausführlich wie möglich mitteilen, Sie können es dann mir überlassen, daraus entsprechende Schlussfolgerungen zu ziehen.«

»Welche Art von Fakten meinen Sie?«, fragte ich.

»Alles, was mit dem Fall, und sei es auch nur indirekt, zu tun zu haben scheint, vor allem aber die Beziehungen zwischen dem jungen Baskerville und seinen Nachbarn oder neue Einzelheiten hinsichtlich des Todes von Sir Charles. Ich habe in den vergangenen Tagen selbst einige Untersuchungen vorgenommen, doch die Ergebnisse waren, wie ich befürchte, eher negativ. Ganz sicher scheint nur eines festzustehen, nämlich dass Mr. James Desmond, der nächste Erbe, ein älterer Herr von äußerst freundlicher Natur ist, so dass die Verfolgungen kaum von ihm herrühren werden. Ich glaube wirklich, wir können ihn vollständig aus unseren Überlegungen streichen. So bleiben die Leute übrig, die im Moor zur direkten Umgebung von Sir Henry Baskerville gehören.«

»Wäre es als erste Maßnahme nicht besser, dieses Ehepaar Barrymore loszuwerden?«

»Auf gar keinen Fall. Man könnte keinen größeren Fehler begehen. Falls sie unschuldig sind, wäre dies eine grausame Ungerechtigkeit, und falls sie schuldig sind, so würden wir uns jeder Gelegenheit berauben, sie zu überführen. Nein, nein, wir werden sie auf unserer Verdächtigenliste behalten. Dann gibt es einen Stallknecht in Baskerville Hall, wenn ich mich recht entsinne. Des Weiteren leben dort zwei Moorbauern, außerdem unser Freund Dr. Mortimer, den ich für durch und durch anständig halte, und seine Frau, über die wir nichts wissen. Dann gibt es diesen Naturforscher, Stapleton, und seine Schwester, die als junge und attraktive Dame gilt, ferner Mr. Frankland von Lafter Hall, der ebenfalls ein unbekannter Faktor ist, und ein oder zwei weitere Nachbarn. Dies sind die Leute, denen Ihre besondere Aufmerksamkeit gelten soll.«

»Ich will mein Bestes tun.«

»Sie haben doch Waffen bei sich?«

»Ja, ich dachte, es wäre gut, sie mitzunehmen.«

»Ganz bestimmt. Behalten Sie Ihren Revolver Tag und Nacht bei sich und lassen Sie niemals in Ihrer Wachsamkeit nach.«

Unsere Freunde hatten bereits ein Erster-Klasse-Abteil belegt und erwarteten uns auf dem Bahnsteig.

»Es gibt keinerlei Neuigkeiten«, sagte Dr. Mortimer als Antwort auf die Frage meines Freundes. »Aber auf eines kann ich einen Eid ablegen: Wir sind in den letzten beiden Tagen von niemandem verfolgt worden. Wann immer wir ausgegangen sind, haben wir aufmerksam darauf geachtet; niemand hätte uns entgehen können.«

»Sie sind, wie ich annehme, stets zusammen ausgegangen?«

»Abgesehen von gestern Nachmittag. Wenn ich in die Stadt komme, widme ich gewöhnlich einen Tag dem reinen Vergnügen, daher ging ich in das Museum der Chirurgischen Gesellschaft.«

»Und ich habe die Leute im Park beobachtet«, sagte Baskerville, »aber es gab keine Unannehmlichkeiten irgendwelcher Art.«

»Es war dennoch unklug«, sagte Holmes und schüttelte seinen Kopf mit ernster Miene. »Ich bitte Sie darum, Sir Henry, nicht mehr allein umherzulaufen. Ein großes Unglück wird Ihnen widerfahren, wenn Sie das tun. Haben Sie Ihren anderen Schuh wiedergefunden?«

»Nein, er ist verschwunden geblieben.«

»Wirklich? Das ist sehr interessant. Nun, gute Reise«, sagte er noch, da der Zug den Bahnsteig entlang zu gleiten begann. »Denken Sie immer an einen der Sätze aus dieser seltsamen alten Legende, die Dr. Mortimer uns vorgelesen hat, Sir Henry, und meiden Sie das Moor in jenen Stunden der Dunkelheit, da die Mächte des Bösen sich erheben.«

Ich schaute zum Bahnsteig zurück, den wir schon weit hinter uns gelassen hatten, und sah die große und hagere Gestalt von Holmes regungslos dastehen und uns nachstarren.

Die Reise verlief schnell und angenehm; ich nutzte sie, um meine beiden Gefährten besser kennen zu lernen und mit Dr. Mortimers Spaniel zu spielen. Nach wenigen Stunden schon wurde die braune Erde rötlich und der Ziegel zu Granit, rotbraune Kühe grasten auf von Hecken begrenzten Feldern, wo saftige Gräser und üppige Vegetation von einem reicheren, wenn auch feuchteren Klima kündeten. Der junge Baskerville starrte eifrig aus dem Fenster und schrie laut auf vor Entzücken, als er die vertraute Landschaft von Devon erkannte.

»Ich habe eine Menge von der Welt gesehen, seit ich diese Gegend verlassen habe, Dr. Watson«, sagte er, »aber niemals habe ich einen vergleichbaren Ort gefunden.«

»Ich habe noch nie einen Mann aus Devon getroffen, der nicht auf sein Land geschworen hätte«, bemerkte ich.

»Das hängt ebenso sehr von der Art der Menschen wie vom Land ab«, sagte Dr. Mortimer. »Ein Blick auf unseren Freund hier verrät uns den rundlichen Keltenschädel, der in sich die keltische Begeisterungsfähigkeit und Bodenständigkeit trägt. Der Kopf des armen Sir Charles war ein seltenerer Typ von halb gälischem und halb irischem Charakter. Aber Sie waren doch recht jung, als Sie Baskerville Hall das letzte Mal sahen, nicht wahr?«

»Ich war noch ein kleiner Junge, als mein Vater starb, und habe Baskerville Hall nie gesehen, denn er lebte in einem kleinen Landhaus an der Südküste. Anschließend bin ich direkt zu einem Freund nach Amerika gefahren. Ich sage Ihnen, das ist alles für mich ebenso neu wie für Dr. Watson, und ich bin sehr gespannt darauf, das Moor zu sehen.«

»In diesem Fall ist Ihr Wunsch leicht zu erfüllen, denn hier ist Ihr erster Blick auf das Moor«, sagte Dr. Mortimer und zeigte aus dem Waggonfenster.

Über den grünen Rechtecken der Felder und dem niedrigen Bogen eines Waldes erhob sich in der Ferne ein grauer, melancholisch wirkender Hügel mit einem merkwürdig gezackten Gipfel, trübe und schemenhaft wie eine fantastische Traumlandschaft. Lange starrte Baskerville reglos auf dieses Bild, und ich las auf seinem ausdrucksvollen Gesicht, wie tief ihn der erste Anblick der Gegend berührte, die seine Vorfahren so lange beherrscht und in der sie so tiefe Spuren hinterlassen hatten. Da saß er in seinem Tweed-Anzug mit seinem amerikanischen Akzent in der Ecke eines prosaischen Eisenbahnwaggons, doch während ich sein dunkles und ausdrucksvolles Gesicht betrachtete, fühlte ich mehr als zuvor, dass er ein echter Nachfahre dieser langen Linie heißblütiger, feuriger und herrischer Menschen war. Stolz, Tapferkeit und Stärke zeigten sich in seinen dichten Augenbrauen, diesen sensitiven Nasenflügeln und den großen haselnussbraunen Augen. Sollte in diesem abschreckenden Moor eine schwierige und gefährliche Aufgabe vor uns liegen, so war er doch wenigstens ein Gefährte, für den man ein Risiko auf sich nehmen könnte mit der Gewissheit, dass er es voller Mut teilte.

Der Zug hielt an einem kleinen Nebenbahnhof, und wir stiegen aus. Draußen, jenseits des niedrigen weißen Zauns, erwartete uns ein kleiner offener Pferdewagen. Offenbar war unsere Ankunft ein großes Ereignis, denn der Bahnhofsvorsteher und die Träger kamen herbeigeeilt, um unser

Gepäck hinauszutragen. Es war ein hübscher, einfacher Landflecken, doch war ich überrascht zu bemerken, dass am Tor zwei Soldaten in dunklen Uniformen standen, die sich auf ihre Gewehre stützten und uns eingehend musterten, als wir an ihnen vorübergingen. Der Kutscher, ein knorriger kleiner Bursche mit harten Gesichtszügen, grüßte Sir Henry, und ein paar Minuten später rollten wir rasch die breite weiße Straße entlang. Sanft gewelltes Weideland erstreckte sich zu beiden Seiten unseres Weges und alte Giebelhäuser schauten hier und da aus dem dichten grünen Laubwerk hervor, doch hinter der friedlichen, sonnenbeschienenen Landschaft erhob sich überall die düstere Linie des Moors gegen den Abendhimmel, bisweilen durchbrochen von zerklüfteten, finsteren Hügeln.

Der Wagen bog in eine Seitenstraße, und wir fuhren in jahrhundertelang durch Räder tief eingegrabene Rillen bergauf, auf beiden Seiten von Böschungen gesäumt, die mit saftigem Moos und üppigen Farnen dicht bewachsen waren. Gesprenkelte Brombeersträucher glitzerten im Licht der untergehenden Sonne. Immer weiter den Berg erklimmend kamen wir über eine schmale Steinbrücke und fuhren einen Bach entlang, der brausend und schäumend zwischen grauen Findlingen dahinrauschte. Die Straße und der Bach wanden sich durch ein dicht mit Eichen- und Kieferngestrüpp bewachsenes Tal. Bei jeder Biegung ließ Baskerville einen Ausruf des Entzückens hören, schaute eifrig um sich her und stellte zahllose Fragen. In seinen Augen erschien alles wunderschön, aber mir schien eine Spur von Melancholie auf diesem Landstrich zu liegen, der deutlich das Mal des vergehenden Jahres trug. Gelbe Blätter fielen von den Bäumen auf uns herab und bildeten ringsumher einen Teppich. Das Rasseln unserer Räder erstarb in den dichten Haufen modernder Vegetation – ein trauriges Willkommen der Natur an den heimkehrenden Erben der Baskervilles.

»Hallo!«, rief Dr. Mortimer. »Was ist das?«

Ein steil ansteigender, mit Heidekraut bewachsener Ausläufer des Moors lag direkt vor uns. Auf dem Hügel, scharf und deutlich wie ein Reiterstandbild auf seinem Sockel, erblickten wir einen finsteren, reglosen Soldaten zu Pferde, der sein Gewehr schussbereit auf dem Arm liegen hatte. Er beobachtete die Straße, auf der wir fuhren.

»Was bedeutet das, Perkins?«, fragte Dr. Mortimer.

Unser Fahrer kehrte sich in seinem Sitz zu uns um.

»Ein Sträfling ist aus Princetown ausgebrochen, Sir. Er ist jetzt schon seit drei Tagen auf der Flucht und die Wachen beobachten jede Straße und jeden Bahnhof, aber sie haben noch kein Anzeichen von ihm entdeckt. Die Bauern in der Gegend sind nicht erfreut darüber, und das ist eine Tatsache.«

»Nun, soweit ich weiß, bekommen sie fünf Pfund, wenn sie Informationen geben können.«

»Ja, Sir, aber was ist die Aussicht auf fünf Pfund im Vergleich zu der Möglichkeit, dass man ihnen die Kehle durchschneidet. Das ist kein gewöhnlicher Sträfling, sondern ein Mann, der vor nichts zurückschreckt.«

»Um wen handelt es sich denn?«

»Um Selden, den Mörder von Notting Hill.«

Ich erinnerte mich des Falles sehr gut, denn Holmes hatte sich dafür interessiert, wegen der außergewöhnlichen Grausamkeit, womit das Verbrechen verübt worden war, und wegen der unglaublichen Brutalität, die der Mörder gezeigt hatte. Das Todesurteil war in lebenslänglich umgewandelt worden, weil Zweifel an seiner vollen Zurechnungsfähigkeit bestanden hatten, so unmenschlich war sein Gebaren gewesen.

Inzwischen hatte unser Wagen den Hügel erklommen, und vor uns erstreckte sich die unendliche Weite des Moores, in der sich hier und da wüste Steinhaufen oder turmartige Felsblöcke erhoben. Ein kalter Wind fegte über die Ebene hinweg und ließ uns erschauern. Irgendwo dort draußen, in dieser öden Landschaft, lauerte dieser teuflische Unhold, verbarg sich in einer Höhle wie ein wildes Tier, sein Herz voller Rachedurst gegen die ganze menschliche Rasse, die ihn ausgestoßen hatte. Diese Vorstellung hatte mir gerade noch gefehlt zu dem düsteren Eindruck, den diese dürre Einöde, der eisige Wind und der immer dunkler werdende Himmel auf mich machten. Selbst Baskerville war still geworden und vergrub sich tiefer in seinen Mantel.

Das fruchtbare Land hatten wir nun weit hinter uns gelassen. Wir blickten zurück und sahen, wie die flachen Strahlen der tiefen Sonne die Bäche in Goldfäden verwandelten und die frisch aufgepflügte Erde vor dem breit gestreckten Waldrand rot erglühen ließen. Der Weg vor uns wurde rauer und verlief wilder über große rostbraune und olivgrüne Abhänge, auf welchen gigantische Findlinge lagen. Ab und zu fuhren wir an einem Moorbauernhaus vorbei, dessen Mauern und Dach aus Stein gebaut und von keinerlei Pflanzen bewachsen waren, die sein harsches Äußeres gemildert hätten. Plötzlich schauten wir in eine muldenartige Senke, in der verkrüppelte Eichen und Kiefern wuchsen, die der Sturm vieler Jahre zerzaust und gebeugt hatte. Zwei hohe, schmale Türme erhoben sich über den Bäumen. Der Fahrer wies mit seiner Peitsche darauf.

»Baskerville Hall«, sagte er.

Sein Herr hatte sich erhoben und betrachtete es mit geröteten Wangen und glänzenden Augen. Ein paar Minuten später hatten wir das äußere Tor erreicht, eine fantastisch verschlungenes, schmiedeeisernes Werk mit von Flechten befallenen, verwitterten Pfeilern auf beiden Seiten, von den Eberköpfen der Baskervilles gekrönt. Das Pförtnerhaus war eine Ruine aus schwarzem Granit und nackten Dachbalken, doch gegenüber erhob sich ein neues, halb fertiges Gebäude, ein erstes Ergebnis des südafrikanischen Goldes von Sir Charles.

Durch das Tor gelangten wir in eine Allee, auf welcher

die Räder wieder durch herabgefallenes Laub glitten und deren alte Bäume ihre Zweige zu einem dunklen Tunnel über unseren Köpften formten. Sir Henry erschauerte, als er am Ende der langen dunklen Allee das Haus erblickte, das Haus geisterhaft durch die Bäume schimmerte.

»Ist es hier passiert?«, fragte er mit leiser Stimme.

»Nein, nein, die Eibenallee befindet sich auf der anderen Seite.«

Mit düsterer Miene schaute sich der junge Erbe um. »Kein Wunder, dass mein Onkel an diesem Ort das Gefühl hatte, ihn werde ein Unglück ereilen«, sagte er. »Hier kann jeder Angst bekommen. Ich werde innerhalb des nächsten halben Jahres eine Reihe elektrischer Lampen installieren lassen und Sie werden es nicht wiedererkennen mit einer tausendkerzigen Swan-und-Edison-Lampe gegenüber der Eingangstür.«

Die Allee mündete in eine weite Rasenfläche und das Haus lag vor uns. In der Dämmerung konnte ich erkennen, dass sich ein mächtiges Gebäude mit Vorhalle in der Mitte erhob, dessen Vorderseite fast völlig mit Efeu bewachsen war, welches nur hier und da von einem Fenster oder einem Wappen unterbrochen wurde. An beiden Seiten dieses Mittelteils erhoben sich die beiden alten, zinnenbewehrten und mit Schießscharten versehenen Türme. Rechts und links davon schlossen sich moderne Flügel aus Granit an. Ein mattes Licht schien durch tief in den Mauern liegende Fenster, und aus den hohen Schornsteinen, die aus dem steil aufsteigendem Dachgiebel aufragten, quoll eine schwarze Rauchsäule.

»Willkommen, Sir Henry! Willkommen in Baskerville Hall!«

Ein großer Mann war aus dem Schatten der Eingangstür getreten, um den Wagenschlag zu öffnen. Die Silhouette einer Frau zeichnete sich gegen das gelbe Licht der Eingangshalle ab. Sie kam heraus und half dem Mann mit unserem Gepäck.

»Sie haben doch nichts dagegen, wenn ich gleich nach Hause weiterfahre«, sagte Dr. Mortimer. »Meine Frau erwartet mich.«

»Sie werden doch zum Abendessen bleiben?«

»Nein, ich muss gehen. Wahrscheinlich wartet auch einiges an Arbeit auf mich. Ich würde Ihnen ja gern das Haus zeigen, aber Barrymore ist sicherlich ein besserer Führer als ich. Gute Nacht, und zögern Sie weder bei Tag noch bei Nacht, nach mir zu schicken, wenn ich Ihnen behilflich sein kann.«

Das Geräusch des Wagens erstarb in der Ferne, während Sir Henry und ich in die Halle traten.

Die Tür fiel hinter uns schwer ins Schloss. Wir befanden uns in einer schönen Halle, weiträumig, erhaben und von dicken, vom Alter geschwärzten Eichenbalken überspannt. In dem großen altmodischen Kamin hinter den hohen eisernen Feuerböcken prasselte und knackte ein Holzfeuer. Sir Henry und ich hielten unsere Hände darüber, denn sie waren von der langen Fahrt ganz steif gefroren. Dann blickten wir umher und bewunderten das hohe, schmale Fenster aus altem bunten Glas, die Eichentäfelung, die Hirschgeweihe, die Wappenschilde an den Wänden; doch im gedämpften Licht des Kronleuchters wirkte alles düster.

»Es ist so, wie ich es mir vorgestellt habe«, sagte Sir Henry. »Sieht es nicht genau aus wie der Sitz einer alten Familie? Wenn ich daran denke, dass es dieselbe Halle ist, in der meine Ahnen fünfhundert Jahre lang gelebt haben, wird mir ganz feierlich zumute.«

Seine dunkles Antlitz leuchtete in jugendlicher Begeisterung, als er sich umsah. Das Licht schien genau auf die Stelle, wo er stand, doch lange Schatten lagen auf den Wänden und hingen wie ein schwarzer Baldachin über ihm.

Barrymore war zurückgekommen, nachdem er das Gepäck in unsere Zimmer getragen hatte. Jetzt stand er in der ergebenen Haltung eines formvollendeten Dieners vor uns.

Er war ein bemerkenswerter Mann, groß, gut aussehend, mit einem breiten schwarzen Bart und bleichen, doch angenehmen Gesichtszügen.

»Wünschen Sie, dass das Abendessen sofort aufgetragen wird, Sir?«

»Ist es bereit?«

»In ein paar Minuten, Sir. Heißes Wasser finden Sie in Ihren Zimmern. Meine Frau und ich schätzen uns glücklich, Sir Henry, Ihnen dienen zu dürfen, bis Sie sich eingelebt haben, aber auf Grund der neuen Umstände wird der Haushalt wohl eine umfangreichere Dienerschaft erfordern.«

»Welcher neuen Umstände?«

»Ich wollte damit sagen, Sir, dass Sir Charles ein sehr zurückgezogenes Leben geführt hat und wir in der Lage waren, für ihn zu sorgen. Sie werden natürlich mehr Gesellschaft haben wollen und daher Veränderungen im Haushalt treffen müssen.«

»Wollen Sie damit sagen, dass Sie und Ihre Frau uns zu verlassen wünschen?«

»Nur, wenn es Ihnen vollständig genehm ist, Sir.«

»Aber Ihre Familie ist doch mehrere Generationen lang bei uns gewesen, nicht wahr? Es täte mir sehr Leid, mein Leben hier mit dem Bruch einer alten familiären Bindung zu beginnen.«

Ich hatte den Eindruck, auf dem weißen Gesicht des Butlers Anzeichen von Rührung wahrzunehmen.

»Das geht mir ebenso, Sir, und auch meiner Frau. Doch um die Wahrheit zu sagen, wir hingen beide sehr an Sir Charles. Sein Tod hat uns sehr getroffen und seither ist dies für uns eine sehr traurige Umgebung. Ich glaube, wir können in Baskerville Hall niemals mehr leichten Herzens leben.«

»Aber was wollen Sie denn künftig tun?«

»Ich habe keinen Zweifel daran, Sir, dass es uns gelingen

wird, ein eigenes Geschäft zu eröffnen. Durch die Großzügigkeit von Sir Charles besitzen wir dafür die Mittel. Und jetzt, Sir, führe ich Sie vielleicht am besten auf Ihre Zimmer.«

Eine rechteckige Galerie lief den oberen Teil der alten Halle entlang, die man von beiden Seiten durch eine Treppe erreichte. Von diesem zentralen Punkt aus erstreckten sich zwei lange Flure über die ganze Länge des Gebäudes, von denen sämtliche Zimmer abgingen. Mein eigenes war im selben Flügel wie das Sir Henrys und sogar fast benachbart. Diese Zimmer erschienen deutlich moderner als der mittlere Bau des Hauses, und die hellen Tapeten und zahlreichen Kerzen taten das ihre, um den düsteren Eindruck zu verscheuchen, der sich bei mir seit unserer Ankunft festgesetzt hatte.

Doch der Speisesaal, der von der Halle abging, war wiederum ein Ort von Schatten und Düsternis. Es war ein langgestreckter Raum mit einer Stufe, die den erhöhten Platz der Familie von dem tiefer gelegenen Teil, der für das Gefolge vorgesehen war, trennte. Über einem Ende erhob sich die Galerie der Minnesänger. Schwarze Balken schwebten über unseren Köpfen unter einer rauchgeschwärzten Decke. Hätten Reihen von Fackeln ihr flackerndes Licht geworfen und die Farben und die raue Fröhlichkeit eines Banketts aus alten Zeiten den Raum erfüllt, wäre der Eindruck sicher gemildert worden; doch jetzt, da zwei schwarz gekleidete Herren in einem kleinen Lichtkegel saßen, den eine abgeschirmte Lampe warf, sank die Stimme zum Flüstern herab und die Stimmung wurde melancholisch. Eine Reihe von Ahnen in jeder denkbaren Mode vergangener Zeiten, vom elisabethanischen Ritter bis zum Stutzer der Regentschaft, starrten auf uns herunter und entmutigten uns durch ihre stumme Gesellschaft. Wir sprachen wenig, und ich war wirklich erleichtert, als wir mit dem Essen fertig waren und uns in das moderne Billardzimmer zurückziehen konnten, um eine Zigarette zu rauchen.

»Das ist wirklich kein sehr fröhlicher Ort«, sagte Sir Henry. »Ich vermute, man kann sich daran gewöhnen, aber im Moment fühle ich mich ein wenig fehl am Platz. Es überrascht mich nicht, dass mein Onkel ein wenig absonderlich wurde, wenn er ganz allein in einem solchen Hause wohnte. Doch wenn es Ihnen recht ist, wollen wir heute früh zu Bett gehen; vielleicht sieht das Ganze im Morgenlicht doch heiterer aus.«

Bevor ich mich schlafen legte, zog ich die Vorhänge beiseite und schaute aus dem Fenster. Es ging auf die Rasenfläche vor der Eingangshalle hinaus. Gegenüber stöhnten und wiegten sich zwei Baumreihen im aufkommenden Wind. Der Halbmond durchbrach die dahineilenden Wolken. In seinem kalten Licht sah ich jenseits der Bäume Reihen von Felsbrocken und die lange, flache Kurve des trostlosen Moores. Ich schloss die Vorhänge mit dem Gefühl, dass mein letzter Eindruck in völligem Einklang mit dem Rest war. Und doch war es noch nicht der allerletzte Eindruck. Ich war müde und konnte trotzdem nicht einschlafen; unruhig warf ich mich von der einen Seite auf die andere und suchte den Schlaf, der nicht kommen wollte.

Von Ferne hörte ich eine Glocke jede Viertelstunde schlagen, doch davon abgesehen lag Totenstille über dem Haus. Dann plötzlich, inmitten der Nacht, drang ein Geräusch an meine Ohren, klar tönend und unmissverständlich. Es war das Schluchzen einer Frau, das erstickte, unterdrückte Keuchen von jemandem, der von einer unkontrollierbaren Sorge zerrissen wird. Ich setzte mich auf und lauschte angestrengt. Das Geräusch konnte nicht weit entfernt sein und kam mit Sicherheit von innerhalb des Hauses. Eine halbe Stunde lang wartete ich, die Nerven zum Zerreißen gespannt, doch hörte ich kein anderes Geräusch mehr als das Schlagen der Glocke und das Rascheln des Efeus an der Mauer.

7. Die Stapletons aus Merripit

Die frische Schönheit des folgenden Morgen fegte die düsteren und grauen Eindrücke hinweg, die nach den ersten Erfahrungen in Baskerville Hall auf unserem Gemüt gelastet hatten. Als ich mit Sir Henry beim Frühstück saß, flutete das Sonnenlicht durch die hohen Fenster und reflektierte die Wappen, mit denen sie verziert waren, in blassen Farbflecken. In den goldenen Strahlen glühte die dunkle Täfelung wie Bronze, und wir konnten uns kaum vorstellen, dass es sich um denselben Raum handelte, der uns am Abend zuvor in solch trübe Stimmung versetzt hatte.

»Ich vermute, wir müssen uns über uns selbst und nicht über das Haus beklagen«, sagte der Baronet. »Wir kamen müde und halb erfroren von der Reise hier an, deshalb kam uns das Haus so grau vor. Jetzt sind wir frisch und munter und alles sieht wieder fröhlich aus.«

»Und doch war es nicht nur eine Sache der Einbildung«, antwortete ich. »Haben Sie nicht zum Beispiel jemanden – ich glaube, es war eine Frau – während der Nacht schluchzen gehört?«

»Seltsam, im Halbschlaf habe ich geglaubt, ein solches Geräusch zu hören. Eine ganze Weile habe ich gewartet, aber da es sich nicht wiederholte, nahm ich an, geträumt zu haben.«

»Ich habe es deutlich gehört und bin sicher, dass es sich wirklich um das Schluchzen einer Frau handelte.«

»Wir müssen gleich danach fragen.« Er läutete dem Butler und fragte Barrymore, ob er unseren Eindruck bestätigen könne. Die bleichen Gesichtszüge des Butlers schienen mir noch bleicher zu werden, als er die Frage seines Herrn vernahm.

»Es gibt nur zwei Frauen im Haus, Sir Henry«, antwortete er. »Da ist die Scheuermagd, die im anderen Flügel schläft, und zum anderen ist da meine Frau; was sie betrifft, kann ich versichern, dass diese Töne nicht von ihr stammen können.«

Und doch log er, als er dies sagte, denn zufällig traf ich nach dem Frühstück Mrs. Barrymore in dem langen Flur, wo das Sonnenlicht auf ihr Gesicht fiel. Sie war eine große Frau mit teilnahmslosem, schwerfälligem Aussehen und einem strengen Zug um den Mund. Doch ihre verräterisch geröteten Augen schauten mich aus geschwollenen Lidern an. Es musste also sie gewesen sein, die in der Nacht geweint hatte, und wenn dem so war, musste ihr Ehemann davon gewusst haben. Trotzdem hatte er es gewagt, uns eine so leicht zu entdeckende Lüge aufzutischen. Warum hatte er das getan? Und warum hatte die Frau so bitterlich geweint?

Schon umwehte diesen blassen, gut aussehenden, schwarzbärtigen Mann eine Aura des Geheimnisvollen und der Düsterkeit. Er war es, der als erster den Leichnam von Sir Charles gefunden hatte, und wir hatten nur sein Wort hinsichtlich der Umstände, die zu des alten Mannes Tod geführt hatten. War es möglich, dass es doch Barrymore gewesen war, den wir in der Droschke in der Regent Street gesehen hatten? Der Bart konnte derselbe gewesen sein. Zwar hatte der Kutscher einen etwas kleineren Mann beschrieben, aber ein solcher Eindruck konnte leicht täuschen. Wie konnte ich in dieser Beziehung Klarheit erlangen? Es lag auf der Hand, dass ich zuerst den Amtsvorsteher der Post von Grimpen aufsuchen musste, um herauszufinden, ob das Telegramm wirklich an Barrymore persönlich ausgeliefert worden war. Aber wie auch immer das Ergebnis ausfiel, ich hätte wenigstens etwas an Sherlock Holmes zu schreiben.

Nach dem Frühstück hatte Sir Henry zahllose Papiere durchzusehen, so dass der Augenblick günstig war für meinen Ausflug. Es war ein angenehmer Spaziergang von sechs Kilometern das Moor entlang, und er führte mich schließlich zu einem kleinen grauen Dörfchen, in dem zwei größere Gebäude, der Dorfgasthof und das Haus von Dr. Mortimer die anderen Häuser hoch überragten. Der Postvorsteher, der gleichzeitig den Lebensmittelladen führte, erinnerte sich deutlich an das Telegramm.

»Natürlich, Sir«, sagte er, »ich ließ das Telegramm wie vorgeschrieben Mr. Barrymore zustellen.«

»Wer hat es ausgeliefert?«

»Mein Sohn. – James, du hast doch letzte Woche das Telegramm an Mr. Barrymore von Baskerville Hall zugestellt, nicht wahr?«

»Ja, Vater, das habe ich.«

»An Barrymore persönlich?«, fragte ich.

»Nun, ich konnte es ihm nicht selbst geben, weil er in dem Moment oben auf dem Boden war, aber ich gab es Mrs. Barrymore persönlich und sie versprach, es ihm sofort zu übergeben.«

»Hast du Mr. Barrymore gesehen?«

»Nein, Sir; wie gesagt, war er auf dem Boden.«

»Wenn du ihn nicht gesehen hast, woher weißt du dann, dass er sich auf dem Boden befand?«

»Nun, seine Frau sollte doch sicher wissen, wo er sich aufhielt«, sagte der Postvorsteher gereizt. »Hat er das Telegramm nicht erhalten? Falls irgendein Fehler passiert ist, müsste Mr. Barrymore selbst sich beschweren.«

Es schien hoffnungslos, die Befragung weiter fortzusetzen, doch war klar, dass wir trotz Holmes' List keinen Beweis dafür hatten, dass Barrymore nicht die ganze Zeit in London gewesen war. Vorausgesetzt, es wäre so gewesen – vorausgesetzt, derselbe Mann, der Sir Charles als Letzter lebend gesehen hat, wäre auch derjenige, der als Erstes den neuen Erben beschattet, als dieser nach England zurückkehrt – was dann? Arbeitete er für jemand anderen oder hatte er seine eigenen finsteren Absichten? Was für ein Interesse konnte er daran haben, die Familie der Baskervilles zu verfolgen? Mir fiel die seltsame Warnung ein, die aus dem Leitartikel der ›Times‹ ausgeschnitten worden war. War das sein Werk gewesen oder hatte das jemand getan, der sich seinen Plänen zu widersetzen suchte? Es schien nur ein denkbares Motiv zu geben, wie von Sir Henry vermutet: Würde es gelingen, die Baskervilles zu vertreiben, wäre den Barrymores ein angenehmes und dauerhaftes Heim gesichert. Aber eine Erklärung wie diese wäre ziemlich unangebracht angesichts der ausgefeilten und durchdachten Vorkommnisse, die sich wie ein unsichtbares Netz um den jungen Baronet spannten. Holmes selbst hatte gesagt, dass ihm in der langen Reihe seiner sensationellen Fälle keiner untergekommen war, der so komplex gewesen sei. Als ich die graue und einsame Straße zurücklief, betete ich zum Himmel, mein Freund möge bald seiner Verpflichtungen ledig sein, um herkommen zu können und die schwere Last der Verantwortung von meinen Schultern zu nehmen.

Plötzlich wurden meine Gedanken vom Geräusch rennender Füße hinter mir unterbrochen und eine Stimme rief meinen Namen. Ich drehte mich um in der Erwartung, Dr. Mortimer zu sehen, aber zu meiner Überraschung war es ein Fremder, der mir folgte, ein kleiner, schlanker Mann mit einem zarten, glattrasierten Gesicht, hohlwangig und mit flachsblondem Haar, zwischen dreißig und vierzig Jahre alt, bekleidet mit einem grauen Anzug und einem Strohhut. Eine kleine Botanikerschachtel hing über seiner Schulter und in einer Hand trug er ein grünes Schmetterlingsnetz.

»Sie werden meine Anmaßung sicher entschuldigen, Dr. Watson«, sagte er, als er mich keuchend eingeholt hatte. »Wir auf dem Moor hier sind ein einfacher Menschenschlag und warten nicht darauf, einander förmlich vorgestellt zu werden. Möglicherweise haben Sie meinen Namen schon von unserem gemeinsamen Freund Dr. Mortimer gehört. Ich bin Stapleton von Merripit House.«

»Das Netz und die Schachtel hätten mich das schon vermuten lassen«, sagte ich, »denn ich wusste, dass Mr. Stapleton ein Naturforscher ist. Doch woher kennen Sie mich?«

»Ich war auf einen Sprung bei Mortimer und er zeigte Sie mir aus seinem Praxisfenster, als Sie vorbeikamen. Da wir denselben Weg haben, dachte ich, ich könnte sie einholen und mich vorstellen. Ich hoffe, dass Sir Henry die Reise gut überstanden hat.«

»Es geht ihm ausgezeichnet.«

»Wir alle hatten schon befürchtet, dass nach dem traurigen Tod von Sir Charles der neue Baronet sich eher weigern würde, hier zu wohnen. Es ist viel verlangt von einem vermögenden Mann, sich in einer Gegend wie dieser zu vergraben, aber ich muss Ihnen wohl nicht sagen, dass es für die Leute hier von großer Bedeutung ist. Sir Henry ist doch hoffentlich nicht abergläubisch?«

»Das scheint mir eher unwahrscheinlich.«

»Sicher kennen Sie die Legende von dem Höllenhund, der die Familie heimsuchen soll?«

»Ich habe davon gehört.«

»Es ist unglaublich, wie leichtgläubig das Landvolk hier ist! Alle wären bereit zu schwören, eine solche Kreatur im Moor gesehen zu haben.« Er sprach mit einem Lächeln, doch seine Augen schienen zu sagen, dass er die Angelegenheit weitaus ernster nahm. »Die Geschichte hatte großen Einfluss auf die Einbildungskraft von Sir Charles und ich habe keinen Zweifel, dass dies zu seinem tragischen Ende geführt hat.«

»Wie das?«

»Seine Nerven waren so zerrüttet, dass das Auftauchen von jedem beliebigen Hund auf sein Herz tödlich gewirkt haben könnte. Ich gehe davon aus, dass er tatsächlich in jener Nacht in der Eibenallee etwas gesehen hat. Dass ein solches Unglück passieren könnte, hatte ich schon befürchtet, denn ich mochte den alten Mann sehr und wusste um sein schwaches Herz.«

»Woher wussten Sie das?«
»Mein Freund Mortimer hat davon berichtet.«
»Sie glauben also, dass ein Hund Sir Charles nachjagte und dieser vor Angst gestorben ist?«
»Haben Sie eine bessere Erklärung?«
»Ich habe mir noch kein Urteil gebildet.«
»Hat Mr. Sherlock Holmes eine Erklärung gefunden?«
Einen Moment lang war ich sprachlos, doch ein Blick auf das freundliche Gesicht und die aufrichtigen Augen meines Begleiters zeigte mir, dass er nicht die Absicht gehabt hatte, mich zu überrumpeln.
»Es hat keinen Sinn, Dr. Watson, so zu tun, als wüssten wir nicht, wer Sie sind«, sagte er. »Die Berichte über Ihren Detektiv haben uns auch hier erreicht und sie konnten ihn nicht rühmen, ohne selbst bekannt zu werden. Als Mortimer mir Ihren Namen nannte, konnte er mir Ihre Identität nicht verbergen. Wenn Sie hier sind, folgt daraus, dass Mr. Sherlock Holmes selbst an diesem Fall interessiert ist, und ich bin natürlich neugierig zu erfahren, welchen Ansicht er darüber hat.«
»Diese Frage kann ich Ihnen leider nicht beantworten.«
»Darf ich fragen, ob er uns mit seinem persönlichen Besuch zu beehren gedenkt?«
»Zur Zeit kann er nicht aus London fort. Seine Aufmerksamkeit ist von anderen Fällen in Anspruch genommen.«
»Wie schade! Er könnte einiges Licht in diese für uns so dunkle Angelegenheit bringen. Wenn ich Ihnen aber bei Ihren eigenen Nachforschungen von Nutzen sein kann, so können Sie gern über mich verfügen. Wenn ich irgendeinen Anhalt hätte, nach welcher Richtung sich Ihr Verdacht lenkt oder wie Sie vorzugehen gedenken, könnte ich Ihnen vielleicht schon jetzt einen Rat geben.«
»Ich versichere Ihnen, dass ich nur deshalb hier bin, um meinen Freund Sir Henry zu besuchen und keinerlei Hilfe welcher Art auch immer benötige.«

»Ausgezeichnet!«, sagte Stapleton. »Sie haben völlig Recht, umsichtig und verschwiegen zu sein. Sie haben mir für meine – wie ich fühle – durch nichts zu rechtfertigende Zudringlichkeit eine Zurechtweisung erteilt, und ich verspreche Ihnen, die Sache nicht mehr zu erwähnen.«

Wir waren an eine Stelle gelangt, an der ein schmaler, grasüberwucherter Pfad von der Straße abbog und sich quer durch das Moor wand. Ein steiler, mit Felsen übersäter Hügel lag rechts vor uns, der in längst vergangenen Tagen als Steinbruch gedient hatte. Die uns zugekehrte Seite bildete eine dunkle Steilwand, in deren Ritzen Farne und Brombeersträucher wuchsen. Aus der Ferne zog eine graue Rauchfahne herüber.

»Ein kurzer Spaziergang diesen Moorweg entlang bringt uns nach Merripit House«, sagte Stapleton. »Vielleicht können Sie ein Stündchen Zeit erübrigen, damit ich Sie meiner Schwester vorstellen kann.«

Mein erster Gedanke war, dass ich an Sir Henrys Seite sein sollte. Doch dann entsann ich mich des Stapels von Papieren und Rechnungen, der seinen Schreibtisch übersät hatte. Dabei konnte ich ihm bestimmt nicht helfen. Und Holmes hatte ausdrücklich betont, dass ich die Nachbarn auf dem Moor in Augenschein nehmen sollte. Daher nahm ich Stapletons Einladung an und wir bogen gemeinsam in den Pfad ein.

»Das Moor ist ein wunderbarer Ort«, sagte er und ließ seinen Blick über das um uns wogende grüne Hügelland schweifen, dass von zerklüfteten Granitfelsen gekrönt wurde, die die fantastischsten Formen bildeten. »Des Moores wird man niemals überdrüssig. Sie glauben gar nicht, was für wunderbare Geheimnisse sich darin verbergen. Es ist so weit und so wüst und so geheimnisvoll.«

»Mir scheint, Sie kennen es gut?«

»Ich bin erst seit zwei Jahren hier. Die Einwohner würden mich einen Neuankömmling nennen. Wir sind kurz nach Sir

Charles hergezogen. Doch aufgrund meiner Neigungen versuche ich jeden Winkel der Gegend zu erforschen, so dass ich glaube, dass es kaum jemanden gibt, der es besser kennt als ich.«
»Ist es schwierig zu erforschen?«
»Sehr schwierig. Betrachten Sie beispielsweise diese große Ebene im Norden mit den seltsam herausragenden Hügeln. Können Sie irgendetwas Bemerkenswertes feststellen?«
»Es wäre ein guter Platz für einen Galopp.«
»Natürlich denken Sie so und das hat schon mehrere Leben gekostet. Erkennen Sie diese hellgrünen Flecken, die dort überall dicht gestreut liegen?«
»Ja, diese scheinen fruchtbarer zu sein als das übrige Land.«

Stapleton lachte. »Das ist das große Grimpener Moor «, sagte er. »Ein falscher Schritt bedeutet den Tod für Mensch und Tier. Erst gestern sah ich eines der Moorponys hineinlaufen. Es kam nie wieder zurück. Ein Weile sah ich seinen Kopf noch aus einem Schlammloch herausschauen, aber dann wurde es schließlich nach unten gesogen. Selbst in trockenen Perioden ist es gefährlich, den Sumpf zu durchqueren, doch nach diesen Herbstregen ist es ein furchtbarer Ort. Trotzdem finde ich meinen Weg zu den verborgensten Stellen und kehre wieder lebend und gesund zurück. – Oh Gott, da ist schon wieder eins dieser unglücklichen Ponys im Sumpf!«

Etwas Braunes strampelte und wälzte sich zwischen den grünen Riedgräsern. Dann schoss ein langer, vor Todesangst gekrümmter Hals nach oben und ein grässlicher Schrei erscholl über das Moor.

Mir lief es kalt den Rücken hinunter, aber die Nerven meines Begleiters waren offenbar stärker als meine.

»Es ist fort«, sagte er. »Das Moorloch hat es verschluckt. Zwei innerhalb von zwei Tagen und vielleicht viele mehr, denn sie sind daran gewöhnt, bei trockenem Wetter dort umherzustreifen und erkennen die Veränderung nicht, bis das Moor sie in seinen Klauen hat. Es ist ein übler Ort, das große Grimpener Moor.«

»Und Sie behaupten, dass Sie sich hineinwagen können?«

»Ja, es gibt ein oder zwei Pfade, die ein geschickter Mann entlanggehen kann. Ich habe sie gefunden.«

»Aber warum haben Sie den Wunsch, einen solchen grässlichen Ort aufzusuchen?«

»Nun, sehen Sie die Hügel dahinter? Das sind richtige Inseln, die auf allen Seiten durch den undurchdringlichen Sumpf, der sie im Lauf der Jahre umschlossen hat, abgeschnitten wurden. Dort finden Sie die seltensten Pflanzen und Schmetterlinge, wenn es Ihnen gelingt hinzukommen.«

»Ich werde eines Tages mein Glück versuchen.«

Er schaute mich überrascht an. »Schlagen Sie sich um Gottes Willen einen solchen Gedanken aus dem Kopf«, sagte er. »Ihr Blut käme über mein Haupt. Ich versichere Ihnen, dass Sie nicht die geringste Chance hätten, dort lebend herauszukommen. Nur weil ich mich an bestimmte, schwer erkennbare Merkmale halte, bin ich dazu in der Lage.«

»Nanu!«, rief ich aus, »Was ist das?«

Ein lang gezogenes, tiefes Stöhnen, unbeschreiblich traurig, ertönte über das Moor. Es erfüllte die ganze Luft und doch war es unmöglich zu sagen, aus welcher Richtung es kam. Aus einem leisen Murmeln schwoll es zu einem lauten Gebrüll an und sank wieder zurück in ein schwermütig pulsierendes Gemurmel.

Stapleton schaute mich mit einem merkwürdigen Gesichtsausdruck an.

»Ein sonderbarer Ort, das Moor«, sagte er.

»Aber was war das?«

»Die Bauern sagen, dass sei der Hund der Baskervilles, der nach Beute ruft. Ich habe es ein- oder zweimal vorher gehört, aber noch nie so laut.«

Fröstelnd beschlich mich Furcht und ich blickte über die

sich weit um uns erstreckende Ebene, übersät von den grünen, mit Binsen bestandenen Flecken. Nichts bewegte sich über der ganzen Weite außer einem Paar Raben, die von einem Felsturm hinter uns laut herunterkrächzten.

»Sie sind ein gebildeter Mann. Sie glauben doch einen solchen Unsinn nicht?«, sagte ich. »Was ist Ihrer Meinung nach die Ursache dieses seltsamen Geräusches?«

»Moorlöcher geben manchmal seltsame Geräusche von sich. Es ist der Schlamm, der sich setzt, oder das Wasser, das aufsteigt, oder so etwas.«

»Nein, nein, das war die Stimme eines Lebewesens.«

»Nun, vielleicht auch das. Haben Sie jemals eine Rohrdommel gehört?«

»Nein, noch nie.«

»Ein äußerst seltener Vogel, in England nahezu ausgestorben, aber im Moor ist alles möglich. Ich wäre nicht überrascht zu erfahren, dass das, was wir gehört haben, der Schrei der letzten Rohrdommel war.«

»Es ist das Seltsamste und Merkwürdigste, das ich je in meinem Leben gehört habe.«

»Nun, im Großen und Ganzen ist es ein eher unheimlicher Ort. Schauen Sie auf die Hügelreihe dort drüben. Was erkennen Sie?«

Der ganze steile Abhang war mit kreisförmig angeordneten grauen Steinen bedeckt, mindestens zwanzig Ringe.

»Was ist das? Schafzäune?«

»Nein, das sind die Häuser unserer ehrwürdigen Vorfahren. In der vorgeschichtlichen Zeit war das Moor dicht von Menschen bevölkert, und weil seither niemand mehr dort gewohnt hat, finden wir diese Dinge noch alle so vor, wie sie verlassen worden waren. Dies sind ihre Hütten, die Dächer fehlen. Sie können sogar die Herde und Lagerstätten sehen, wenn Sie neugierig genug sind hineinzugehen.«

»Das ist ja eine richtige Stadt! Wann wurde sie bewohnt?«

»Irgendwann im Neolithikum.«

»Was machten diese Menschen?«

»Sie weideten ihr Vieh auf den Hängen und lernten nach Zinn zu graben, als das Bronzeschwert die Steinaxt zu verdrängen begann. Sehen Sie den großen Graben auf dem gegenüberliegenden Hügel? Das ist eine ihrer Spuren. Ja, Dr. Watson, Sie finden einzigartige Dinge im Moor. Oh, entschuldigen Sie mich einen Moment. Das ist sicher ein Cyclopides.«

Ein kleiner Falter oder eine Motte war vor uns über den Weg geflattert und im Handumdrehen setzte Stapleton mit unerwarteter Energie und Geschwindigkeit hinter ihm her. Zu meiner Bestürzung flog das Tier direkt hinüber zum großen Moor, und mein Bekannter folgte ihm unablässig und ohne nachzudenken, während er von Grasbüschel zu Grasbüschel hüpfte, wobei sein grünes Netz in der Luft hin und her flatterte. Seine grauen Kleider und sein unregelmäßiges, sprunghaftes Zickzack ließen ihn selbst wie eine Art riesiger Falter erscheinen. Ich stand da und betrachtete seine Jagd mit einer Mischung aus Bewunderung für seine Gewandtheit und Furcht, er könne in diesem trügerischen Moorloch fehltreten, als ich das Geräusch von Schritten hörte.

Ich drehte mich um und sah auf dem Pfad eine Frau sich nähern. Sie kam aus der Richtung, in welcher ich wegen der Rauchfahne Merripit House vermutete, doch die Erhebungen des Moors hatten sie vor Blicken verborgen, bis sie ganz nah war.

Ich zweifelte nicht, dass es sich um Miss Stapleton handelte, denn Damen jeglicher Art mussten auf dem Moor eher selten sein, und ich erinnerte mich, dass jemand sie als Schönheit bezeichnet hatte. Eine Schönheit war die Frau, die sich mir näherte, ganz sicherlich und zwar eine Schönheit ganz eigener Art. Man konnte sich keine größere Unähnlichkeit denken als zwischen diesem Geschwisterpaar. Stapleton war ein unauffälliger Typ mit hellem Haar und grauen

Augen, sie hingegen war dunkler als jede andere Brünette, die ich in England gesehen hatte, schlank, elegant und hoch gewachsen. Sie hatte ein stolzes und fein geschnittenes Gesicht, das so ebenmäßig war, dass es ausdruckslos gewirkt hätte, wären da nicht der sinnliche Mund und die schönen dunklen Augen gewesen. Mit ihrer vollkommenen Gestalt und der eleganten Kleidung war sie tatsächlich eine außergewöhnliche Erscheinung auf einem einsamen Moorpfad. Als ich mich umdrehte, sah sie gerade nach ihrem Bruder, doch dann beschleunigte sie ihren Schritt und kam auf mich zu. Ich hatte meinen Hut gelüftet und wollte gerade eine erklärende Bemerkung machen, als ihre Worte all meine Gedanken in eine neue Richtung lenkten.

»Reisen Sie ab!«, sagte sie. »Reisen Sie augenblicklich wieder nach London!«

Ich starrte sie verblüfft und sprachlos an. Ihre Augen blitzten mich an und sie stampfte ungeduldig mit dem Fuß auf.

»Warum soll ich abreisen?«

»Erklärungen kann ich nicht geben.«

Sie sprach schnell, mit tiefer Stimme, an der mir ein leichtes Lispeln auffiel.

»Tun Sie um Gottes Willen, worum ich Sie bitte. Fahren Sie zurück und setzen Sie niemals mehr einen Fuß in dieses Moor!«

»Ich bin doch gerade erst angekommen!«

»Mann! Mann!«, rief sie. »Können Sie nicht auf eine Warnung hören, die gut gemeint ist? Fahren Sie nach London zurück! Reisen Sie noch heute Abend ab! Entfernen Sie sich unter allen Umständen von diesem Ort! – Still, mein Bruder kommt. Kein Wort von dem, was ich gesagt habe. Würde es Ihnen etwas ausmachen, mir diese Orchidee dort zu pflücken? Es gibt herrliche Orchideen in diesem Moor, doch Sie sind etwas spät dran, um die Schönheiten dieser Gegend zu erkunden.«

Stapleton hatte die Jagd aufgegeben und kam mit heißen Wangen und schwerem Atem zu uns zurück.

»Hallo, Beryl!«, sagte er, und der Ton seiner Begrüßung schien mir nicht allzu herzlich zu sein.

»Hallo, Jack, du bist ja recht erhitzt.«

»Ja, ich habe einen Cyclopides verfolgt. Er ist sehr selten und im Spätherbst kaum zu sehen. Wirklich schade, dass ich ihn nicht erwischt habe.«

Er sprach unbeteiligt, aber seine kleinen hellen Augen blickten unablässig von seiner Schwester zu mir und zurück. »Du hast dich selbst bekannt gemacht, wie ich sehe?«

»Ja. Ich erzählte Sir Henry gerade, dass er schon ein bisschen spät dran ist, um die Schönheiten des Moors zu sehen.«

»Wie? Wer – glaubst du – ist der Herr?«

»Ich denke, das muss Sir Henry Baskerville sein.«

»Nein, nein«, sagte ich, »ich bin nur ein bescheidener Bürgerlicher, aber sein Freund. Mein Name ist Dr. Watson.«

Ein Anflug von Verärgerung huschte über ihr ausdrucksvolles Gesicht. »Unser Gespräch war also ein Missverständnis«, sagte sie.

»Na, zu einem Gespräch hattest du nicht viel Zeit«, bemerkte ihr Bruder mit forschendem Blick.

»Ich redete mit Dr. Watson, als ob er ein Einheimischer und nicht nur ein Besucher wäre«, sagte sie. »Ihm kann es egal sein, ob es für Orchideen früh oder spät ist. Aber Sie kommen doch gewiss mit, um sich Merripit House anzusehen?«

Es war nur ein kurzer Weg bis zu dem einfachen Moorlandhaus, das einstmals der Gutshof eines wohlhabenden Viehzüchters gewesen, doch nun instandgesetzt und in ein modernes Wohnhaus umgebaut worden war. Ein Obstgarten umgab es, aber die Bäume waren, wie im Moor üblich, verkrüppelt und verkümmert, und das Ganze machte einen ungemütlichen und melancholischen Eindruck. Ein sonderbarer, verschrumpelter alter Diener in rostrotem Mantel, der sich um den Haushalt zu kümmern schien, ließ uns ein. Das Haus enthielt indessen geräumige Zimmer, welche mit einer Eleganz möbliert waren, in der ich den Geschmack der Dame zu erkennen glaubte. Ich warf durch das Fenster einen Blick auf das unendliche, mit Granitblöcken gesprenkelte Moor, das sich bis zum fernen Horizont erstreckte, und stellte mir unwillkürlich die Frage, was wohl einen so gebildeten Mann und eine so schöne Frau dazu gebracht hatte, in einer solchen Gegend zu wohnen.

»Ein seltsamer Ort, den wir uns ausgesucht haben, nicht wahr?«, sagte er wie eine Antwort auf meine Gedanken. »Und doch fühlen wir uns hier ausgesprochen wohl, nicht wahr, Beryl?«

»Das ist wahr«, sagte sie, doch klangen ihre Worte nicht sonderlich überzeugt.

»Ich hatte eine Schule«, sagte Stapleton. »Im Norden des Landes. Die Arbeit erschien einem Manne meines Temperaments mechanisch und uninteressant, aber der Vorzug, mit der Jugend umzugehen, diese jungen Seelen zu erziehen und sie mit den eigenen Idealen zu erfüllen, bedeutete mir sehr viel. Doch das Schicksal meinte es nicht gut mit uns. Eine schlimme Epidemie brach in der Schule aus und drei der Jungen starben. Sie hat sich von dem Schlag nie mehr erholt und meine Gelder waren zum größten Teil unwiederbringlich verloren. Und wäre da nicht der Verlust des reizvollen Umgangs mit den Jungen, würde ich mich über mein eigenes Unglück freuen, denn für meine starken Neigungen zur Botanik und Zoologie finde ich hier ein unbegrenztes Tätigkeitsfeld, und meine Schwester liebt die Natur ebenso sehr wie ich selbst. Diese lange Rede, Dr. Watson, hat sich nun über Ihrem Haupt entladen, weil Sie mit so nachdenklicher Mine auf das Moor hinausblickten.«

»Der Gedanke schoss mir sicherlich durch den Kopf, dass es hier ein wenig eintönig sein könnte – vielleicht weniger für Sie als für Ihre Schwester.«

»Nein, nein, ich finde es niemals eintönig«, sagte sie rasch.
»Wir haben Bücher, wir haben unsere Studien, und wir haben interessante Nachbarn. Dr. Mortimer ist auf seinem Fachgebiet ein höchst gebildeter Mann. Auch der bedauernswerte Sir Charles war ein bewundernswerter Freund. Wir kannten ihn gut und vermissen ihn mehr, als ich ausdrücken kann. Hielten Sie es für aufdringlich, wenn ich heute Nachmittag zu Sir Henry ginge und mich ihm vorstellte?«
»Ich bin sicher, er wäre entzückt.«
»Dann könnten Sie vielleicht erwähnen, dass ich vorhabe zu kommen. Wir könnten auf unsere bescheidene Art ihm das Leben vielleicht ein wenig erleichtern, bis er sich an die neue Umgebung gewöhnt hat. Kommen Sie herauf, Dr. Watson, und begutachten Sie meine Sammlung von Lepidoptera! Ich halte sie für die vollständigste im ganzen Südwesten von England. Wenn Sie sie angeschaut haben, wird das Mittagessen sicher fertig sein.«

Doch ich war bestrebt, zu meinem Schützling zurückzukehren. Die Trostlosigkeit des Moores, der Tod des unglücklichen Ponys, der unheimliche Laut in Zusammenhang mit der düsteren Legende der Baskervilles, all diese Dinge erfüllten mich mit Schwermut. Und um diese ganzen mehr oder weniger verschwommenen Eindrücke noch zu übertreffen erhielt ich diese deutliche und entschiedene Warnung von Miss Stapleton, die sie mit solch eindringlichem Ernst gesprochen hatte, dass ich keinen Zweifel daran hatte, dass ein realer, schwer wiegender Grund dahinter stecken musste. Ich widerstand allen Aufforderungen, zum Essen zu bleiben, und machte mich sofort auf den Heimweg, den grasüberwucherten Weg entlang, auf welchem wir gekommen waren. Anscheinend gab es jedoch für Kenner der Gegend eine Abkürzung, denn bevor ich die Straße erreichte, sah ich zu meinem Erstaunen Miss Stapleton auf einem Felsen am Wegrand sitzen. Ihr Gesicht war vor Anstrengung auf reizende Weise gerötet, und sie hielt sich ihre Seite mit der Hand.

»Ich bin den ganzen Weg gerannt, um Ihnen den Weg abzuschneiden, Dr. Watson«, sagte sie. »Ich hatte noch nicht mal die Zeit, meinen Hut aufzusetzen. Ich darf nicht lang bleiben, sonst wird mein Bruder nach mir suchen. Ich wollte nur sagen, wie Leid es mir tut, dass ich den dummen Fehler begangen habe, Sie für Sir Henry zu halten. Bitte vergessen Sie, was ich gesagt habe, denn das hat alles nichts mit Ihnen zu tun.«

»Aber ich kann das nicht vergessen, Miss Stapleton«, sagte ich.

»Ich bin Sir Henrys Freund und sein Wohlergehen liegt mir sehr am Herzen. Sagen Sie mir, warum Sie so darauf bestehen, dass Sir Henry nach London zurückkehrt.«

»Die Laune einer Frau, Dr. Watson. Wenn Sie mich besser kennen, werden Sie verstehen, dass ich für meine Worte oder Taten nicht immer einen Grund angeben kann.«

»Nein, nein, ich erinnere mich an die Erregung in Ihrer Stimme.

Ich erinnere mich an den Blick Ihrer Augen. Bitte sprechen Sie doch offen mit mir, Miss Stapleton. Seit ich angekommen bin, spüre ich überall um mich herum Schatten. Das Leben erscheint mir wie das große Grimpener Moor mit kleinen grünen Flecken überall, in denen man versinken kann, ohne dass man einen Ausweg findet. Sagen Sie mir doch, was Sie gemeint haben, und ich verspreche Ihnen, dass ich die Warnung an Sir Henry weitergeben werde.«

Ein Ausdruck der Unschlüssigkeit stand einen Moment lang auf ihrem Gesicht, doch als sie mir antwortete, blickten ihre Augen wieder hart. »Sie messen dem zu viel Gewicht bei, Dr. Watson«, sagte sie. »Meinem Bruder und mir ging der Tod von Sir Charles sehr nahe. Wir waren eng mit ihm befreundet, denn sein Lieblingsweg führte ihn über das

Moor in unser Haus. Der Fluch, der über seiner Familie hing, machte großen Eindruck auf ihn, und als sich die Tragödie ereignete, hatte ich das Gefühl, es müsse Ursachen für seine Ängste gegeben haben. Daher war ich bestürzt, als ich hörte, dass ein anderes Mitglied der Familie hier wohnen wolle, und glaubte, ich müsste ihn vor der ihm drohenden Gefahr waren. Das war alles.«

»Aber worin besteht die Gefahr?«

»Sie kennen die Geschichte des Hundes?«

»Ich glaube nicht an solchen Unsinn.«

»Aber ich glaube daran. Wenn Sie Einfluss auf Sir Henry haben, bringen Sie ihn weg von diesem Ort, der für seine Familie immer todbringend gewesen ist. Die Welt ist groß. Warum sollte er an einem so gefährlichen Ort leben?«

»Weil es ein gefährlicher Ort ist. Das ist der Charakter von Sir Henry. Ich fürchte, sofern Sie mir nicht eindeutigere Informationen geben können, wird es unmöglich sein, ihm zum Fortgehen zu bewegen.«

»Ich kann nichts Eindeutigeres sagen, da ich nichts Eindeutigeres weiß.«

»Ich möchte Ihnen noch eine Frage stellen, Miss Stapleton. Wenn Sie also, als Sie zuerst mit mir gesprochen haben, sonst nichts mitteilen wollten, warum wollten Sie dann nicht, dass Ihr Bruder hörte, worüber wir sprachen? Das war doch nichts, wogegen Ihr Bruder oder sonst ein Mensch irgendwelche Einwände haben könnte.«

»Meinem Bruder ist sehr daran gelegen, dass Baskerville Hall bewohnt wird, denn seiner Meinung nach ist das gut für die Leute im Moor. Er wäre sehr verärgert, wenn er wüsste, dass ich etwas gesagt habe, das Sir Henry zum Abreisen veranlassen könnte. Aber ich habe meine Pflicht getan und werde weiter nichts mehr sagen. Ich muss zurück oder er wird mich suchen und im Verdacht haben, ich hätte mit Ihnen gesprochen. Auf Wiedersehen!«

Sie drehte sich um und war innerhalb weniger Minuten

zwischen den umherliegenden Findlingen verschwunden, während ich, erfüllt von vagen Ängsten, meinen Weg nach Baskerville Hall fortsetzte.

8. Erster Bericht von Dr. Watson

Von hier ab werde ich den Verlauf der Ereignisse anhand meiner Briefe an Sherlock Holmes wiedergeben, die hier vor mir auf dem Tisch liegen. Eine Seite fehlt, doch ansonsten übertrage ich sie genau so, wie ich sie seinerzeit geschrieben habe, da sie meine Gefühle und Vermutungen des jeweiligen Moments besser darstellen, als es meine Erinnerung vermag, so klar mir die tragischen Vorkommnisse auch vor Augen stehen mögen.

Baskerville Hall, den 13. Oktober.

Mein lieber Holmes,

meine bisherigen Briefe und Telegramme haben Sie wohl über die Dinge, die sich in diesem gottverlassenen Winkel der Erde ereignen, auf dem Laufenden gehalten. Je länger man sich hier aufhält, umso mehr bemächtigt sich der Geist des Moores, seine Weite und sein düsterer Charme der eigenen Seele. Hat man sich jemals darauf eingelassen, so hat man sämtliche Spuren des modernen England hinter sich gelassen, und es ist einem ständig gewärtig, dass sich hier die Heimat und die Werke prähistorischer Menschen befinden. Wenn man spazieren geht, ist man auf allen Seiten von den Häusern dieser vergessenen Menschen umgeben, von ihren Gräbern und den enormen Monolithen, welche ihre Gebetsstätten gewesen sein sollen. Beim Anblick ihrer grauen Steinhütten auf den zernarbten Hügeln vergisst man das eigene Zeitalter, und würde man sehen, wie ein haariger, lederbekleideter Mann aus seiner niedrigen Tür herauskriecht, der einen Pfeil mit Feuersteinspitze auf seinen Bogen spannt, so käme einem seine Gegenwart hier natürlicher vor als die eigene. Es ist schon merkwürdig, dass sie so zahlreich auf diesem unfruchtbaren Boden gelebt haben sollen. Zwar bin ich kein Frühgeschichtler, aber ich kann mir vorstellen, dass sie ein friedliches Volk gewesen sind, das gezwungen war, in einer Gegend zu leben, die niemand anderes besiedeln wollte. Das alles hat natürlich nichts mit dem Fall zu tun, dessentwegen Sie mich hergeschickt haben, und streng genommen ist das wohl für Sie uninteressant. Ich erinnere mich noch gut, wie gleichgültig es Ihnen war, ob die Sonne sich um die Erde oder die Erde sich um die Sonne dreht. Daher will ich nun auf die Fakten im Fall Sir Henry Baskerville eingehen.

Dass Sie in den letzten Tagen von mir keinen Bericht erhalten haben, liegt daran, dass bis zum derzeitigen Zeitpunkt nichts Nennenswertes zu berichten war. Inzwischen haben sich jedoch überraschende Wendungen ergeben, von denen ich Ihnen zu gegebener Zeit erzählen werde. Zunächst jedoch muss ich Sie von einigen anderen Einzelheiten in Kenntnis setzen. Eine, über die ich bislang wenig berichtet habe, ist der ins Moor geflohene Sträfling. Es gibt gewichtige Gründe anzunehmen, dass er sich gleich aus dem Staub gemacht hat, was eine beträchtliche Erleichterung für die Bewohner dieser einsamen Gegend bedeuten würde. Seit seiner Flucht sind zwei Wochen vergangen, während der er weder gesichtet noch etwas von ihm gehört wurde. Es ist kaum anzunehmen, dass er sich die ganze Zeit im Moor versteckt hat. Natürlich wäre das kein Problem gewesen, da ihm jede Steinhütte ein geeignetes Versteck geboten hätte, doch gibt es nichts zu essen, sofern er sich nicht ein Moorschaf finge und schlachtete. Daher sind wir der Ansicht, dass er fort ist, folglich schlafen die Bauern auf den abgelegenen Höfen besser.

In unserem Haus wohnen vier kräftige Männer, so dass wir gut auf uns Acht geben können, doch ich muss gestehen, dass ich mir um die Stapletons manches Mal Sorgen mache. Sie leben viele Kilometer von jeder Hilfe entfernt und sind nur ein Hausmädchen und ein alter Diener sowie Schwester und Bruder, wobei letzterer kein sonderlich starker Mann ist. Einem zu allem fähigen Verbrecher wie diesem Notting-Hill-Mörder wären sie hilflos ausgeliefert, hätte er sich einmal bei ihnen Zugang verschafft. Sowohl Sir Henry als auch ich selbst sind sehr besorgt und haben vorgeschlagen, dass Perkins, der Stallknecht, bei ihnen schläft, doch davon wollte Stapleton nichts wissen.

Sie müssen wissen, dass unser Freund, der Baronet, ein beträchtliches Interesse an unserer hübschen Nachbarin entwickelt. Das ist nicht weiter verwunderlich, denn die Zeit vergeht an diesem einsamen Ort für einen unternehmungslustigen Mann wie ihn nur langsam, und sie ist eine schöne und faszinierende Frau. Es umgibt sie etwas Tropisches und Exotisches, ein einzigartiger Kontrast zu ihrem kühlen und emotionslosen Bruder, doch auch bei ihm ahnt man verborgene Leidenschaften. Gewiss hat er beträchtlichen Einfluss auf sie, denn ich habe bemerkt, wie sie ihn ständig wie um Bestätigung heischend anschaut, wenn sie spricht. Ich hoffe, dass er nett zu ihr ist. Er hat ein kaltes Funkeln in den Augen, und seine schmalen Lippen bilden eine harte Linie, was auf einen energischen und möglicherweise harschen Charakter schließen lässt. Er wäre ein interessantes Studienobjekt für Sie.

Am ersten Tag kam er herüber, um sich Baskerville vorzustellen, und am folgenden Morgen zeigte er uns beiden die Stelle, wo die Legende des bösen Hugo ihren Ursprung genommen haben soll. Das war ein Ausflug von mehreren Kilometern übers Moor zu einem so schaurigen Platz, dass er wohl Auslöser der Legende gewesen sein kann. Dort befindet sich zwischen zerklüfteten Felstürmen ein kleines Tal, das auf eine offene, mit weißem Wollgras übersäte Wiese führt. In der Mitte erheben sich zwei große Steine, die so lange von Wind und Wetter bearbeitet wurden, dass sie mit ihren spitzen Enden den übergroßen Fangzähnen einer ungeheuren Bestie ähneln. Es passt in jeder Hinsicht auf den Schauplatz der alten Tragödie. Sir Henry zeigte großes Interesse und fragte Stapleton mehr als einmal, ob er wirklich an die Möglichkeit der Einmischung von Übernatürlichem in menschliche Angelegenheiten glaube. Obwohl er es scheinbar leichthin sagte, war doch offensichtlich, dass es ihm damit Ernst war. Stapleton gab eher zurückhaltende Antworten, doch man merkte ihm an, dass er weniger sagte, als er wusste; anscheinend wollte er aus Rücksicht auf die Gefühle des Baronets seine Meinung nicht offen kundtun. Er erzählte von ähnlichen Fällen, in denen Familien unter einem bösen Fluch gelitten hatten, und wir blieben mit dem Eindruck zurück, dass er die landläufigen Ansichten über diese Geschichten teilt.

Auf dem Rückweg blieben wir zum Essen in Merripit House, wo Sir Henry die Bekanntschaft von Miss Stapleton machte. Vom ersten Augenblick an schien er sich stark zu ihr hingezogen zu fühlen, und ich müsste mich sehr täuschen, wenn das kein gegenseitiges Gefühl war. Auf dem Heimweg kam er wieder und wieder auf sie zu sprechen, und seither ist kein Tag vergangen, ohne dass wir Bruder oder Schwester gesehen hätten. Heute Abend waren sie zum Essen bei uns und wir haben verabredet, dass wir nächste Woche zu einem Gegenbesuch kommen werden. Man sollte meinen, ein Schwager wie Baskerville müsste Stapleton willkommen sein, doch habe ich mehr als einmal einen Ausdruck seltsamen Missfallens auf seinem Gesicht bemerkt, als Sir Henry sich seiner Schwester widmete. Zweifellos hängt er sehr an ihr und würde ohne sie ein einsames Leben führen, aber es schiene mir doch der Gipfel des Egoismus, würde er sich einer so glänzenden Verbindung widersetzen. Und doch bin ich sicher, er wünsche nicht, dass ihre Vertrautheit zu Liebe reift; mehrmals konnte ich beobachten, wie er sich alle Mühe gab, ein Tête-à-tête der beiden zu verhindern. Übrigens wäre Ihre Anweisung, Sir Henry niemals allein ausgehen zu lassen, sehr viel mühevoller umzusetzen, wenn sich zu unseren Problemen auch noch eine Liebesaffäre gesellte. Meine Beliebtheit würde bald darunter leiden, suchte ich Ihre Befehle buchstabengetreu auszuführen.

Neulich – Donnerstag, um genau zu sein – kam Dr. Mortimer zum Mittagessen. Er hat in Long Down ein Hügelgrab geöffnet und einen prähistorischen Schädel gefunden, der ihm große Freude bereitet. Es hat wohl noch nie einen solch einseitigen Enthusiasten gegeben wie ihn! Anschließend kamen Stapletons, und der gute Doktor führte uns alle auf Bitten von Sir Henry in die Eibenallee, um uns zu zeigen, wie sich alles in jener schicksalhaften Nacht abgespielt hat. Diese Eibenallee ist ein langer und düsterer Weg, eingefasst von zwei hohen gestutzten Hecken, mit einem schmalen Grasstreifen auf jeder Seite. Am jenseitigen Ende steht ein alter, baufälliger Pavillon. Etwa auf halber Strecke befindet sich das Tor zum Moor, wo der alte Herr seine Zigarrenasche fallen ließ. Es ist ein weißes Holztor mit einem Schnappschloss. Dahinter erstreckt sich das Moor in alle Richtungen. Ich erinnerte mich Ihrer Theorie und versuchte mir alles so vorzustellen, wie es in jener Nacht geschehen sein mag. Als der alte Mann dort stand, sah er etwas über das Moor auf sich zukommen, etwas, das ihn so erschreckte, dass er den Verstand verlor und in blanker Panik davonrannte, bis er vor Entsetzen und Erschöpfung starb. Da war dieser lange, düstere Tunnel, durch welchen er floh. Aber wovor? Ein Schäferhund aus dem Moor? Oder ein Geisterhund, schwarz, stumm, monströs? War eine menschliche Hand im Spiel? Wusste der bleiche, wachsame Barrymore mehr, als er zu sagen für nötig befand? Alles ist undurchschaubar und vage, doch immer hängt der dunkle Schatten eines Verbrechens darüber.

Seit ich das letzte Mal geschrieben habe, habe ich einen anderen Nachbarn kennen gelernt. Es handelt sich um Mr. Frankland von Lafter Hall, der etwa sechs Kilometer südlich von uns wohnt. Es ist ein älterer Herr mit rotem Gesicht, weißen Haaren und cholerischem Charakter. Seine Leidenschaft ist das britische Recht, und er hat viel Geld für Prozesse ausgegeben. Er klagt aus bloßem Vergnügen an Rechtsstreitigkeiten, und da er jederzeit bereit ist, sowohl die eine als auch die andere Seite einer Fragestellung zu vertreten, nimmt es nicht Wunder, dass es für ihn ein kostspieliges Hobby ist. Mal will er der Gemeinde das Wegerecht streitig machen und fordert sie auf diese Weise heraus, gegen ihn vorzugehen. Dann wieder reißt er mit eigenen Händen jemandes Tor nieder mit der Behauptung, dass an dieser Stelle seit undenklichen Zeiten ein Weg existiert habe, und der Eigentümer verklagt ihn wegen Hausfriedensbruchs. Er kennt sich im alten Guts- und Kommunalrecht aus und setzt sein Wissen mal zu Gunsten der Einwohner von Fernworthy und mal gegen sie ein, so dass er abwechselnd im Triumphzug die Dorfstraße hinuntergetragen oder aber symbolisch auf dem Scheiterhaufen verbrannt wird, je nach seiner letzten Eingebung. Man sagt, er habe gerade sieben Prozesse in der Schwebe, die wahrscheinlich die Reste seines Vermögens aufzehren und ihm daher den Stachel ziehen werden, so dass er künftig keinen Schaden mehr anrichten kann. Davon abgesehen scheint er ein freundlicher Mensch mit angenehmem Gemüt zu sein, den ich nur erwähne, weil Sie mich darum gebeten haben, die Menschen, die uns umgeben, zu beschreiben. Zur Zeit geht er einer seltsamen Beschäftigung nach, denn er ist Hobbyastronom und besitzt ein ausgezeichnetes Teleskop, mit welchem er den ganzen Tag auf dem Dach seines Hauses lauert und das Moor absucht in der Hoffnung, den entflohenen Sträfling zu entdecken. Würde er seine Energie darauf beschränken, wäre alles in Ordnung, doch es gibt Gerüchte, dass er Dr. Mortimer verklagen will, weil dieser ein Grab geöffnet hat, ohne die Zustimmung der nächsten Angehörigen eingeholt zu haben, als er den neolithischen Schädel aus dem Hügelgrab von Long Down ausgrub. So bewahrt er uns alle jedenfalls vor Langeweile und wir haben etwas, worüber wir lachen können, was wirklich nötig ist.

So, nachdem ich Sie nun über den letzten Stand in Bezug auf den entflohenen Sträfling, die Stapletons, Dr. Mortimer und Mr. Frankland in Kenntnis gesetzt habe, möchte ich mit dem Wichtigsten schließen und Ihnen mehr über die Barrymores erzählen, vor allem von den überraschenden Entwicklungen der letzten Nacht. Zuallerst von dem Telegramm, das Sie von London aus hierher gesandt haben, um sicherzustellen, dass Barrymore wirklich hier war.

Wie ich schon ausgeführt hatte, belegt die Aussage des Postvorstehers, dass der Test wertlos war und wir keinen Beweis für seine Anwesenheit haben. Als ich Sir Henry davon berichtete, ließ er umgehend, wie es seine direkte Art ist, Barrymore kommen und fragte ihn geradeheraus, ob er das Telegramm eigenhändig bekommen hat. Barrymore bejahte dies.

»Hat Ihnen der Junge das Telegramm direkt übergeben?«, fragte Sir Henry.

Barrymore schaute erstaunt und überlegte einen Moment. »Nein«, sagte er, »ich war in dem Moment gerade in der Kofferkammer und meine Frau brachte es mir.«

»Haben Sie es selbst beantwortet?«

»Nein, ich bat meine Frau zu antworten, und sie ging hinunter, um es aufzusetzen.«

Am selben Abend kam er aus eigenem Antrieb noch einmal auf die Angelegenheit zurück. »Mir ist der Zweck Ihrer Fragen von heute Morgen nicht ganz klar geworden, Sir Henry«, sagte er. »Ich hoffe, Sie sind nicht der Meinung, ich hätte irgendetwas getan, womit ich Ihr Vertrauen missbraucht habe.«

Sir Henry musste ihm versichern, dass dies nicht der Fall war, und er beruhigte ihn, indem er ihm einen beträchtlichen Teil seiner alten Garderobe gab, da seine Kleidung inzwischen aus London angekommen war.

Mrs. Barrymore interessiert mich sehr. Sie ist eine kräftige, stämmige Person, recht einfältig, äußerst ehrenwert, mit einer Neigung zur Sittenstrenge. Sie könnten sich kaum ein gefühlsärmeres Wesen vorstellen, und doch habe ich Ihnen erzählt, wie ich sie in der ersten Nacht bitterlich schluchzen hörte; seither habe ich mehr als einmal Spuren von Tränen auf ihrem Gesicht bemerkt. Eine tiefe Sorge scheint ständig an ihrer Seele zu nagen. Manchmal frage ich mich, ob sie vielleicht von Schuldgefühlen heimgesucht wird, manchmal habe ich Barrymore im Verdacht, ein Haustyrann zu sein. Ich hatte immer das Gefühl, dieser Mann besitze einen etwas seltsamen und fragwürdigen Charakter, aber die Ereignisse der letzten Nacht bringen all meine Ahnungen auf den Punkt. Und doch erscheint die ganze Sache an sich fast nicht der Rede wert.

Sie wissen ja, dass ich keinen sonderlich tiefen Schlaf habe, und seit ich hier den Aufpasser spiele, ist mein Schlummer noch leichter als sonst. Letzte Nacht gegen zwei Uhr morgens wurde ich dadurch geweckt, dass jemand auf leisen Sohlen an meinem Zimmer vorbeischlich. Ich stand auf, öffnete die Tür und schaute vorsichtig hinaus. Ein langer, schwarzer Schatten schob sich den Korridor entlang. Er wurde von einem Mann geworfen, der mit einer Kerze in der Hand vorsichtig den Gang hinunterging. Er hatte Hemd und Hosen an, aber keine Schuhe an den Füßen. Ich konnte nur seine Silhouette erkennen, doch von der Größe her schloss ich auf Barrymore. Er lief sehr langsam und vorsichtig, und seine ganze Haltung wirkte unbeschreiblich schuldbewusst und verstohlen.

Ich habe Ihnen erzählt, dass der Flur von der Galerie unterbrochen wird, die um die ganze Halle führt, aber dass er sich auf der anderen Seite fortsetzt. Ich wartete, bis er außer Sicht war, und folgte ihm dann. Als ich die Galerie durchquert hatte, war er am Ende des jenseitigen Korridors angelangt, und am Lichtschein, der durch eine offene Tür fiel, erkannte ich, dass er eines der Zimmer betreten haben musste. Nun sind all diese Zimmer unbewohnt und unmöbliert, so dass mir sein Ausflug geheimnisvoller denn je vorkam. Das Licht schien so gleichmäßig, als ob er still stünde. So lautlos wie möglich bewegte ich mich den Gang hinunter und schaute vorsichtig zur Tür hinein. Barrymore hockte am Fenster und hielt die Kerze gegen die Scheibe. Sein Profil war mir halb zugedreht und sein Gesicht schien gespannt vor Erwartung, als er in die Schwärze des nächtlichen Moores starrte. Einige Minuten lang stand er so und schaute aufmerksam hinaus, dann gab er einen tiefen Seufzer von sich und löschte das Licht mit einer ungeduldigen Bewegung. Umgehend kehrte ich in mein Zimmer zurück, und sehr bald darauf hörte ich die verstohlenen Schritte wieder an meiner Tür vorübergehen, diesmal in die andere Richtung. Sehr viel später, ich war bereits wieder in einen leichten Schlaf gefallen, hörte ich irgendwo einen Schlüssel in einem Schloss drehen, doch war es mir nicht möglich zu bestimmen, woher das Geräusch kam. Was das alles zu bedeuten hat, kann ich nicht sagen, doch offenbar geht in diesem düsteren Haus etwas Geheimes vor, dem wir früher oder später auf die Spur kommen werden. Ich werde Sie nicht mit meinen Theorien belästigen, da Sie mich ausdrücklich darum gebeten haben, Ihnen nur Tatsachen mitzuteilen. Heute Morgen hatte ich ein längeres Gespräch mit Sir Henry, und auf Grund meiner Beobachtungen der letzten Nacht haben wir einen Schlachtplan entwickelt. Jetzt will ich darüber noch nicht sprechen, aber er sollte aus meinem nächsten Bericht eine interessante Lektüre machen.

9. Das Licht auf dem Moor

Baskerville Hall, den 15. Oktober.

Lieber Holmes,
in den ersten Tagen meines Aufenthalts war es mir nicht möglich, Ihnen viele Neuigkeiten mitzuteilen, doch werden Sie anerkennend feststellen, dass ich die verlorene Zeit jetzt aufhole und die Ereignisse sich nachgerade überstürzen. Mein letzter Bericht endete mit der sensationellen Nachricht von Barrymores nächtlichem Ausflug, und mittlerweile hat sich eine Menge ereignet, dass Sie meiner Meinung nach beträchtlich überraschen wird. Die Dinge haben eine Wendung genommen, mit der ich nicht gerechnet habe. Vieles ist in den letzten 48 Stunden klarer, manches wiederum komplizierter geworden. Aber ich will Ihnen über alles berichten, damit Sie selbst urteilen können.

Am nächsten Morgen bin ich noch vor dem Frühstück den Flur hinunter gegangen, um das Zimmer zu untersuchen, das Barrymore die Nacht zuvor aufgesucht hatte. Das westliche Fenster, durch welches er so gespannt hinausgestarrt hatte, unterscheidet sich, wie mir auffiel, von allen anderen Fenstern des Hauses durch eine Besonderheit: Von dort aus hat man den besten Überblick über das Moor, denn es gibt eine Öffnung zwischen zwei Bäumen, die von diesem Punkt einen direkten Ausblick ermöglicht, während man von allen anderen Fenstern aus nur entfernte Teile des Moores sieht. Da dies also das einzige Fenster ist, das diesen Zweck erfüllt, folgt daraus ganz klar, dass Barrymore nach etwas oder jemandem auf dem Moor Ausschau gehalten hat. Es war eine sehr dunkle Nacht, daher kann ich mir kaum erklären, wie er hoffen konnte, etwas zu sehen. Mir war der Gedanke gekommen, dass es sich um ein Liebesabenteuer handeln könnte. Das würde sowohl seine Heimlichtuerei als auch den Kummer seiner Frau erklären. Der Mann ist ja ein gut aussehender Kerl, ganz dafür gemacht, einem Mädchen vom Lande den Kopf zu verdrehen, so dass mir an dieser Theorie doch einiges dran zu sein schien. Das Öffnen der Tür, das ich nach meiner Rückkehr noch hörte, könnte bedeuten, dass er zu einer heimlichen Verabredung das Haus verlassen hatte. Jedenfalls waren das die Überlegungen, die ich morgens angestellt hatte, und ich erzähle Ihnen von meinem Verdacht, obwohl der weitere Verlauf gezeigt hat, dass er unbegründet war. Doch ungeachtet der wirklichen Erklärung für Barrymores Verhalten war die Last der Verantwortung, das alles so lange für mich zu behalten, bis ich es erklären könnte, mehr, als ich tragen konnte. Daher sprach ich gleich nach dem Frühstück mit dem Baronet in seinem Arbeitszimmer und erzählte ihm alles, was ich gesehen hatte. Er war weniger überrascht, als ich erwartet hatte.

»Ich wusste, dass Barrymore nachts herumläuft, und ich wollte schon mit ihm darüber sprechen«, sagte er. »Zwei oder drei Mal habe ich seine Schritte im Gang gehört, genau zu der Uhrzeit, die Sie erwähnten.«

»Dann sucht er jenes Fenster vielleicht jede Nacht auf«, vermutete ich.

»Möglich. Falls das so ist, sollten wir in der Lage sein, ihm zu folgen und herauszubekommen, worauf er aus ist. Was wohl Ihr Freund Holmes tun würde, wenn er hier wäre?«

»Ich glaube, er würde genau das tun, was Sie vorgeschlagen haben«, sagte ich. »Er würde Barrymore folgen, um zu erfahren, was er tut.«

»Dann sollten auch wir das tun.«

»Aber er würde uns bestimmt hören.«

»Der Mann ist recht schwerhörig, und in jedem Fall sollten wir es riskieren. Wir werden heute Nacht in meinem Zimmer warten, bis er kommt.«

Sir Henry rieb sich die Hände vor Vergnügen, denn offensichtlich begrüßte er das Abenteuer als willkommene Abwechslung in dem allzu ruhigen Leben auf dem Moor.

Der Baronet hatte sich sowohl mit dem Architekten, der die Pläne für Sir Charles bearbeitete, in Verbindung gesetzt als auch mit einem Bauunternehmer aus London, so dass bald größere Umbauten beginnen werden. Aus Plymouth sind Innenausstatter und Möbelhändler gekommen, und offenbar hat unser Freund große Ideen und scheut weder Kosten noch Mühe, den Glanz seiner Familie aufzupolieren. Wenn das Haus erst renoviert und vollständig möbliert sein wird, fehlt ihm zur Vollständigkeit nur noch eine Ehefrau. Unter uns gesagt, es gibt deutliche Anzeichen dafür, dass dies nicht auf sich warten lassen wird, sofern die Dame einverstanden ist, denn selten habe ich einen Mann gesehen, der noch vernarrter in eine Frau war als Sir Henry in unsere schöne Nachbarin, Miss Stapleton. Und doch läuft es mit der wahren Liebe nicht so rund, wie man es unter den gegebenen Umständen erwarten dürfte. Heute zum Beispiel wurde ihre Beziehung durch ein äußerst unerwartetes Ereignis gestört, das bei unserem Freund beträchtliche Verblüffung und Verärgerung hervorgerufen hat.

Nach der erwähnten Unterhaltung, die wir über Barrymore geführt hatten, nahm Sir Henry seinen Hut und schickte sich an auszugehen. Selbstverständlich tat ich es ihm gleich.

»Was, Sie wollen mitkommen, Watson?«, fragte er und schaute mich seltsam an.

»Das hängt davon ab, ob Sie auf das Moor hinaus wollen«, antwortete ich.

»Ja, das will ich.«

»Nun, Sie kennen ja meine Anweisungen. Es tut mir Leid, wenn ich mich aufdränge, aber Sie haben gehört, wie ernsthaft Holmes darauf bestanden hat, dass ich Sie nicht allein lassen soll, vor allem, dass Sie nicht allein auf das Moor hinausgehen sollen.«

Sir Henry legte mit einem freundlichen Lächeln seine Hand auf meine Schulter. »Mein lieber Watson«, sagte er,

»Holmes hat in all seiner Weisheit nicht alles voraussehen können, das geschehen ist, seit ich hierher gezogen bin, verstehen Sie mich? Ich bin sicher, Sie sind der Letzte auf dieser Welt, der als Spielverderber gelten möchte. Ich muss allein gehen.«
Dies brachte mich in eine höchst unangenehme Situation. Ich wusste nicht, was ich sagen oder tun sollte, und noch bevor ich einen Entschluss fassen konnte, hatte er seinen Stock ergriffen und war gegangen.

Während ich noch darüber nachdachte, bekam ich heftige Gewissensbisse, seinem Vorwand nachgegeben und ihn allein gelassen zu haben. Ich fragte mich, was ich wohl fühlen würde, wenn ich zu Ihnen kommen und gestehen müsste, dass ein Unglück geschehen sei, weil ich Ihre Anweisungen missachtet hatte. Schon bei dem Gedanken lief ich rot an, das können Sie mir glauben. Möglicherweise war ich noch nicht zu spät dran, um ihn einzuholen, also lief ich umgehend in Richtung Merripit House.

So schnell ich konnte, rannte ich die Straße entlang, ohne eine Spur von Sir Henry zu sehen, bis ich zu der Stelle gelangte, an welcher die Moorwege sich teilen. Da ich fürchtete, vielleicht doch in die falsche Richtung zu gehen, stieg ich auf einen Hügel, von welchem ich einen guten Überblick hatte – eben jener Hügel, wo sich der Steinbruch befindet. Von dort aus sah ich ihn sofort. Er befand sich auf dem Moorweg, vielleicht fünfhundert Meter entfernt, und an seiner Seite ging eine Dame, die nur Miss Stapleton sein konnte. Es war offensichtlich, welch inniges Verständnis zwischen beiden herrschte und dass sie sich verabredet hatten. Sie liefen langsam, tief ins Gespräch versunken, und ich bemerkte, wie sie mit ihren Händen kleine, rasche Bewegungen machte, während sie sprach, als ob sie damit unterstreichen wollte, wie ernst ihre Worte gemeint waren, während er aufmerksam zuhörte und einoder zweimal energisch den Kopf schüttelte. Ich stand zwischen den Felsen, beobachtete sie und war unschlüssig, was ich als nächstes tun sollte. Ihnen zu folgen und ihre vertrauliche Unterhaltung zu stören erschien mir eine Grobheit, doch es war ganz klar meine Aufgabe, ihn nicht den kleinsten Moment aus den Augen zu lassen. Einen Freund auszuspionieren ist eine widerwärtige Sache, jedoch fiel mir keine bessere Lösung ein, als ihn von dem Hügel aus zu überwachen und mein Gewissen später dadurch zu erleichtern, dass ich ihm erzählen wollte, was ich getan hatte. Es war allerdings so, dass ich zu weit entfernt war, um bei einer unmittelbar auftauchenden Gefahr eingreifen zu können, doch bin ich sicher, Sie pflichten mir bei, dass die Situation äußerst schwierig war und ich nicht mehr tun konnte.

Unser Freund Sir Henry und die Dame waren stehen geblieben und tief in ihre Unterhaltung versunken, als mir plötzlich auffiel, dass ich nicht der einzige Zeuge ihres Zusammenseins war. Etwas Grünes in der Luft erregte meine Aufmerksamkeit, und als ich genauer hinsah, erkannte ich, dass es das Ende eines Stocks war, den ein Mann in der Hand hielt, während er sich über den unebenen Boden bewegte. Es war Stapleton mit seinem Schmetterlingsnetz. Er war deutlich näher an dem Paar als ich und schien sich auf die beiden zuzubewegen. In diesem Moment zog Sir Henry plötzlich Miss Stapleton an sich heran. Er legte seinen Arm um sie, doch anscheinend suchte sie sich von ihm loszumachen, während sie ihr Gesicht wegdrehte. Er neigte ihr seinen Kopf zu und sie hob eine Hand, wie um zu protestieren. Im nächsten Augenblick sprangen sie zur Seite und drehten sich blitzschnell herum. Der Grund dieser Unterbrechung war Stapleton. Er rannte aufgeregt auf sie zu, während sein lächerliches Netz hinter ihm herschaukelte, fuchtelte mit den Händen in der Luft und tanzte fast vor Aufregung vor ihnen herum. Was das Schauspiel zu bedeuten hatte, konnte ich mir nicht vorstellen, aber es schien mir, als ob Stapleton Sir Henry beschimpfte, während dieser ihm

Erklärungen zu geben suchte und immer ärgerlicher wurde, als der andere nicht darauf einging. Die Dame stand in stolzem Schweigen daneben. Schließlich drehte sich Stapleton auf dem Absatz herum und winkte seiner Schwester mit entschiedener Geste, die nach einem unentschlossenen Blick auf Sir Henry mit ihrem Bruder fortging. Die ärgerlichen Bewegungen des Naturforschers zeigten, dass sich seine Schwester ebenfalls sein Missfallen zugezogen hatte. Eine Minute lang schaute der Baronet den beiden nach, dann lief er langsam, mit gesenktem Kopf, ein Bild des Jammers, den Weg zurück, den er gekommen war. Die Bedeutung von all dem war mir nicht klar, doch schämte ich mich zutiefst, ohne Wissen meines Freundes eine so intime Szene mit angesehen zu haben. Daher rannte ich den Hügel hinunter und traf unten auf den Baronet. Sein Gesicht war rot vor Wut und seine Augenbrauen ratlos zusammengezogen.

»Hallo, Watson! Wo kommen Sie denn her?«, fragte er. »Sie wollen doch wohl nicht sagen, dass Sie mir trotz allem gefolgt sind?«

Ich erklärte ihm alles: Wie ich mich außer Stande sah zurückzubleiben, wie ich ihm gefolgt war und wie ich Zeuge der Vorkommnisse wurde. Einen Moment lang funkelten seine Augen mich an, doch meine Offenheit wirkte so entwaffnend auf ihn, dass er schließlich in ein wenn auch klägliches Lachen ausbrach. »Man sollte meinen, dass ein Mann inmitten dieser Wildnis einen einigermaßen privaten Platz finden könnte«, sagt er, »doch zum Donnerwetter, die ganze Nachbarschaft scheint auf den Beinen zu sein, um zu sehen, wie ich um ihre Hand anhalte – und das Ganze so erbärmlich endet! Wo hatten Sie Ihren Sitz reserviert?«

»Ich befand mich auf jenem Hügel.«

»Eher letzter Rang, was? Aber ihr Bruder saß in der ersten Reihe. Haben Sie gesehen, wie er auf uns los ist?«

»Ja, habe ich.«

»Kam er Ihnen jemals verrückt vor, dieser Bruder?«

»Nicht dass ich wüsste.«

»Ich denke doch. Bis heute habe ich ihn immer für normal gehalten, aber ich kann Ihnen versichern, dass entweder er oder ich in eine Zwangsjacke gehören. Was stimmt denn nicht mit mir? Sie haben jetzt einige Wochen bei mir gewohnt, Watson. Sagen Sie es mir ganz offen! Gibt es irgendetwas, dass mich daran hindert, der Frau, die ich liebe, ein guter Ehemann zu sein?«

»Meines Wissens nicht.«

»Da es nicht meine finanziellen Verhältnisse sein können, kann er nur etwas gegen mich persönlich haben. Aber was mag das sein? Ich habe niemals in meinem Leben einer Frau oder einem Mann Böses zugefügt, soviel ich weiß. Und doch will er nicht einmal zulassen, dass ich sie berühre.«

»Hat er das gesagt?«

»Das und einiges mehr. Ich sage Ihnen, Watson, ich kenne sie zwar erst einige Wochen, aber vom ersten Moment an fühlte ich, dass wir füreinander geschaffen sind, und sie fühlt genauso – sie war glücklich, wenn wir zusammen waren, das kann ich beschwören. Es gibt einen Schimmer in den Augen einer Frau, der mehr sagt als tausend Worte. Aber er hat uns nie Gelegenheit dazu gegeben – heute war das erste Mal, dass wir allein sein konnten. Sie freute sich, mich zu sehen, aber sie wollte mit mir nicht über Liebe reden oder mich davon sprechen hören. Sie kam immer wieder darauf zurück, dass dies ein gefährlicher Ort sei und sie niemals glücklich sein könne, bis ich abgereist sei. Ich antwortete ihr, dass ich keine Eile mehr verspürte, von hier fortzugehen, seit ich sie kennen gelernt habe, und wenn sie wirklich wolle, dass ich abreise, so wäre der einzige Weg, mich dazu zu bringen, dass sie mich begleite. Gleichzeitig bat ich sie, mich zu heiraten, doch bevor sie mir antworten konnte, ging ihr Bruder wie ein Verrückter auf uns los. Er war weiß vor Wut und seine hellen Augen funkelten zornig. Was ich mit der Dame täte! Wie ich es wagen könnte, ihr geschmacklose Anträge zu machen! Bloß weil ich ein Baronet sei, glaubte ich, alles tun zu können, was ich wollte! Wäre er nicht ihr Bruder, so hätte ich schon die richtige Antwort für ihn gehabt. So begnügte ich mich damit, ihm zu sagen, dass meine Gefühle für seine Schwester von der Art wären, dass ich mich ihrer nicht zu schämen brauchte, und dass ich hoffte, sie würde mir die Ehre erweisen, meine Frau zu werden. Das schien die Sache noch zu verschlimmern, so dass schließlich auch ich die Haltung verlor und ihm hitziger antwortete, als es wohl angebracht war, während sie daneben stand. Es endete damit, dass er mit ihr fortging, wie Sie gesehen haben, und hier stehe ich nun und bin ganz außer Rand und Band. Sagen Sie mir doch, Watson, was das alles zu bedeuten hat.«

Ich bemühte mich um ein oder zwei Erklärungen, doch war ich ja selbst vollkommen ratlos. Was unseren Freund betraf, so sprach alles zu seinen Gunsten: Sein Titel, sein Vermögen, sein Alter, sein Charakter, sein ganzes Auftreten und seine Erscheinung, und mir fiel nichts gegen ihn ein, wäre da nicht dieses dunkle Verhängnis, das über seiner Familie schwebte. Sehr erstaunlich war, dass sein Antrag so brüsk verworfen wurde, ohne dass von Miss Stapletons eigenen Wünschen die Rede war, und dass die Dame dies ohne zu protestieren akzeptiert hatte.

Wie auch immer, unseren Spekulationen wurde ein Ende gesetzt, als Stapleton persönlich noch am selben Nachmittag zu Besuch kam in der Absicht, sich für sein schlechtes Betragen am Morgen zu entschuldigen, und eine lange, private Unterhaltung mit Sir Henry in dessen Arbeitszimmer hatte zur Folge, dass der Bruch zwischen beiden völlig gekittet war, und wir als Zeichen der Versöhnung zum Abendessen am folgenden Freitag nach Merripit House eingeladen wurden.»Ich sage jetzt nicht, dass er nicht verrückt ist«, sagte Sir Henry.»Ich werde den Blick in seinen Augen nicht vergessen, als er heute Morgen auf mich losging, aber ich muss gestehen, dass niemand eine vollendetere Entschuldigung hervorbringen könnte als er.«

»Hat er eine Erklärung für sein Verhalten geliefert?«

»Er sagt, seine Schwester bedeute ihm alles im Leben. Das ist nur natürlich, und es freut mich, wenn er sie so schätzt. Ihr Leben lang waren sie zusammen, und nach seinen eigenen Worten ist er ein einsamer Mann, der außer ihr niemanden hat, so dass der Gedanke, sie zu verlieren, schrecklich für ihn sei. Er hat nicht bemerkt, sagte er, dass ich mich in sie verliebte, aber als er mit eigenen Augen sah, was da vor sich ging, bekam er einen solchen Schreck, dass er zeitweise nicht mehr wusste, was er sagte oder tat. Das alles tut ihm schrecklich Leid und er sieht ein, wie idiotisch und egoistisch seine Meinung ist, er könne eine so schöne Frau wie seine Schwester sein ganzes Leben lang für sich behalten. Wenn sie ihn schon verlasse, dann besser zu einem Nachbarn wie mir als zu jemand anderem. Doch in jedem Fall war es ein Schlag für ihn und es werde ihn noch einige Zeit kosten, sich mit der Tatsache abzufinden. Wenn ich ihm verspräche, die ganze Angelegenheit drei Monate lang ruhen zu lassen und in dieser Zeit von seiner Schwester nur Freundschaft zu erbitten, ohne Liebe zu fordern, so werde er jeden Widerstand gegen die Heirat aufgeben. Das habe ich ihm versprochen.«

So wurde also eines unserer kleinen Geheimnisse gelüftet. Es hat schon etwas für sich, endlich mal auf Grund gestoßen zu sein in diesem Morast, durch den wir uns quälen. Jetzt wissen wir, warum Stapleton den Freier seiner Schwester so misstrauisch beäugt hat, obwohl dieser Freier eine so gute Partie ist. Und nun komme ich zu einem anderen Faden, den ich aus diesem verwickelten Garnknäuel gezogen habe, dem Geheimnis der nächtlichen Seufzer, des von Tränen gezeichneten Gesichts von Mrs. Barrymore und der heimlichen Ausflüge des Butlers zum westlichen Gitterfenster. Sie dürfen mich beglückwünschen, mein lieber Holmes, dass ich Sie als Ihr Vertreter nicht enttäuscht und Ihr Vertrauen gerechtfertigt habe. All jene Punkte wurden durch die Arbeit einer Nacht vollständig geklärt.

Zwar schrieb ich gerade ›die Arbeit einer Nacht‹, doch um ehrlich zu sein handelte es sich um zwei Nächte, denn in der ersten Nacht haben wir gar nichts erfahren. Bis fast drei Uhr morgens saß ich mit Sir Henry in seinen Gemächern zusammen, aber abgesehen vom Schlagen der Uhr auf der Treppe hörten wir nicht den geringsten Laut. Es war eine höchst trübselige Nachtwache, die damit endete, dass wir beide in unseren Sesseln einschliefen. Glücklicherweise hat uns das nicht entmutigt, und daher unternahmen wir einen zweiten Versuch. Am nächsten Abend drehten wir die Lampe herunter und rauchten vor uns hin, ohne das kleinste Geräusch zu verursachen. Unglaublich, wie langsam die Zeit verging, wobei es uns ein wenig half, dass wir ein geduldiges Interesse an den Tag legten wie ein Jäger, der seine aufgestellten Fallen im Auge hat in der Hoffnung auf Beute. Die Uhr schlug eins, dann zwei, und wir waren nahe daran, zum zweiten Mal verzweifelt aufzugeben, als wir uns plötzlich kerzengerade aufsetzten, all unsere Sinne in höchster Alarmbereitschaft; wir hatten das Knarren einer Treppenstufe vernommen.

Jemand ging sehr verstohlen an unserem Zimmer vorbei, bis die Schritte in der Ferne verklangen. Sofort öffnete der Baronet sachte die Tür und wir schlichen hinterher. Der Mann vor uns hatte die Galerie bereits hinter sich gelassen, und der ganze Korridor lag in Dunkelheit. Vorsichtig bewegten wir uns bis zum anderen Flügel, wo wir gerade noch rechtzeitig ankamen, um einen Anblick der großen, schwarzbärtigen Gestalt zu erhaschen, die gebeugt und auf Zehenspitzen den Gang entlang schlich. Er ging durch dieselbe Tür wie beim letzten Mal, und einen Moment lang beleuchtete das Kerzenlicht den gesamten Rahmen, bevor nur noch ein einziger Strahl das Dunkel des Korridors durchbrach. Vorsichtig bewegten wir uns darauf zu, wobei wir jede Bohle im Fußboden erprobten, bevor wir unser volles Gewicht darauf zu stellen wagten. Unsere Schuhe hatten wir vorsichtshalber schon zurückgelassen, doch auch so knarrten und ächzten die alten Dielen unter unseren Tritten.

Es schien oft unvorstellbar, dass er uns nicht hörte, doch zum Glück ist der Mann ja schwerhörig und war völlig mit seinem eigenen Tun beschäftigt. Als wir endlich die Tür erreicht hatten und in das Zimmer spähen konnten, sahen wir ihn am Fenster hocken, mit der Kerze in der Hand, sein weißes, aufmerksames Gesicht gegen die Scheibe gepresst, gerade so, wie ich ihn schon zwei Nächte zuvor beobachtet hatte.

Zwar hatten wir für unser weiteres Vorgehen keinen Plan, aber der Baronet ist ein Mann, für den der direkte Weg der natürlichste ist. Er trat einfach in das Zimmer, woraufhin Barrymore mit einem scharfen Zischlaut vom Fenster aufsprang und bleich und zitternd vor uns stand. Seine dunklen Augen, die aus der weißen Maske seines Gesichts hervorglühten, starrten uns beide voller Entsetzen und Erstaunen an.

»Was tun Sie hier, Barrymore?«

»Nichts, Sir.« Vor Aufregung konnte er kaum sprechen, und die Kerze in seiner zitternden Hand ließ die Schatten auf und ab springen.

»Es war wegen des Fensters. Ich gehe nachts herum, um sicherzustellen, dass alle Fenster verriegelt sind.«

»Im obersten Stock?«

»Ja, Sir, alle Fenster.«

»Hören Sie, Barrymore«, sagte Sir Henry streng, »wir sind entschlossen, die Wahrheit von Ihnen zu erfahren, also ersparen Sie sich Ärger und erzählen Sie sie uns besser früher als später. Auf jetzt, keine Lügen! Was haben Sie an diesem Fenster zu schaffen gehabt?«

Mit hilfloser Miene schaute der Butler uns an und rang

die Hände wie in äußerstem Zweifel und Unglück. »Ich habe niemandem geschadet, Sir. Ich hielt nur eine Kerze ins Fenster.«

»Und warum hielten Sie eine Kerze ins Fenster?«

»Fragen Sie mich nicht, Sir Henry, fragen Sie mich nicht! Ich gebe Ihnen mein Wort, Sir, dass dies nicht mein Geheimnis ist und ich es daher nicht verraten darf. Würde es nur mich betreffen, würde ich es vor Ihnen nicht verbergen.«

Eine plötzliche Eingebung überkam mich und ich nahm die Kerze aus der zitternden Hand des Butlers.

»Er wollte damit ein Signal geben«, rief ich. »Wir wollen mal sehen, ob es irgendeine Antwort gibt.« Ich hielt die Kerze wie Barrymore zuvor und starrte in die nächtliche Dunkelheit. Nur schemenhaft konnte ich die schwarzen Bäume und das hellere Moor erkennen, da der Mond hinter Wolken verborgen war. Und dann gab ich einen Laut der Befriedigung von mir, denn plötzlich tauchte ein winziger gelber Lichtpunkt in dem dunklen Schleier auf und glühte gleichmäßig inmitten des schwarzen Fensterviereckts.

»Da ist es!«, rief ich.

»Nein, nein, Sir, das ist nichts – überhaupt nichts!«, fiel der Butler ein. »Ich versichere Ihnen ...«

»Bewegen Sie die Kerze hin und her, Watson!«, rief der Baronet.

»Sehen Sie, das andere Licht bewegt sich genau so. Also, Sie Gauner, wollen Sie leugnen, dass das ein Signal ist? Los, sprechen Sie! Wer ist Ihr Komplize dort draußen, und was für eine Verschwörung geht hier vor?«

Barrymores Gesicht bekam einen herausfordernden Ausdruck. »Das ist meine Sache und geht Sie nichts an. Ich werde gar nichts sagen.«

»In diesem Fall verlassen Sie auf der Stelle meinen Dienst.«

»Sehr wohl, Sir. Wenn es sein muss, dann muss es wohl sein.«

»Und Sie gehen in Ungnade. Zum Donnerwetter, Barrymore, Sie müssen sich doch schämen! Ihre Familie hat über hundert Jahre lang mit meiner unter diesem Dach zusammengelebt, und nun finde ich Sie tief in eine Verschwörung gegen mich verstrickt.«

»Nein, Sir, nein, nicht gegen Sie!«

Das war eine Frauenstimme, und Mrs. Barrymore, bleicher und entsetzter noch als ihr Ehemann, stand in der Tür. Ihre üppige Gestalt, nur mit Nachthemd und Schal bekleidet, hätte komisch gewirkt, wäre da nicht der bestürzte Ausdruck auf ihrem Gesicht.

»Wir müssen gehen, Eliza. Das ist das Ende. Du kannst unsere Sachen packen«, sagte ihr Mann.

»Oh, John, John, wohin habe ich dich gebracht! Es ist meine Schuld, Sir Henry, einzig meine. Er hat nichts getan, als mir zu helfen, weil ich ihn darum gebeten habe.«

»So sprechen Sie doch! Was hat das alles zu bedeuten?«

»Mein unglücklicher Bruder verhungert im Moor. Wir können ihn doch nicht vor unserer Tür sterben lassen! Das Licht signalisiert ihm, dass Essen für ihn bereit steht, und sein Signal dort unten soll uns zeigen, wohin wir es bringen sollen.«

»Dann ist Ihr Bruder –«

»Der entflohene Sträfling, Sir – Selden, der Verbrecher.«

»Das ist die Wahrheit, Sir«, sagte Barrymore. »Wie ich sagte, war es nicht mein Geheimnis, daher konnte ich es Ihnen nicht erzählen. Doch nachdem Sie es jetzt kennen, wissen Sie, dass die Verschwörung, sofern es eine ist, nicht gegen Sie gerichtet war.«

Dies also war die Erklärung für die heimlichen nächtlichen Ausflüge und das Licht im Fenster. Sir Henry und ich starrten die Frau verwundert an. War es möglich, dass diese durch und durch rechtschaffene Person aus derselben Familie stammte wie einer der bekanntesten Verbrecher des Landes?

»Ja, Sir Henry, mein Mädchenname war Selden, und er ist mein jüngerer Bruder. Wir haben ihn zu sehr verwöhnt, als er klein war, und ihm immer seinen Willen gelassen, bis er der Meinung war, die Welt sei zu seinem Vergnügen gemacht und er könne tun und lassen, was er wollte. Als er älter wurde, geriet er in schlechte Gesellschaft, und der Teufel ergriff von ihm Besitz, bis er meiner Mutter das Herz gebrochen und unseren Namen in den Schmutz gezogen hat. Von Untat zu Untat sank er immer tiefer, und nur die Gnade Gottes hat ihn bislang vor dem Schafott bewahrt; doch für mich, Sir, war er immer der kleine lockige Junge, den ich aufgezogen und mit dem ich gespielt habe, wie eine ältere Schwester das gewöhnlich tut. Deshalb ist er auch aus dem Zuchthaus ausgebrochen. Er wusste, dass ich hier bin und ihm meine Hilfe nicht versagen würde. Als er sich eines Nachts hierher geschleppt hat, erschöpft und halb verhungert, die Verfolger an seine Fersen geheftet, was sollte ich da tun? Wir ließen ihn herein, gaben ihm zu essen und pflegten ihn. Dann kamen Sie her, Sir, und mein Bruder glaubte, dass es im Moor sicherer sei als anderswo, bis die Jagd und der Aufruhr vorüber wären, also versteckte er sich dort. Doch jede zweite Nacht vergewisserten wir uns, dass er sich noch dort befand, indem wir ein Licht ins Fenster stellten, und wenn eine Antwort kam, brachte ihm mein Mann ein wenig Brot und Fleisch hinaus. Jeden Tag hofften wir, dass er fortgegangen wäre, doch solange er sich dort aufhielt, konnten wir ihn nicht allein lassen. Das ist die volle Wahrheit, so wahr ich eine gläubige Christin bin, und wie Sie sehen, müssen Sie mir daraus einen Vorwurf machen und nicht meinem Ehemann, der alles um meinetwillen getan hat.«

Es lag ein eindringlicher und überzeugter Ernst in den Worten dieser Frau.

»Ist das wahr, Barrymore?«

»Ja, Sir, jedes Wort.«

»Nun, ich kann Ihnen nicht vorwerfen, dass Sie Ihrer Frau

zur Seite gestanden haben. Vergessen Sie, was ich gesagt habe. Gehen Sie jetzt beide auf Ihr Zimmer zurück; wir werden uns morgen früh weiter unterhalten.«

Als sie gegangen waren, schauten wir wieder aus dem Fenster. Sir Henry hatte es geöffnet, und der kalte Nachtwind schlug in unsere Gesichter. Weit draußen in der schwarzen Dunkelheit glühte noch immer das winzige gelbe Licht.

»Es erstaunt mich, dass er das wagt«, sagte Sir Henry.

»Er könnte sich an einer Stelle befinden, die nur von hier aus zu sehen ist.«

»Sehr wahrscheinlich. Wie weit, glauben Sie, ist das?«

»Draußen beim Cleft Tor, meiner Ansicht nach.«

»Also nicht mehr als zwei oder drei Kilometer.«

»Wenn überhaupt.«

»Nun, es kann nicht sehr weit sein, wenn Barrymore das Essen hinbringen soll. Und er wartet bei dieser Kerze, der Schurke. Zum Henker, Watson, ich gehe und schnappe mir den Kerl!«

Derselbe Gedanke war mir auch gekommen. Schließlich war es nicht so, dass die Barrymores uns ins Vertrauen gezogen hatten, sondern ihr Geheimnis war ihnen gegen ihren Willen entrissen worden. Der Mann war eine Gefahr für die Gesellschaft, ein Erzverbrecher, für den es weder Barmherzigkeit noch eine Entschuldigung gab. Wenn wir die Gelegenheit ergriffen, ihn dorthin zurückzubringen, wo er niemandem etwas antun konnte, so erfüllten wir nur unsere Pflicht. Angesichts seiner brutalen und gewalttätigen Natur müssten andere den Preis dafür zahlen, wenn wir nicht handeln würden. Beispielsweise könnten unsere Nachbarn, die Stapletons, jede Nacht von ihm überfallen werden, und vielleicht war es ja gerade dieser Gedanke, der Sir Henry so entschlossen wirken ließ.

»Ich komme mit«, sagte ich.

»Dann holen Sie Ihren Revolver und ziehen Sie Schuhe

an. Je früher wir losgehen, um so besser, der Kerl könnte das Licht löschen und verschwinden.«

In fünf Minuten waren wir draußen auf dem Moor und liefen los. Wir eilten durch das dunkle Strauchwerk, umgeben vom leisen Stöhnen des Herbstwindes und dem Rascheln fallender Blätter. Die Nachtluft war erfüllt vom Duft der Feuchtigkeit und des Moders. Ab und zu lugte der Mond einen Moment hervor, doch dunkle Wolken jagten über den Himmel, und gerade als wir das Moor erreicht hatten, setzte ein dünner Regen ein. Vor uns leuchtete das Licht immer noch ruhig vor sich hin.

»Sind Sie bewaffnet?«, fragte ich.

»Ich habe eine Reitpeitsche.«

»Wir müssen ihn schnell überwältigen, denn er ist zu allem fähig. Wir müssen ihn überraschen, bevor er Widerstand leisten kann.«

»Sagen Sie, Watson«, sagte der Baronet, »was würde Holmes von dieser Geschichte halten? Was ist mit jenen dunklen Stunden, da die Mächte des Bösen sich erheben?«

Wie eine Antwort auf seine Frage erhob sich plötzlich über der weiten Düsterkeit des Moores jener seltsame Schrei, den ich schon am Rande des großen Grimpener Moores vernommen hatte. Der Wind trug ihn durch die Stille der Nacht, ein langes, tiefes Gemurmel, dann ein anhebendes Heulen und schließlich das traurige Stöhnen, mit welchem er verebbte. Wieder und wieder erscholl er, die Luft schien ganz davon erfüllt zu sein, grell, wild und bedrohlich.

Der Baronet packte meinen Ärmel und sein Gesicht glänzte hell in der Dunkelheit. »Mein Gott, was ist das, Watson?«

»Ich weiß es nicht. Es ist ein Geräusch, das es hier auf dem Moor gibt. Ich habe es schon einmal gehört.«

Wieder erstarb es und absolute Stille umschloss uns. Wir lauschten angestrengt in die Nacht, doch nichts war zu hören.

»Watson«, sagte der Baronet, »das war das Heulen eines Hundes.«

Mir gefror das Blut in den Adern, denn der Klang seiner Stimme verriet mir das plötzliche Entsetzen, das ihn gepackt hatte.

»Wie nennen sie diesen Laut?«, fragte er.

»Wer?«

»Die Leute hier auf dem Land.«

»Oh, das ist unwissendes Volk. Warum sollte es Sie interessieren, wie man es nennt?«

»Erzählen Sie es mir, Watson. Wie sagen sie dazu?«

Ich zögerte, konnte der Frage jedoch nicht ausweichen.

»Sie nennen es das Heulen des Hundes der Baskervilles.«

Er stöhnte auf und blieb eine Weile still.

»Ein Hund war es«, sagte er schließlich, »aber es schien mir viele Kilometer entfernt zu sein, dort hinten, glaube ich.«

»Es ist schwer zu sagen, woher es kam.«

»Es wurde mit dem Wind lauter und leiser. Ist das nicht die Richtung des großen Grimpener Moores?«

»Ja, genau.«

»Dann kam es von dort. Kommen Sie, Watson, haben Sie nicht selbst geglaubt, es wäre das Heulen eines Hundes? Ich bin kein Kind, sie brauchen keine Angst zu haben, mir die Wahrheit zu sagen.«

»Als ich es das letzte Mal hörte, war Stapleton bei mir. Er war der Ansicht, es könne sich um den Schrei eines seltenen Vogels handeln.«

»Nein, nein, das war ein Hund. Mein Gott, kann ein Körnchen Wahrheit in all diesen Legenden liegen? Ist es möglich, dass mir von einer solch düsteren Geschichte Gefahr droht? Sie glauben nicht daran, Watson, nicht wahr?«

»Natürlich nicht.«

»Und doch ist es eine Sache, darüber in London zu lachen, und eine völlig andere, hier draußen in der Dunkelheit des Moors zu stehen und ein solches Heulen zu hören. Und mein Onkel! Es gab Fußspuren eines Hundes neben der Stelle, wo er gelegen hat. Es passt alles zusammen. Ich halte mich nicht für einen Feigling, Watson, aber dieses Heulen ließ mir das Blut in den Adern gefrieren. Fühlen Sie mal meine Hand!«

Sie war kalt wie ein Stück Marmor.

»Morgen früh sind Sie wieder in Ordnung.«

»Ich bezweifle, dass ich dieses Heulen jemals aus meinem Kopf bekomme. Was raten Sie uns jetzt zu tun?«

»Sollen wir umkehren?«

»Nein, zum Donnerwetter. Wir sind hierhergekommen, um diesen Mann zu fangen, und das werden wir auch. Wir jagen den Zuchthäusler, und der Höllenhund ist sicherlich hinter uns her. Kommen Sie! Wir werden unsere Aufgabe erfüllen, und wären alle Teufel der Unterwelt auf dem Moor los.«

Langsam stolperten wir durch die Dunkelheit, umgeben von den schwarzen Umrissen der felsigen Hügel, vor uns der gelbe Lichtpunkt, der immer noch ruhig leuchtete. Es gibt kaum etwas Täuschenderes als die Entfernung zu einem Licht inmitten einer pechschwarzen Nacht; manchmal schien das Licht sich weit entfernt am Horizont zu befinden, dann wieder machte es den Eindruck, als ob es sich nur ein paar Meter voraus befände. Doch endlich konnten wir erkennen, woher es kam, und dann wussten wir, dass wir tatsächlich kurz davor waren.

Eine tropfende Kerze war so in einen Felsspalt gesteckt worden, dass sie von beiden Seiten sowohl gegen den Wind geschützt war als auch dagegen, entdeckt zu werden, außer von Baskerville Hall aus. Ein großer Granitfelsen schützte uns davor, gesehen zu werden, und wir hockten uns dahinter und beobachteten das Signallicht.

Es war seltsam, diese einsame Kerze dort inmitten des Moors brennen zu sehen ohne irgendein Zeichen von Leben in der Nähe – nur diese eine ruhige gelbe Flamme und ihr Widerschein zu beiden Seiten des Felsens.

»Was sollen wir jetzt tun?«, flüsterte Sir Henry.

»Wir warten hier. Er muss in der Nähe der Kerze sein. Vielleicht können wir einen Blick von ihm erhaschen.«

Ich hatte diese Worte kaum gesprochen, als wir ihn auch schon erblickten. Über dem Felsen, in der Nische, wo die Kerze brannte, zeigte sich ein hässliches gelbes Gesicht, eher wie ein Tier als ein Mensch, zerfurcht und gezeichnet von gemeinen Lastern. So schlammbespritzt, mit dem zottigem Bart und dem verfilztem Haar hätte er gut und gerne zu den Wilden gehören können, die in den Höhlen auf den Hügeln gehaust hatten. Das Licht unter ihm spiegelte sich in seinen kleinen, verschlagenen Augen, die grimmig die Dunkelheit rechts und links zu durchdringen suchten, wie ein listiges wildes Tier, das die Schritte der Jäger gehört hatte.

Etwas hatte offensichtlich seinen Verdacht geweckt. Vielleicht hatte er mit Barrymore ein Signal vereinbart, dass dieser nicht gegeben hatte, oder es gab einen anderen Grund, warum der Bursche dachte, dass etwas nicht stimmte, aber die Furcht stand auf sein bösartiges Gesicht geschrieben. Jeden Moment konnte er das Licht ausblasen und in der Dunkelheit verschwinden. Daher sprang ich aus der Deckung und Sir Henry tat es mir nach. Im selben Moment stieß der Zuchthäusler einen Fluch hervor und schleuderte einen großen Stein gegen uns, der an dem Felsen zersplitterte, der uns verborgen hatte. Ich konnte einen Blick auf seine kurze, untersetzte und kräftige Gestalt werfen, bevor er aufsprang und davonrannte. Durch einen glücklichen Zufall brach im selben Moment der Mond zwischen den Wolken hervor. Wir hasteten über die Hügelkuppe und sahen dort unseren Mann mit großer Geschwindigkeit die andere Seite hinunterrennen, wobei er geschickt wie eine Bergziege über die Steine sprang, die im Weg lagen. Ein guter Schuss meines Revolvers hätte ihn wohl erledigen können, aber ich hatte ihn nur mitgebracht, um mich selbst gegen Angriffe zu wehren, nicht jedoch, um einen unbewaffneten Mann auf der Flucht zu erschießen.

Wir waren beide schnelle Läufer und in guter Form, doch merkten wir bald, dass wir keine Chance hatten, ihn einzuholen. Wir sahen ihn lange im Mondschein vor uns, bis er nur noch ein kleiner Fleck war, der sich rasch auf dem Hang eines entfernten Hügels zwischen den Felsen hindurch bewegte. Wir rannten und rannten, bis wir völlig außer Atem waren, doch die Entfernung zwischen ihm und uns wurde immer größer. Schließlich hielten wir an und setzten uns keuchend auf zwei Felsblöcke, während wir zusahen, wie er in der Ferne entschwand.

Genau in diesem Augenblick geschah etwas höchst Seltsames und Unerwartetes. Wir hatten uns erhoben und wollten gerade nach Hause gehen, weil wir die hoffnungslose Jagd aufgegeben hatten. Der Mond stand tief zur Rechten, und die zerklüfteten Spitzen eines Felsturms zeichneten sich gegen den unteren Rand der silbernen Scheibe ab. Dort, als scharfer schwarzer Schattenriss, wie eine Ebenholzstatue vor diesem leuchtenden Hintergrund, erblickte ich die Gestalt eines Mannes auf dem Felsturm. Das war keine Sinnestäuschung, Holmes. Ich versichere Ihnen, dass ich nie in meinem Leben etwas deutlicher vor mir gesehen habe. Soweit ich es beurteilen kann, handelte es sich um die Gestalt eines groß gewachsenen, dünnen Mannes. Er stand mit leicht gespreizten Beinen da, seine Arme übereinander gelegt, den Kopf gesenkt, als ob er über die ungeheure Wildnis aus Torf und Granit nachdachte, die sich vor ihm ausbreitete. Er hätte der Geist dieses schrecklichen Ortes sein können, es war jedenfalls nicht der Zuchthäusler; der Mann hier befand sich weit entfernt von der Stelle, wo der Sträfling verschwunden war. Außerdem war es ein sehr viel größerer Mann.

Mit einem Ausruf der Überraschung wies ich den Baronet darauf hin, doch genau in dem Augenblick, da ich mich umgedreht hatte, um seinen Arm zu packen, war der Mann verschwunden. Der scharfe Schattenriss des Felsens schnitt noch immer unbewegt in die untere Kante des Mondes, doch auf der Spitze war keine Spur mehr von dieser stummen und reglosen Gestalt zu sehen. Ich wollte in diese Richtung gehen und den Felsturm untersuchen, doch er war ein ganzes Stück entfernt. Die Nerven des Baronets flatterten noch immer wegen des Heulens, das ihn an den Fluch seiner Familie erinnert hatte, und so war er nicht in der Stimmung für weitere Abenteuer. Er hatte jenen einsamen Mann auf dem Felsturm nicht gesehen und konnte daher den Schauder nicht nachfühlen, den seine seltsame Erscheinung und seine gebieterische Haltung bei mir auslöst hatte.

»Zweifelsohne ein Aufseher«, sagte er. »Das Moor ist voll von ihnen, seit dieser Kerl entflohen ist.«

Nun, vielleicht war seine Erklärung die richtige, aber ich hätte gern einen Beweis dafür gehabt. Heute haben wir die Absicht, den Leuten von Princetown mitzuteilen, wo sie nach ihrem Vermissten suchen sollen, aber es ist eine schwere Enttäuschung, dass wir nicht den Triumph erleben konnten, ihn selbst als unseren Gefangenen zurückzubringen.

Solcherart waren also die Abenteuer der letzten Nacht, und Sie müssen anerkennen, mein lieber Holmes, dass ich Ihnen mit diesem Bericht einen guten Dienst erwiesen habe. Vieles von dem, was ich Ihnen erzählt habe, ist ohne Zweifel ganz irrelevant, doch halte ich es für das Beste, sämtliche Tatsachen offen vor Ihnen auszubreiten und Ihnen selbst die Entscheidung zu überlassen, welche davon für Ihre Schlussfolgerungen am nützlichsten sind. Bestimmt machen wir einige Fortschritte. Was die Barrymores anbelangt, so haben wir das Motiv ihrer Handlungen herausgefunden, was zur Klärung der Situation erheblich beitrug. Doch das

Moor mit seinen Geheimnissen und seinen seltsamen Bewohnern bleibt so unergründlich wie zuvor. Vielleicht bin ich in meinem nächsten Bericht dazu in der Lage, auch in diese Dinge etwas Licht zu bringen. Das Beste wäre, Sie könntest selbst herkommen. Auf jeden Fall werden Sie im Verlauf der nächsten Tage wieder von mir hören.

10. Auszug aus Dr. Watsons Tagebuch

Bis zu diesem Punkt meiner Erzählung war ich in der Lage, aus den Berichten zu zitieren, die ich während der ersten Tage an Sherlock Holmes schickte. Jetzt bin ich jedoch an einer Wendung angelangt, wo ich mich gezwungen sehe, diese Methode aufzugeben und einmal mehr meinen Erinnerungen zu vertrauen, unterstützt von dem Tagebuch, das ich zur der Zeit geführt habe. Ein paar Auszüge aus diesem Tagebuch führen mich zu jenen Ereignissen, welche sich in jeder Einzelheit unauslöschlich in mein Gedächtnis eingebrannt haben. Ich fahre nunmehr fort mit jenem Morgen, der auf unsere fehlgeschlagene Jagd auf den Zuchthäusler und unsere seltsamen Erlebnisse auf dem Moor folgte.

16. Oktober. – Ein trüber und nebliger Tag mit feinem Sprühregen. Das Haus ist von tief hängenden Wolken eingehüllt, die nur hin und wieder den Blick auf die düsteren Hügel des Moors freigeben, wo dünne, silbrige Fäden sich die Hänge entlangziehen und ferne Felsblöcke glitzern, sobald ein Lichtstrahl auf ihre nassen Oberflächen trifft. Draußen herrscht ebenso wie im Haus eine trübe Atmosphäre. Nach den Aufregungen der letzten Nacht ist der Baronet schwärzester Stimmung. Ich selbst fühle eine Last auf meiner Seele und den Eindruck drohender Gefahr – einer ständig gegenwärtigen Gefahr, die um so schrecklicher ist, da ich mich außer Stande sehe zu sagen, welcher Art sie ist.

Und habe ich etwa keinen Grund für solche Gefühle? Wenn wir die lange Folge von Vorfällen bedenken, die uns in ihrer Gesamtheit vor Augen führen, dass um uns herum ein Unheil bringender Einfluss am Werk ist? Da ist der Tod des letzten Besitzers von Baskerville Hall, der so genau mit den Umständen der Familienlegende übereinstimmt, und da sind die wiederholten Berichte von Bauern über die Erscheinung eines unheimliches Geschöpfes auf dem Moor. Zweimal habe ich mit eigenen Ohren jenes Heulen gehört, das dem entfernen Jaulen eines Hundes ähnelt. Es ist unglaublich, ja unmöglich, dass dies tatsächlich übernatürliche Ursachen haben sollte. Ein Geisterhund, der wirkliche Fußabdrücke zurücklässt und die Luft mit seinem Heulen erfüllt, an so etwas ist nicht zu denken. Stapleton mag solchem Aberglauben anhängen und auch Mortimer; aber wenn ich eine positive Eigenschaft auf Erden besitze, dann ist es gesunder Menschenverstand, und nichts wird mich dazu bringen, an so etwas zu glauben. Wenn ich das täte, würde ich auf das Niveau dieser armen Bauern herabsinken, die sich nicht mit einem gewöhnlichen Höllenhund begnügen, sondern ihn als Kreatur beschreiben, dem das Höllenfeuer aus Maul und Augen lodert. Holmes würde auf solche Spinnereien nicht hören, und ich bin sein Vertreter. Doch Tatsachen bleiben Tatsachen, und ich habe dieses Heulen zweimal im Moor gehört. Angenommen, es liefe wirklich ein riesiger Hund dort frei herum; das würde so ziemlich alles erklären. Aber wo könnte sich ein solcher Hund verbergen, woher bekäme er sein Fressen, woher stammte er überhaupt, wie käme es, dass ihn niemand bei Tage sieht? Ich muss gestehen, dass die natürliche Erklärung nahezu ebenso viele Probleme bereitet wie die andere. Und dann ist da neben der Sache mit dem Hund auch noch der ganz irdische Aspekt des Menschen in der Londoner Droschke und der Brief, der Sir Henry vor dem Moor warnte. Das war alles ganz real, doch hier konnte es sich ebenso um das Werk eines besorgten Freundes wie das eines Feindes handeln. Wo hält sich dieser Freund oder Feind jetzt auf? Ist er in London geblieben oder ist er uns hierher gefolgt? Konnte es – konnte es vielleicht der Fremde sein, den ich auf dem Felsturm gesehen hatte?

Es ist zwar so, dass ich nur einen kurzen Blick auf ihn werfen konnte, dennoch bin ich bereit, bestimmte Dinge zu beschwören. Er ist niemand, den ich bislang hier gesehen habe, und ich habe inzwischen alle Nachbarn kennen gelernt. Die Gestalt war viel größer als die von Stapleton, viel schlanker als die von Frankland. Es hätte möglicherweise Barrymore sein können, aber wir hatten ihn zurückgelassen und ich bin mir sicher, dass er uns nicht hatte folgen können. So beschattet uns also immer noch ein Fremder, ebenso wie er uns in London beschattet hat. Wir haben ihn nicht abschütteln können. Könnte ich nur seiner habhaft werden, dann würden wir vielleicht endlich die Lösung all unserer Probleme in Händen halten. Diesem Ziel wollte ich von jetzt an meine Anstrengungen widmen.

Mein erster Gedanke war, Sir Henry in meine Pläne einzuweihen. Mein zweiter und weiserer Gedanke war, mein eigenes Spiel zu spielen und so wenig wie möglich davon anderen zu erzählen. Sir Henry ist in sich gekehrt und zerstreut. Seine Nerven sind ziemlich angegriffen durch jenes Heulen im Moor. Ich möchte nichts sagen, das seine Ängste noch verstärken würde, doch werde ich meiner eigenen Wege gehen, um mein Ziel zu erreichen. Heute Morgen nach dem Frühstück gab es eine kleine Szene. Barrymore bat Sir Henry um ein Gespräch unter vier Augen und sie schlossen sich eine Zeit lang in sein Arbeitszimmer ein. Ich saß im Billardzimmer, hörte mehr als einmal, wie ihre Stimmen lauter wurden, und konnte mir gut vorstellen, worum sich die Unterhaltung drehte. Nach einer Weile öffnete der Baronet die Tür und rief nach mir.

»Barrymore ist der Ansicht, sich beschweren zu müssen«,

sagte er. »Er meint, es sei unfair von uns gewesen, seinem Schwager nachzujagen, da er uns aus freien Stücken von diesem Geheimnis erzählt hat.«

Der Butler stand sehr bleich, doch gefasst vor uns. »Ich habe vielleicht zu heftig gesprochen, Sir«, sagte er, »und wenn das der Fall gewesen ist, so bitte ich um Verzeihung. Gleichzeitig war ich jedoch sehr überrascht, als ich Sie beide heute Morgen zurückkehren hörte und erfuhr, dass Sie Selden gejagt haben. Es gibt genug, wogegen der arme Kerl zu kämpfen hat, auch ohne dass ich noch weitere Männer auf seine Fährte hetze.«

»Hätten Sie uns tatsächlich aus eigenem Antrieb von ihm erzählt, wäre die Situation eine andere«, sagte der Baronet. »Sie haben aber erst gesprochen – oder vielmehr Ihre Frau tat es – als Sie keinen anderen Ausweg mehr sahen.«

»Ich glaubte aber nicht, dass Sie von meiner Mitteilung Gebrauch machen würden, Sir Henry – das hätte ich wirklich nicht gedacht!«

»Der Mann ist eine Gefahr für die Öffentlichkeit. Überall auf dem Moor liegen einsame Häuser verstreut, und er ist ein Mensch, der vor nichts zurückschreckt. Sie brauchen ihm nur einmal ins Gesicht zu sehen, um das zu erkennen. Denken Sie zum Beispiel an Mr. Stapletons Haus, wo sich außer ihm niemand befindet, der es verteidigen könnte. Solange er nicht hinter Schloss und Riegel ist, gibt es für niemanden Sicherheit.«

»Er wird in kein Haus einbrechen, Sir. Ich gebe Ihnen darauf mein feierliches Ehrenwort. Und er wird niemals mehr irgendjemanden in diesem Land behelligen. Ich versichere Ihnen, Sir Henry, dass in den allernächsten Tagen die notwendigen Vorkehrungen getroffen sein werden und er sich auf dem Weg nach Südamerika befindet. Um Gottes Willen, Sir, ich erbitte von Ihnen nur die Zusicherung, die Polizei nicht wissen zu lassen, dass er sich noch im Moor befindet. Sie haben die Jagd auf ihn hier aufgegeben, so dass er sich still verhalten kann, bis das Schiff bereit zum Auslaufen ist. Sie können ihn nicht auffliegen lassen, ohne meine Frau und mich in Schwierigkeiten zu bringen. Ich bitte Sie, Sir, sagen Sie nichts der Polizei.«

»Was meinen Sie dazu, Watson«

Ich zuckte die Schultern. »Wäre er sicher aus dem Lande geschafft, würde dies den Steuerzahler von einer Last befreien.«

»Aber was, wenn er noch jemanden überfällt, bevor er geht?«

»So etwas Dummes würde er nicht tun, Sir. Wir haben ihn mit allem Nötigen versorgt. Wenn er ein Verbrechen beginge, würde er sein Versteck verraten.«

»Das ist wahr«, sagte Sir Henry. »Nun, Barrymore ...«

»Gott schütze Sie, Sir, und meinen herzlichsten Dank! Es hätte meine arme Frau umgebracht, wenn er wieder gefasst worden wäre.«

»Ich fürchte, wir machen uns der Beihilfe schuldig, Watson. Aber nach allem, was wir erfahren haben, sehe ich mich nicht imstande, den Mann auszuliefern, also lassen wir's dabei bewenden. Gut, Barrymore, Sie können gehen.«

Mit ein paar gestammelten Dankesworten wandte sich der Mann zum Gehen, doch plötzlich zögerte er und kam noch einmal zurück.

»Da Sie so freundlich zu uns gewesen sind, Sir, möchte ich mich so weit möglich revanchieren. Ich weiß etwas, Sir Henry, und vielleicht hätte ich es Ihnen längst sagen müssen, aber es war lange nach der Untersuchung, dass ich es herausgefunden habe. Ich habe niemals zu jemandem ein Wort darüber gesagt. Es handelt sich um den Tod des armen Sir Charles.«

Der Baronet und ich waren sofort aufgesprungen. »Wissen Sie etwas darüber, wie er gestorben ist?«

»Nein, Sir, das weiß ich nicht.«

»Was dann?«

»Ich weiß, warum er sich zu dieser Stunde am Tor befand. Er wollte sich mit einer Frau treffen.«
»Mit einer Frau?«
»Ja, Sir.«
»Und wie hieß diese Frau?«
»Leider weiß ich ihren Namen nicht, aber ich kenne ihre Initialen: L.L.«
»Woher wissen Sie das, Barrymore?«
»Nun, Sir Henry, Ihr Onkel bekam an jenem Morgen einen Brief. Üblicherweise erhielt er eine große Anzahl an Briefen, denn er war ein Mann, der in der Öffentlichkeit stand und für sein gutes Herz bekannt war, so dass jeder, der sich in einer Notlage befand, sich an ihn wandte. Doch an jenem Morgen begab es sich zufällig, dass er nur diesen einzigen Brief erhielt, so dass ich ihn aufmerksamer betrachtete. Er kam aus Coombe Tracey und die Anschrift war in einer Frauenhandschrift verfasst worden.«
»Und weiter?«
»Ich hätte nicht mehr daran gedacht und die Angelegenheit vergessen, wenn nicht meine Frau gewesen wäre. Vor einigen Wochen erst machte sie im Arbeitszimmer von Sir Charles sauber – seit seinem Tod war es nicht mehr angerührt worden –, als sie die Reste eines verbrannten Briefes im Kamin fand. Der größere Teil war zu Asche zerfallen, doch ein kleines Stück vom Ende einer Seite hing noch zusammen und war leserlich genug, auch wenn es graue Schrift auf schwarzem Hintergrund war. Es schien uns ein Postskriptum des Briefes zu sein und lautete: ›Ich flehe Sie an, da Sie ein Gentleman sind, diesen Brief zu verbrennen und um zehn Uhr am Tor zu sein.‹ Darunter war er gezeichnet mit den Initialen L. L.«
»Haben Sie das Stück noch?«
»Nein, es zerfiel in Fetzen, nachdem wir es berührt hatten.«
»Hat Sir Charles jemals andere Briefe derselben Handschrift erhalten?«

»Nun, normalerweise nahm ich keine besondere Notiz von seinen Briefen. Auch dieser wäre mir nicht aufgefallen, wenn es nicht der einzige gewesen wäre.«
»Und Sie haben keine Ahnung, wer L. L. sein könnte?«
»Leider nicht, Sir, nicht mehr als Sie. Doch ich glaube, wenn wir diese Dame ausfindig machen könnten, würden wir mehr über den Tod von Sir Charles erfahren.«
»Ich verstehe nicht, Barrymore, wie Sie uns diese wichtige Information vorenthalten konnten.«
»Es geschah unmittelbar, bevor die eigenen Probleme uns ereilten. Außerdem mochten wir beide Sir Charles sehr, nach allem, was er für uns getan hat. Die Geschichte wieder aufzurühren konnte ihm nicht mehr helfen, und Diskretion ist angebracht, wenn eine Dame im Spiel ist. Selbst die Besten von uns ...«
»Sie fürchteten, es könnte seinem Ruf schaden?«
»Ich war der Meinung, dass daraus nichts Gutes entstünde. Aber da Sie nun so gut zu uns gewesen sind, hielte ich es für unfair, Ihnen nicht alles offenzulegen, was ich über die Angelegenheit weiß.«
»Sehr gut, Barrymore. Sie können gehen.«
Nachdem der Butler uns allein gelassen hatte, drehte sich Sir Henry zu mir um. »Also, Watson, was halten Sie von dieser Neuigkeit?«
»Mir scheint die Dunkelheit jetzt noch schwärzer als zuvor.«
»So geht es mir auch. Aber falls wir L. L. ausfindig machen können, würde dies möglicherweise die ganze Sache aufklären. So viel haben wir erfahren. Wir wissen, dass es jemanden gibt, der Licht ins Dunkel bringen kann, wenn wir sie nur finden. Was sollten wir Ihrer Meinung nach tun?«
»Wir sollten sofort Holmes benachrichtigen. Das ist der neue Faden, nach dem er die ganze Zeit gesucht hat. Ich müsste mich sehr irren, wenn ihn das nicht dazu veranlasste herzukommen.«

Ich suchte umgehend mein Zimmer auf und verfasste meinen Bericht für Holmes über die morgendliche Unterhaltung. Es schien mir offensichtlich, dass er in letzter Zeit sehr beschäftigt gewesen war, denn seine Nachrichten für mich kamen selten und waren knapp, ohne jeglichen Kommentar zu den von mir gelieferten Informationen oder einen Bezug zu meiner Aufgabe. Allem Anschein nach beanspruchte diese Erpressungsgeschichte seine ganze Kraft, doch dieser neue Aspekt musste seine Aufmerksamkeit fesseln und sein Interesse wieder wecken. Ich wünschte, er wäre hier.

17. Oktober. – Den ganzen Tag über fiel Regen, rauschte durch das Efeu und tropfte aus den Dachrinnen. Ich dachte an den Zuchthäusler draußen auf dem kahlen, kalten, schutzlosen Moor. Armer Teufel! Was auch immer seine Verbrechen gewesen sein mögen, er hatte als Buße ganz schön zu leiden. Und dann dachte ich an den anderen – das Gesicht in der Droschke, die Silhouette, die sich vor dem Mond abhob. Befand er sich auch dort draußen in der Regenflut – der unsichtbare Beobachter, der Mann der Dunkelheit? Als es Abend wurde, zog ich meinen Regenmantel an und ging lange auf dem durchweichten Boden des Moors spazieren, erfüllt von düsteren Gedanken, während der Regen mir ins Gesicht peitschte und der Wind mir um die Ohren heulte. Gott helfe jenen, die jetzt in dem großen Moor umherirren, denn selbst das feste Land war zu Morast geworden. Ich fand den schwarzen Felsturm, auf welchem ich den einsamen Beobachter gesehen hatte, und von seinem zerklüfteten Gipfel blickte ich nun selbst auf die trübseligen Niederungen hinab.

Regengüsse überfluteten ihre rostrote Oberfläche, die schweren, schieferfarbenen Wolken hingen tief über der Landschaft und trieben in grauen Kreisen die Hänge fantastisch anmutender Hügel hinab. In der fernen Ebene zur Linken, halb vom Dunst verhüllt, erhoben sich die beiden schmalen Türme von Baskerville Hall zwischen den Bäumen. Es waren die einzigen Anzeichen menschlichen Lebens, die ich erblicken konnte, abgesehen von jenen prähistorischen Hütten, die sich dicht um die Hänge der Hügel gruppierten. Nirgendwo war die geringste Spur dieses einsamen Mannes zu sehen, den ich an eben dieser Stelle zwei Nächte zuvor gesehen hatte.

Auf dem Rückweg wurde ich von Dr. Mortimer überholt, der mit seinen Einspänner auf einem unbefestigten Moorweg fuhr, welcher von der weit draußen gelegenen Foulmire-Farm herführte. Er war uns gegenüber sehr aufmerksam gewesen und kaum ein Tag war vergangen, ohne dass er nach Baskerville Hall gekommen war, um zu sehen, ob es uns gut ging. Er bestand darauf, mich in seinem Wagen mitzunehmen und nach Hause zu bringen. Ich fand ihn sehr betrübt über das Verschwinden seines kleinen Spaniels. Er war ins Moor gelaufen und nicht mehr zurückgekommen. Ich tröstete ihn, so gut ich konnte, doch dachte ich an das Pony im Grimpener Moor und konnte mir nicht vorstellen, dass er seinen kleinen Hund jemals wiedersehen würde.

»Übrigens, Mortimer«, sagte ich, während wir über die raue Strecke holperten, »ich vermute, es gibt wenig Leute in Reichweite Ihres Wagens, die Sie nicht kennen.«

»So gut wie niemand, glaube ich.«

»Können Sie mir dann jemanden nennen, dessen Initialen L. L. lauten?«

Er überlegte eine Weile. »Nein«, sagte er schließlich. »Es gibt ein paar Zigeuner und Tagelöhner, über die ich nichts sagen kann, doch unter den Bauern oder den gebildeten Leuten wüsste ich niemanden. Warten Sie mal«, fügte er nach einer Pause hinzu, »da ist noch Laura Lyons – ihre Initialen sind L. L. –, aber sie wohnt in Coombe Tracey.«

»Wer ist das?«, fragte ich.

»Sie ist Franklands Tochter.«

»Was? Der alte Kauz Frankland?«

»Ganz genau. Sie hat einen Künstler namens Lyons geheiratet, der zum Malen ins Moor kam. Er erwies sich als Schuft und verließ sie. Die Schuld lag jedoch nach allem, was ich so gehört habe, nicht allein bei ihm. Ihr Vater weigerte sich, mit ihnen zu tun zu haben, weil sie ohne sein Einverständnis geheiratet hat und vielleicht noch aus ein oder zwei anderen Gründen. Das Mädchen hatte nicht viel Freude zwischen dem alten und dem jungen Sünder.«

»Wovon lebt sie?«

»Ich vermute, der alte Frankland gewährt ihr ein Almosen, doch viel kann es nicht sein, da er selbst ja in beträchtlichen Geldschwierigkeiten steckt. Egal ob sie es verdient, man kann sie nicht einfach vor die Hunde gehen lassen. Nachdem ihre Geschichte die Runde gemacht hatte, haben ein paar der Leute hier ihr geholfen, ein anständiges Einkommen zu erlangen. Einer davon war Stapleton, ein anderer Sir Charles. Ich selbst gab eine Kleinigkeit dazu. Sie konnte sich als Stenotypistin verdingen.«

Er wollte den Grund für mein Interesse wissen, doch gelang es mir, seine Neugier zu befriedigen, ohne zu viel preiszugeben, denn es gab keinen Grund, warum wir jemanden ins Vertrauen ziehen sollten. Morgen früh werde ich nach Coombe Tracey fahren, und falls ich diese zweifelhafte Mrs. Laura Lyons sprechen kann, werde ich einen großen Schritt zur Lösung eines der Glieder in dieser Kette von Rätseln getan haben. Ich bin wohl dabei, die Schlauheit einer Schlange zu entwickeln, denn als Mortimer mit seinen Fragen einen unangenehmen Punkt berührte, fragte ich beiläufig, zu welchem Schädeltyp derjenige von Frankland gehörte, und von da an hörte ich für den Rest der Fahrt einen Vortrag über Schädelkunde. Schließlich habe ich nicht umsonst viele Jahre lang mit Sherlock Holmes zusammengelebt.

Ich muss nur noch von einem anderen Vorfall an diesem stürmischen und trübsinnigen Tag berichten. Es handelt sich dabei um meine Unterhaltung mit Barrymore von soeben, durch die ich eine weitere Trumpfkarte in die Hand bekam, die ich zu gegebener Zeit ausspielen kann. Mortimer war zum Abendessen geblieben, und er und der Baronet spielten anschließend eine Runde Ecarté. Der Butler brachte mir den Kaffee in die Bibliothek und ich ergriff die Gelegenheit, ihm ein paar Fragen zu stellen.

»Ist denn Ihr wertvoller Verwandter inzwischen abgereist oder lauert er immer noch dort draußen?«

»Ich weiß es nicht, Sir. Ich bete zum Himmel, er möge fort sein, denn er hat uns nur Ärger gebracht. Seit ich ihm das letzte Mal Essen hinausgebracht habe, habe ich nichts mehr von ihm gehört, und das ist drei Tage her!«

»Haben Sie ihn da getroffen?«

»Nein, Sir, aber das Essen war fort, als ich das nächste Mal dort hinkam.«

»Dann ist er bestimmt dort gewesen.«

»Das wäre anzunehmen, es sei denn, der andere Mann hat es gegessen.«

Ich wollte gerade die Kaffeetasse an meine Lippen führen, hielt aber auf halbem Wege inne und starrte Barrymore an.

»Ein anderer? Sie wissen, dass da noch ein anderer Mann ist?«

»Ja, Sir, es ist noch einer auf dem Moor.«

»Haben Sie ihn gesehen?«

»Nein, Sir.«

»Woher wissen Sie dann von ihm?«

»Selden hat mir von ihm erzählt, vor einer Woche oder so. Auch er versteckt sich, aber so weit ich feststellen konnte, ist er kein entflohener Sträfling. – Es gefällt mir nicht, Dr. Watson – die Sache gefällt mir ganz und gar nicht.« Es lag plötzlich ein seltsam eindringlicher Ernst in seinem Ton.

»Hören Sie gut zu, Barrymore! Alles, was mich in dieser Angelegenheit interessiert, ist das Wohl Ihres Herrn. Ich bin zu dem einzigen Zweck hergekommen, ihm zu helfen. Sagen Sie mir frei heraus, was gefällt Ihnen nicht?«

Einen Moment lang zögerte Barrymore, als ob er seinen Ausbruch bedauerte oder es für schwierig hielt, seine eigenen Gefühle in Worte zu fassen. »Es sind all diese Vorgänge«, rief er schließlich aus und zeigte mit seiner Hand auf das regengepeitschte Fenster, das auf das Moor hinausführte. »Da draußen geht etwas vor, da braut sich Böses zusammen, darauf könnte ich schwören! Ich wäre sehr froh, wenn Sir Henry nach London zurückführe!«

»Aber was ist es, das Sie so beunruhigt?«

»Bedenken Sie den Tod von Sir Charles! Das war schlimm genug, nach allem, was bei der Leichenschau festgestellt wurde. Bedenken Sie die nächtlichen Geräusche auf dem Moor! Kein Mensch würde sich nach Einbruch der Nacht dort hinaustrauen, und wenn er Geld dafür bekäme. Denken Sie an diesen Fremden, der sich dort draußen versteckt und beobachtet und wartet! Worauf wartet er? Was bedeutet das? Das kann nichts Gutes für jemanden bedeuten, der den Namen der Baskervilles trägt. Ich werde froh sein, das alles hinter mir lassen zu können, wenn die neue Dienerschaft von Sir Henry ihren Dienst in Baskerville Hall antritt.«

»Aber was diesen Fremden betrifft«, sagte ich, »können Sie mir irgendetwas über ihn erzählen? Was hat Selden gesagt? Hat er herausgefunden, wo er sich versteckt hält oder was er getan hat?«

»Er hat ihn ein- oder zweimal gesehen, aber das ist ein ganz Schlauer, der nichts preisgibt. Zuerst dachte er, er sei von der Polizei, aber bald wurde ihm klar, dass er sein eigenes Süppchen kocht. Eine Art Gentleman war er, soweit Selden das beurteilen konnte, aber er konnte nicht herausbekommen, was er dort getan hat.«

»Und hat er gesagt, wo er sich versteckt?«

»Bei den alten Häusern auf dem Hügel – den Steinhütten, wo das Volk von früher wohnte.«

»Aber was war mit Verpflegung?«

»Selden fand heraus, dass er einen Burschen hatte, der für ihn arbeitete und ihm alles brachte, was er benötigte. Meiner Meinung nach holt er alles, was er braucht, aus Coombe Tracey.«

»Sehr gut, Barrymore. Vielleicht setzen wir unsere Unterhaltung darüber ein anderes Mal fort.«

Nachdem der Butler gegangen war, trat ich hinüber an das Fenster und schaute durch die verschleierte Scheibe auf die vorbeijagenden Wolken und die vom Wind gepeitschten Bäume. Schon hier drinnen war es eine unruhige Nacht, was muss es erst für jemanden in einer Steinhütte auf dem Moor darstellen! Von welcher Tiefe muss der Hass sein, der einen Mann dazu bringt, zu solcher Stunde an solchem Ort zu lauern! Und welches eindringliche und ernste Ziel mag er verfolgen, das eine solche Prüfung erfordert! Dort, in jener Hütte auf dem Moor, scheint die Ursache jenes Problems zu liegen, das mich so empfindlich quält. Ich gelobe, dass kein weiterer Tag vergehen soll, ohne dass ich alles Menschenmögliche getan haben werde, um ins Innerste dieses Geheimnisses vorzudringen.

11. Der Mann auf dem Felsturm

Der Auszug aus meinem persönlichen Tagebuch, aus dem das vorangegangene Kapitel bestand, hat meine Erzählung bis zum 18. Oktober geführt, eine Zeit, da diese seltsamen Ereignisse rasch auf ihr schreckliches Ende zuzustreben begannen. Die Ereignisse der wenigen folgenden Tage sind mir unauslöschlich ins Gedächtnis gebrannt, so dass ich sie wiedergeben kann, ohne auf meine damaligen Notizen zurückzugreifen. Es beginnt mit dem Tag, nachdem ich zwei Tatsachen von großer Bedeutung herausgefunden hatte, nämlich einmal, dass Mrs. Laura Lyons aus Coombe Tracey an Sir Charles geschrieben und mit ihm an genau dem Platz und zu genau der Stunde verabredet war, da er den Tod gefunden hat, und zum zweiten, dass sich der Unbekannte, welcher auf dem Moor herumschlich, zwischen den Steinhütten auf dem Hügel aufhalten musste. Da ich von diesen beiden Tatsachen Kenntnis hatte, musste ich unbedingt neues Licht in diese dunklen Rätsel hineinbringen, falls nicht etwa meine Intelligenz oder mein Mut mich im Stich ließen – und das befürchtete ich nicht.

Ich hatte zunächst keine Gelegenheit, dem Baronet zu berichten, was ich über Mrs. Lyons am Abend zuvor erfahren hatte, denn Dr. Mortimer war bei ihm und sie spielten bis spät in die Nacht Karten. Zum Frühstück jedoch informierte ich ihn über meine Entdeckung und fragte ihn, ob er mich nach Coombe Tracey begleiten wolle. Zunächst schien er sehr interessiert daran mitzukommen, doch auf den zweiten Blick schien es uns beiden, dass das Resultat der Nachforschungen ergiebiger sein würde, wenn ich alleine ging. Je formeller der Besuch wäre, um so weniger Informationen würden wir erhalten. So ließ ich Sir Henry zurück, nicht ohne ein paar leichte Gewissensbisse, und begab mich auf meine neue Entdeckungsfahrt. Als ich Coombe Tracey erreicht hatte, wies ich Perkins an, die Pferde auszuspannen, und erkundigte mich nach der Dame, die ich befragen wollte. Es war kein Problem, ihre Wohnung ausfindig zu machen, die zentral gelegen und gut eingerichtet war. Ein Dienstmädchen ließ mich ohne Umstände herein, und als ich das Wohnzimmer betrat, erhob sich eine Dame, die vor einer Remington- Schreibmaschine gesessen hatte, und lächelte mir ein freundliches Willkommen zu. Das Lächeln fiel jedoch in sich zusammen, als sie bemerkte, dass ich ein Fremder war; sie setzte sich wieder hin und fragte nach dem Anlass meines Besuchs.

Der erste Eindruck, den Mrs. Lyons auf mich machte, war von einer äußersten Schönheit. Ihre Augen wie auch ihre Haare waren von derselben haselnussbraunen Farbe, und ihre mit Sommersprossen besprenkelten Wangen waren von dem erlesenen Flaum der Brünetten bedeckt, jenem zarten Rosa, das sich im Inneren einer gelben Rose befindet. Bewunderung also, ich wiederhole, war mein erstes Gefühl. Doch auf den zweiten Blick wurde ich kritisch. Mit ihrem Gesicht schien auf subtile Weise etwas nicht zu stimmen; es lag eine gewisse Derbheit im Ausdruck, vielleicht Härte in den Augen, die Lippen erschienen schlaff und trübten so den Eindruck ihrer vollkommenen Schönheit. Aber diese Gedanken kamen mir natürlich erst später. Im Moment war mir lediglich bewusst, mich in Gegenwart einer sehr schönen Frau zu befinden, die mich nach den Gründen für meinen Besuch fragte. Bis zu diesem Augenblick hatte ich mir nicht klar gemacht, wie delikat meine Mission war.

»Ich habe das Vergnügen«, begann ich, »Ihren Vater zu kennen.« Es war ein unbeholfener Anfang und die Dame ließ es mich spüren. »Ich habe mit meinem Vater nichts zu schaffen«, antwortete sie. »Ich schulde ihm nichts und seine Freunde sind nicht die meinen. Wären da nicht der selige Sir Charles Baskerville und einige andere freundliche Herzen gewesen, hätte ich verhungern können, ohne dass sich mein Vater darum geschert hätte.«

»Gerade wegen des verstorbenen Sir Charles Baskerville suche ich Sie auf.«

Die Sommersprossen in ihrem Gesicht verblassten. »Was kann ich Ihnen über Sir Charles erzählen?«, fragte sie, während ihre Finger nervös an den Tasten ihrer Schreibmaschine spielten.

»Sie haben ihn doch gekannt, nicht wahr?«

»Ich habe Ihnen gerade gesagt, dass ich seiner Güte eine Menge verdanke. Wenn ich in der Lage bin, mein Leben zu bestreiten, so liegt das zu einem großen Teil an seinem Interesse an meiner unglücklichen Lage.«

»Standen Sie mit ihm in Briefkontakt?«

Die Dame warf mir kurz einen verärgerten Blick aus ihren

haselnussbraunen Augen zu.»Worauf wollen Sie hinaus?«, fragte sie scharf.

»Es liegt mir daran, öffentliches Aufsehen zu vermeiden. Es ist besser, ich frage Sie hier, als dass sich die Angelegenheit unserer Kontrolle entzieht.«

Einen Moment lang blieb sie still und ihr Gesicht war immer noch sehr blass. Schließlich sah sie mit trotziger und herausfordernder Miene auf.»Nun gut«, sagte sie.»Ich werde Ihre Fragen beantworten.«

»Standen Sie mit Sir Charles in Briefkontakt?«

»Sicher habe ich ihm ein- oder zweimal geschrieben, um mich für seine Feinfühligkeit und Großzügigkeit zu bedanken.«

»Können Sie mir die genauen Daten dieser Briefe angeben?«

»Nein.«

»Haben Sie ihn jemals getroffen?«

»Ja, ein- oder zweimal, als er nach Coombe Tracey kam. Er war ein sehr zurückhaltender Mensch und zog es vor, im Verborgenen als Wohltäter zu handeln.«

»Aber wenn Sie ihn so selten gesehen haben und auch so selten geschrieben, woher wusste er dann genug über Ihre Angelegenheiten, um Ihnen so helfen zu können, wie Sie es beschrieben haben?«

Sie parierte meine Zweifel mit äußerstem Geschick.

»Es gab mehrere Herren, die meine traurige Geschichte kannten und sich zusammengetan hatten, um mir zu helfen. Einer war Mr. Stapleton, ein Nachbar und vertrauter Freund von Sir Charles. Er war über die Maßen freundlich, und Sir Charles hat durch ihn von meinen Angelegenheiten erfahren.«

Ich wusste schon, dass Stapleton zu verschiedenen Gelegenheiten der Almosenpfleger von Sir Charles gewesen war, so dass mir die Ausführungen von Mrs. Lyons glaubhaft erschienen.

»Haben Sie jemals Sir Charles geschrieben, dass Sie ihn treffen möchten?«, fuhr ich fort.

Mrs. Lyons wurde rot vor Ärger. »Wirklich, Sir, das ist eine sehr merkwürdige Frage.«

»Es tut mir Leid, Madam, aber ich muss Sie das fragen.«

»Nun, dann ist meine Antwort: Sicher nicht.«

»Auch nicht am Todestag von Sir Charles?«

Die Röte war augenblicklich aus ihrem Gesicht gewichen und sie saß leichenblass vor mir. Ihre trockenen Lippen konnten kaum das ›Nein‹ hauchen, das ich eher sah als hörte.

»Bestimmt täuscht Sie Ihre Erinnerung«, sagte ich. »Ich kann sogar einen Teil Ihres Briefes zitieren. Er lautete: ›Ich flehe Sie an, da Sie ein Gentleman sind, diesen Brief zu verbrennen und um zehn Uhr am Tor zu sein‹.«

Einen Moment lang glaubte ich, sie würde in Ohnmacht fallen, doch mit äußerster Anstrengung hielt sie sich aufrecht. »Gibt es denn keinen Gentleman mehr?«, keuchte sie.

»Sie tun Sir Charles Unrecht, er hat den Brief verbrannt, aber manchmal ist ein Brief auch dann noch lesbar, wenn er verbrannt wurde. Geben Sie nunmehr zu, ihn geschrieben zu haben?«

»Ja, ich habe ihn geschrieben«, rief sie und schüttete ihr Herz in einem Strom von Worten aus. »Ich habe ihn geschrieben. Warum sollte ich es leugnen? Ich habe keinen Grund, mich dafür zu schämen. Ich wollte, dass er mir hilft. Ich war der Ansicht, durch ein Gespräch könnte ich seine Hilfe erlangen, daher bat ich ihn, mich zu treffen.«

»Aber warum zu solcher Stunde?«

»Weil ich gerade erst erfahren hatte, dass er im Begriff war, nach London zu fahren, und möglicherweise einige Monate lang abwesend sein würde. Es hatte seinen Grund, warum ich nicht früher dort sein konnte.«

»Aber warum eine Verabredung im Garten an Stelle eines Besuchs im Haus?«

»Sind Sie der Meinung, eine Dame könnte um diese Uhrzeit einen Junggesellen allein in seiner Wohnung aufsuchen?«

»Nun, was ist passiert, als Sie dort ankamen?«

»Ich bin nie hingegangen.«

»Mrs. Lyons!«

»Nein, ich schwöre es Ihnen bei allem, was mir heilig ist. Ich ging nicht hin. Es kam mir etwas dazwischen.«

»Und was war das?«

»Dabei handelt es sich um eine persönliche Angelegenheit, von der ich Ihnen nicht erzählen kann.«

»Sie geben also zu, dass Sie mit Sir Charles eine Verabredung zu eben jener Stunde und an eben jenem Ort hatten, wo er gestorben ist, aber Sie bestreiten, die Verabredung eingehalten zu haben.«

»Das ist die Wahrheit.«

Wieder und wieder nahm ich sie ins Kreuzverhör, doch kam ich über diesen Punkt nicht hinaus.

»Mrs. Lyons«, sagte ich, als ich mich nach diesem langen und unbefriedigendem Verhör erhob, »Sie laden eine sehr große Verantwortung auf sich und bringen sich in eine unangenehme Lage, wenn Sie nicht reinen Tisch machen hinsichtlich allem, das Sie wissen. Wenn ich mich gezwungen sehe, die Polizei einzuschalten, werden Sie feststellen, wie ernsthaft Sie sich selbst belasten. Wenn Sie so unschuldig sind, warum haben Sie dann zuerst abgestritten, Sir Charles an jenem Tag einen Brief geschrieben zu haben?«

»Weil ich fürchtete, dass falsche Schlüsse daraus gezogen werden könnten und ich in einen Skandal verwickelt würde.«

»Und warum war Ihnen so daran gelegen, dass Sir Charles den Brief verbrannte?«

»Wenn Sie den Brief gelesen haben, dann wissen Sie warum.«

»Ich habe nicht gesagt, dass ich den ganzen Brief gelesen habe.«

»Sie haben daraus zitiert.«
»Ich habe das Postskriptum zitiert. Wie ich sagte, war der Brief verbrannt worden und nicht vollständig lesbar. Ich frage Sie noch einmal, warum es für Sie so wichtig war, dass Sir Charles den Brief verbrannte, den er am Tage seines Todes erhalten hatte.«
»Das ist eine sehr persönliche Angelegenheit.«
»Ein Grund mehr, warum Sie eine öffentliche Untersuchung vermeiden sollten.«
»Nun gut, ich werde es Ihnen sagen. Wenn Sie von meinem unglücklichen Schicksal gehört haben, werden Sie wissen, dass ich überstürzt geheiratet und Grund dazu hatte, dies zu bedauern.«
»Insoweit bin ich informiert.«
»Mein Leben war eine einzige Flucht vor einem Ehemann, den ich verabscheute. Das Gesetz ist auf seiner Seite und jeden Tag kann ich mit der Möglichkeit konfrontiert werden, dass er mich dazu zwingt, mit ihm zusammenzuleben. Als ich diesen Brief an Sir Charles schrieb, hatte ich gerade erfahren, dass eine gewisse Aussicht für mich bestand, meine Freiheit wiederzuerlangen, sofern ich bestimmte Aufwendungen bestreiten konnte. Es hat mir alles bedeutet – Seelenfrieden, Glück, Selbstachtung – einfach alles! Ich kannte Sir Charles' Großzügigkeit und hoffte, dass er mir helfen würde, wenn er die Geschichte aus meinem eigenen Mund hören würde.«
»Aber warum sind Sie dann nicht hingegangen?«
»Weil ich in der Zwischenzeit aus einer anderen Quelle Hilfe bekommen hatte.«
»Warum haben Sie dann Sir Charles nicht geschrieben und alles erklärt?«
»Das hätte ich getan, hätte ich nicht am nächsten Tag aus der Zeitung von seinem Tod erfahren.«
Die Geschichte dieser Dame passte in allen Details und keine meiner Fragen war fähig, sie zu erschüttern. Die ein-

zige Möglichkeit zu prüfen, ob sie den Tatsachen entsprach, war herauszufinden, ob sie tatsächlich zum Zwecke der Scheidung entsprechende Schritte gegen ihren Ehemann zur Zeit der Tragödie in die Wege geleitet hatte.

Es schien mir unwahrscheinlich, dass sie es wagen würde zu bestreiten, in Baskerville Hall gewesen zu sein, wenn sie wirklich dort gewesen wäre, denn sie hätte eine Kutsche gebraucht, um dort hinzugelangen, und sie hätte nicht vor dem nächsten Morgen in Coombe Tracey zurück sein können. Ein solche Ausflug konnte nicht verheimlicht werden. Es war daher wahrscheinlich, dass sie die Wahrheit sagte oder jedenfalls einen Teil der Wahrheit. Verwirrt und niedergeschlagen kehrte ich zurück. Wieder einmal stand ich vor der unüberwindlichen Mauer, die quer über jeden Weg gebaut zu sein schien, auf welchem ich mich dem Ziel meiner Mission zu nähern suchte. Doch je mehr ich über die Mimik und Gestik jener Dame nachdachte, umso stärker fühlte ich, dass sie etwas vor mir verbarg. Warum sonst hätte sie so blass werden sollen? Warum sträubte sie sich gegen jedes Zugeständnis, bis ich es ihr entrissen hatte? Warum schwieg sie so verbissen über den Tag der Tragödie? Sicher konnte die Erklärung dafür nicht ganz so unschuldig sein, wie sie mich glauben machen wollte. Im Moment kam ich in dieser Richtung nicht weiter, daher musste ich mich der anderen Spur zuwenden, die ich zwischen den Steinhütten auf dem Moor zu suchen hatte.

Doch dies war eine recht unsichere Spur. Das wurde mir deutlich, während ich zurückfuhr und bemerkte, wie Hügel auf Hügel Überreste des alten Volkes aufwies. Barrymores einziger Hinweis besagte, dass der Fremde in einer dieser verlassenen Hütten lebte, und davon lagen hunderte kreuz und quer über das Moor verstreut. Doch wies mir mein eigenes Erlebnis den Weg, hatte ich doch den Mann mit eigenen Augen auf dem Gipfel des Black Tor stehen sehen. Auf diese Stelle wollte ich meine Suche konzentrieren. Von hier aus wollte ich jede Hütte untersuchen, bis ich auf die richtige stieß, und sollte sich der Mann darinnen aufhalten, so würde ich ihn mit meinem Revolver bedrohen und aus seinem eigenen Mund hören, wer er sei und warum er uns so lange Zeit beschattet habe. In Regent Street konnte er uns leicht entkommen, doch in der Einsamkeit des Moores würde ihm das schwer fallen. Sollte ich jedoch die Hütte finden, ohne dass er sich darinnen befände, müsste ich dort auf ihn warten, wie lange es auch dauern sollte, bis er zurückkäme. Er war Holmes in London entwischt. Es wäre wirklich ein Triumph für mich, dort erfolgreich zu sein, wo der Meister versagt hatte.

In der ganzen Angelegenheit hatte sich das Glück immer und immer wieder gegen uns gestellt, doch jetzt endlich kam es mir zu Hilfe, und der Überbringer der guten Nachricht war niemand anderer als Mr. Frankland, der mit seinem grauen Schnurrbart und rotem Gesicht vor seinem Gartentor auf der Landstraße stand, die ich entlang kam.

»Guten Tag, Dr. Watson«, rief er mit ungewohnt guter Laune. »Sie müssen Ihren Pferden wirklich eine Pause gönnen und hereinkommen, um mit mir ein Glas Wein zu trinken und mich zu beglückwünschen.«

Nach allem, was ich darüber erfahren hatte, wie schlecht er seine Tochter behandelte, empfand ich durchaus keine freundschaftlichen Gefühle gegenüber dem Mann, doch erschien mir dies eine gute Gelegenheit, Perkins und den Wagen nach Hause zu schicken. So stieg ich aus und sandte Sir Henry die Nachricht, dass ich rechtzeitig zum Abendessen zurückkehren würde. Dann folgte ich Frankland in sein Speisezimmer.

»Heute ist ein großer Tag für mich, einer, den ich rot im Kalender anstreichen kann«, rief er glucksend. »Ich habe einen doppelten Sieg errungen. Ich werde ihnen in diesem Teil der Welt schon noch beibringen, dass Gesetz Gesetz ist und sie einen Mann vor sich haben, der nicht davor scheut, sein Recht einzufordern. Es ist mir gelungen, freien Durchgang mitten durch den Park des alten Middleton einzuklagen, keine hundert Meter von seiner Haustür entfernt. Was halten Sie davon? Wir werden diese Magnaten schon lehren, dass sie die Rechte der Bürger nicht mit Füßen treten können! Und ich habe erreicht, dass der Wald gesperrt wird, in welchem die Leute von Fernworthy zu picknicken pflegten. Anscheinend glauben diese Leute, dass es kein Eigentumsrecht gibt und sie herumlungern können, wo es ihnen beliebt mit ihrem Wurstpapier und ihren Flaschen. Beide Fälle entschieden, Dr. Watson, und beide zu meinen Gunsten. Einen solchen Tag habe ich nicht mehr erlebt, seit ich Sir John wegen Hausfriedensbruch verurteilen ließ, weil er in seinem eigenen Gehege jagte.«

»Wie in aller Welt brachten Sie das denn fertig?«

»Lesen Sie das in den Büchern nach, es ist es wert – Frankland gegen Morland, Queen's Bench Court. Ich habe zwar 200 Pfund zahlen müssen, aber ich habe meinen Urteilsspruch bekommen.«

»Hat es Ihnen einen Nutzen gebracht?«

»Keinen, Dr. Watson. Ich kann voller Stolz sagen, dass ich kein persönliches Interesse an diesem Fall hatte. Ich handle vollständig aus öffentlichem Interesse heraus. Natürlich habe ich keinen Zweifel, dass die Leute von Fernworthy mein Bild noch heute Nacht auf dem Scheiterhaufen verbrennen werden. Letztes Mal habe ich der Polizei gesagt, sie sollte solche schamlosen Veranstaltungen unterbinden. Die Polizei der Grafschaft ist in einem erbärmlichen Zustand und war nicht in der Lage, mir angemessenen Schutz zukommen zu lassen. Der Fall Frankland gegen die Krone wird die Angelegenheit vor die Öffentlichkeit bringen. Ich habe ihnen bereits erklärt, dass sie ihre Behandlung meiner Person noch zu bereuen haben, und schon haben sich meine Worte bewahrheitet.«

»Wie das?«, fragte ich.

Der alte Mann setzte eine schlaue Miene auf. »Weil ich ihnen verraten könnte, was sie für ihr Leben gern wissen möchten; aber nichts kann mich veranlassen, diesen Lumpen auf irgendeine Weise zu helfen.«

Die ganze Zeit hatte ich nach einer Entschuldigung gesucht, um seinem Klatsch zu entkommen, doch nun war ich neugierig, mehr zu erfahren. Inzwischen war ich mit dem widerspenstigen Charakter des alten Sünders vertraut genug, um zu wissen, dass jedes zu offensichtliche Anzeichen meines Interesses ihn am sichersten davon abbringen würde, mir weitere Vertraulichkeiten zu erzählen.

»Bestimmt ein Wildererfall«, sagte ich in gleichgültigem Ton.

»Ha, mein Junge, etwas viel Wichtigeres als das! Was halten Sie von dem Sträfling im Moor?«

Ich fuhr zusammen.

»Sie wollen doch nicht sagen, dass Sie wissen, wo er sich versteckt?«, rief ich.

»Vielleicht weiß ich nicht genau, wo er ist, aber ich bin ganz sicher, dass ich der Polizei helfen könnte, ihn zu schnappen. Ist Ihnen denn noch nie der Gedanke gekommen, dass man einen Mann am einfachsten fängt, indem man herausfindet, woher er seine Nahrung bekommt, und diese Spur zu ihm zurückverfolgt?«

Er schien sicherlich der Wahrheit auf unangenehme Weise nahe gekommen zu sein.

»Kein Zweifel«, sagte ich, »aber woher wissen Sie, dass er sich noch im Moor aufhält?«

»Weil ich mit eigenen Augen den Boten gesehen habe, der ihm das Essen bringt.«

Ich begann mir Sorgen um Barrymore zu machen. Diesem boshaften alten Prozesshansel ausgeliefert zu sein, sollte man nicht auf die leichte Schulter nehmen. Doch seine nächste Bemerkung nahm mir eine Last von der Seele.

»Sie werden überrascht sein zu hören, dass sein Essen von

einem Kind gebracht wird. Jeden Tag sehe ich es durch das Teleskop auf meinem Dach. Es nimmt denselben Weg zur selben Stunde, und wohin sonst sollte es wohl gehen außer zu dem entflohenen Sträfling?«

Das war wirklich ein Glücksfall! Und doch unterdrückte ich jeden Anschein von Interesse. Ein Kind! Barrymore hatte erzählt, dass unser Unbekannter von einem Jungen beliefert wurde. Frankland war auf seine und nicht auf die Fährte des Sträflings gestoßen. Wenn ich sein Wissen aus ihm herausbekäme, könnte es mir eine lange und mühevolle Suche ersparen. Meine stärksten Trümpfe waren offensichtlicher Unglaube und Gleichgültigkeit.

»Es scheint mir doch wahrscheinlicher, dass es sich um den Sohn eines Moorschäfers handelt, der seinem Vater das Mittagessen bringt.«

Das leiseste Anzeichen von Widerstand provozierte den alten Autokraten. Seine Augen blitzen mich böse an und sein grauer Schnurrbart zitterte wie der einer verärgerten Katze. »Also wirklich, Sir!«, rief er und wies mit der Hand über das sich weit erstreckende Moor. »Sehen Sie dahinten den Black Tor? Gut, sehen Sie den flachen Hügel dahinter mit dem Dorngestrüpp obendrauf? Der steinigste Teil des ganzen Moores. Ist das ein Ort, wo sich aller Wahrscheinlichkeit nach ein Schäfer aufhalten würde? Ihre Vermutung ist völlig absurd, Dr. Watson!«

Demütig entgegnete ich ihm, dass ich gesprochen hatte, ohne alle Fakten zu kennen. Meine Unterwürfigkeit gefiel ihm und verleitete ihn zu weiteren Offenbarungen.

»Sie können sicher sein, Sir, dass ich gute Argumente habe, bevor ich mir ein Urteil bilde. Immer wieder habe ich den Jungen mit seinem Bündel beobachtet. Jeden Tag und manchmal sogar zweimal konnte ich – doch warten Sie, Dr. Watson, täuschen mich meine Augen oder bewegt sich gerade in diesem Moment etwas den Hügel hinauf?«

Obwohl er sich einige Kilometer entfernt befand, konnte

ich doch deutlich einen kleinen dunklen Punkt vom dunklen, grünlichgrauen Himmel unterscheiden.

»Kommen Sie, Dr. Watson!«, rief Frankland und rannte nach oben. »Sie werden es mit eigenen Augen sehen und selbst beurteilen können.«

Das Teleskop, ein prächtiges, auf einem Stativ befestigtes Instrument, stand auf dem flachen Dach des Hauses. Frankland schaute hindurch und stieß einen befriedigten Schrei aus.

»Schnell, Dr. Watson, schnell, bevor er über den Hügel ist.«

Dort befand er sich zweifellos, ein schmächtiges Bürschchen mit einem kleinen Bündel auf der Schulter, der sich langsam den Hügel hinauf mühte. Als er den Kamm erreichte, sah ich die zerlumpte, linkische Gestalt sich einen Moment gegen den kalten blauen Himmel abheben. Er schaute sich mit flüchtiger und verstohlener Miene um, als ob er einen Verfolger fürchtete. Dann verschwand er jenseits des Hügels.

»Nun? Habe ich Recht?«

»Sicher, das war ein Junge, der einen geheimen Auftrag zu haben scheint.«

»Und was dieser Auftrag ist, kann wohl sogar ein Grafschaftspolizist vermuten. Aber ich werde ihnen nicht ein Wort sagen, und Sie verpflichte ich auch zum Schweigen, Dr. Watson. Kein Wort! Haben Sie verstanden?«

»Ganz wie Sie wünschen.«

»Sie haben mich schändlich behandelt, schändlich! Wenn im Fall Frankland gegen die Krone die Wahrheit ans Licht kommt, so wage ich zu behaupten, dass ein Aufschrei der Entrüstung durch das Land gehen wird. Nichts wird mich dazu bringen, der Polizei in irgendeiner Weise zu helfen. So wie sie sich um mich gekümmert haben, hätte es ich selbst an Stelle einer Puppe sein können, die diese Lumpen auf dem Scheiterhaufen verbrannt hätten. Sie wollen doch nicht schon gehen, Dr. Watson? Sie werden mir helfen, den Weinkrug zu leeren zu Ehren dieses herausragenden Anlasses.«

Doch ich widerstand all seinen Bemühungen und brachte ihn auch erfolgreich von der angekündigten Idee ab, mich nach Hause zu begleiten. So lange ich in Sichtweite war, hielt ich mich auf der Straße, dann ging ich quer durchs Moor in Richtung auf den steinigen Hügel, wo der Junge verschwunden war. Alles lief zu meinen Gunsten und ich schwor, dass ich die Chance, die das Schicksal mir zu Füßen gelegt hatte, nicht durch Mangel an Energie oder Ausdauer vertun würde. Die Sonne war schon am Untergehen, als ich die Spitze des Hügels erreichte, und die langen Abhänge unter mir waren alle goldgrün auf der einen und schattengrau auf der anderen Seite. Ein leichter Dunst hing über der entferntesten Linie am Horizont, vor welcher sich die fantastischen Umrisse von Belliver und Vixen Tor abzeichneten. Über die gesamte Weite hörte man keinen Ton und sah nicht die geringte Bewegung. Ein großer grauer Vogel, eine Möwe oder ein Brachvogel, stieg in den blauen Himmel hinauf. Er und ich schienen die einzigen Lebewesen zwischen dem Himmelsgewölbe und der Wüstenei darunter zu sein.

Die triste Landschaft, das Gefühl der Einsamkeit und das Geheimnisvolle und Dringende meiner Aufgabe ließen mich erschauern.

Der Junge war nirgends zu sehen. Aber tief unter mir in einer Schlucht lag zwischen den Hügeln ein Kreis von alten Steinhütten, und in ihrer Mitte bemerkte ich eine, die noch hinreichend gut erhalten war, um gegen die Unbilden des Wetters Schutz bieten zu dienen. Das Herz klopfte mir, als ich sie sah. Dies musste die Höhle sein, in welcher der Fremde lauerte. Endlich hatte mein Schritt die Schwelle seines Verstecks erreicht – sein Geheimnis war in meiner Reichweite.

Als ich mich ebenso vorsichtig der Hütte näherte, wie sich Stapleton mit seinem Netz an einen ruhenden Schmetterling anschleichen würde, bemerkte ich zu meiner Genugtuung, dass dieser Platz tatsächlich als Behausung gedient hatte. Ein kaum erkennbarer Pfad führte zwischen den Findlingen zu der zerfallenen Öffnung, die einst als Tür gedient hatte. Drinnen war alles still. Möglicherweise lauerte mir der Unbekannte dort auf, oder er trieb sich auf dem Moor herum. Meine Nerven vibrierten vor Abenteuerlust, ich warf meine Zigarette fort, schloss meine Hand um den Revolver, lief flink auf die Tür zu und schaute in die Hütte hinein. Der Platz war leer.

Doch gab es eine Reihe von Anzeichen, dass ich nicht auf der falschen Fährte war. Dies war bestimmt der Ort, wo der Mann wohnte. Einige in einen Regenmantel eingerollte Decken lagen auf genau der Steinplatte, auf der die Menschen im Neolithikum geschlummert hatten. Die Asche eines Feuers war unter einem einfachen Herdrost aufgehäuft. Daneben lagen einige Kochwerkzeuge und ein halb gefüllter Wassereimer. Einige leere Dosen zeigten, dass der Ort eine ganze Weile bewohnt worden war, und nachdem sich meine Augen an das dämmerige Licht gewöhnt hatten, sah ich einen Becher und eine halb leere Schnapsflasche in der Ecke. Ein flacher Stein, der sich in der Mitte der Hütte befand, diente als Tisch und auf diesem befand sich ein kleines Stoffbündel – dasselbe, ohne Zweifel, das ich durch das Teleskop auf der Schulter des Jungen gesehen hatte. Es enthielt einen Laib Brot, eine Dose Zunge und zwei Dosen eingelegte Pfirsiche. Nachdem ich es untersucht hatte, wollte ich es wieder hinlegen, als ich plötzlich darunter auf dem Tisch ein Blatt Papier bemerkte, auf dem etwas Handgeschriebenes stand. Ich nahm es in die Hand und las die unbeholfen mit einem Bleistift gekritzelten Worte: ›Dr. Watson ist nach Coombe Tracey gefahren.‹

Einen Moment lang stand ich wie vom Donner gerührt,

das Papier in der Hand, und überlegte, was diese kurze Mitteilung zu besagen hatte. Offenbar war es nicht Sir Henry, sondern ich, der von diesem geheimnisvollen Mann beschattet wurde. Er war mir nicht selbst gefolgt, sondern hatte einen anderen – vielleicht den Jungen – auf meine Fährte gesetzt und dies war sein Bericht. Wahrscheinlich hatte ich keinen Schritt unternommen, seit ich im Moor angekommen war, der nicht beobachtet und aufgezeichnet worden war. Immer war da dieses Gefühl einer unsichtbaren Macht gewesen, ein fein gesponnenes Netz, mit unendlicher Sorgfalt und Geschick um uns gewoben, uns so sacht festhaltend, dass wir nur in einigen wenigen Augenblicken bemerkt hatten, wie sehr wir tatsächlich in seine Maschen verstrickt waren.

Gab es diesen Bericht, so gab es sicher noch andere, also durchsuchte ich die Hütte, doch ich fand keinerlei Spur von etwas Derartigem. Ebensowenig entdeckte ich irgend einen Hinweis darauf entdecken, welche Absichten der Mann verfolgte, der an diesem seltsamen Platz lebte, oder was für einen Charakter er besaß, abgesehen davon, dass er spartanische Gewohnheiten haben musste und sich aus den Bequemlichkeiten der Häuslichkeit wenig machte. Wenn ich an die schweren Regenfälle dachte und mir die klaffenden Lücken des Daches ansah, wurde mir klar, wie stark und unumstößlich das Ziel sein musste, das ihn an diesem ungastlichen Wohnplatz festhielt. War er unser grausamer Feind oder vielleicht doch unser Schutzengel? Ich schwor, dass ich die Hütte nicht verlassen würde, bis ich die Lösung kannte.

Draußen stand die Sonne tief am Horizont und der Westen glühte scharlachrot und golden. Der Himmel spiegelte sich in den rötlichen Flecken der fernen Tümpel im großen Grimpener Moor. Dort sah man die zwei Türme von Baskerville Hall, und in der Ferne markierten Rauchschwaden die Stelle, wo sich das Dorf Grimpen befand. Dazwischen befand sich hinter dem Hügel das Haus der Stapletons. Im goldenen Abendlicht erschien alles sanft, mild und friedlich, doch während ich mich so umschaute, konnte ich das friedliche Bild der Natur nicht nachempfinden, sondern zitterte vor der Unbestimmtheit und dem Schrecken der Unterhaltung, die jede Minute näher rückte. Die Nerven zum Zerreißen gespannt, doch fest entschlossen, saß ich in einer dunklen Nische der Hütte und wartete voll düsterer Geduld auf die Rückkehr ihres Bewohners.

Und schließlich hörte ich ihn. Von fern ertönte das scharfe Schaben eines Schuhs auf einem Felsen. Dann noch einmal und noch einmal, näher und näher kommend. Ich zog mich in den dunkelsten Winkel zurück, spannte die Pistole in meiner Tasche, entschlossen, mich nicht zu zeigen, bevor ich nicht selbst Gelegenheit hatte, einen Blick auf den Fremden zu werfen. Eine lange Pause zeigte mir an, dass er stehen geblieben war. Dann näherten sich die Schritte wieder und ein Schatten fiel durch die Öffnung der Hütte.

»Welch schöner Abend, lieber Watson«, sagte eine wohlbekannte Stimme. »Ich glaube wirklich, dass man hier draußen viel angenehmer sitzt als dort drinnen.«

12. Tod auf dem Moor

Ein paar Augenblicke saß ich bewegungslos da; mit stockte der Atem und kaum wollte ich meinen Ohren trauen. Dann auf einmal hatte ich ein Gefühl, als ob eine erdrückende Last von Verantwortung mir plötzlich von der Seele genommen würde. Diese kalte, schneidende, ironische Stimme konnte nur einem einzigen Mann auf der ganzen Welt gehören.

»Holmes!«, rief ich – »Holmes!«

»Kommen Sie heraus«, antwortete er, »und seien Sie vorsichtig mit dem Revolver!«

Ich bückte mich unter dem nackten Türsturz hindurch. Dort saß er, auf einem Stein vor der Hütte, seine grauen Augen vor Vergnügen blitzend, als er meinen erstaunten Ausdruck erblickte. Er war mager und abgezehrt, doch frisch und munter, sein scharf geschnittenes Gesicht war von der Sonne gebräunt und wettergegerbt. In seinem Tweedanzug und mit seiner Kappe sah er wie jeder andere Tourist auf dem Moor aus, und mit jener katzenartigen Neigung zur Reinlichkeit, die eine seiner hervorstechenden Eigenarten war, hatte er es fertig gebracht, dass sein Kinn so glatt und seine Kleidung so vollkommen waren, als ob er in seiner Wohnung in der Baker Street wäre.

»Nie im Leben war ich erleichterter, Sie zu sehen«, sagte ich und schüttelte seine Hand.

»Oder erstaunter, wie?«

»Ja, das muss ich zugeben.«

»Ich kann Ihnen versichern, die Überraschung war nicht nur einseitig. Ich hatte keine Ahnung, dass Sie meinen Schlupfwinkel entdeckt haben, geschweige denn, dass Sie da drinnen waren, bevor ich zwanzig Schritte von der Tür entfernt war.«

»Meine Fußabdrücke, vermute ich?«

»Nein, Watson; ich fürchte, dass ich nicht in der Lage bin, Ihre Fußabdrücke unter allen Fußabdrücken der Welt herauszufinden. Wenn Sie mich wirklich täuschen wollen, so müssten Sie Ihren Tabakhändler wechseln, denn wenn ich einen Zigarettenstummel der Marke Bradley, Oxford Street, sehe, weiß ich, dass mein Freund Watson sich in der Nähe befindet. Sie finden ihn dort neben dem Weg. Zweifellos haben Sie ihn dort zu jenem kritischen Zeitpunkt weggeworfen, als Sie die leere Hütte erobert haben.«

»Ganz recht.«

»Das dachte ich mir – und da ich Ihre bewundernswerte Kühnheit kenne, war ich überzeugt, dass Sie mit einer Waffe in Reichweite dem zurückkehrenden Bewohner in einem

Hinterhalt auflauern. Also, haben Sie wirklich geglaubt, ich sei der Verbrecher?«

»Ich wusste nicht, wer Sie sind, aber ich war entschlossen, das herauszufinden.«

»Großartig, Watson! Und wie haben Sie mich gefunden? Haben Sie mich vielleicht in der Nacht gesehen, als der Sträfling gejagt wurde und ich so unvorsichtig gewesen bin, den Mond hinter mir aufgehen zu lassen?«

»Ja, da habe ich Sie gesehen.«

»Und bestimmt haben Sie alle Hütten durchsucht, bis Sie auf diese gestoßen sind?«

»Nein, Ihr Botenjunge ist beobachtet worden, so dass ich einen Anhaltspunkt hatte, wo ich die Suche beginnen sollte.«

»Gewiss der alte Herr mit dem Teleskop. Ich habe nicht gleich erkannt, was es war, als ich das erste Mal das Licht sich in der Linse brechen sah.«

Er stand auf und spähte in die Hütte. »Ah, ich sehe, dass Cartwright einige Besorgungen gebracht hat. Was steht in dieser Notiz? Aha, Sie waren also in Coombe Tracey, nicht wahr?«

»Ja.«

»Um Mrs. Laura Lyons aufzusuchen.«

»Stimmt.«

»Gut gemacht! Unsere Nachforschungen haben sich offenbar in parallelen Bahnen bewegt, und wenn wir unsere Resultate zusammenfügen, so werden wir eine ziemlich vollständige Kenntnis vom ganzen Fall besitzen.«

»Ich bin jedenfalls von Herzen froh, Holmes, dass Sie hier sind, denn die Verantwortung und das Rätsel selbst wurden allmählich zu viel für meine Nerven. Aber wie um alles in der Welt sind Sie hierher gekommen und was tun Sie hier? Ich dachte, Sie wären in der Baker Street und arbeiteten an diesem Erpressungsfall!«

»Das sollten Sie auch denken.«

»Dann haben Sie mich also benutzt und mir doch nicht

vertraut!«, rief ich bitter. »Ich dachte, ich hätte Besseres von Ihnen verdient, Holmes.«

»Mein lieber Freund, wie in vielen anderen Fällen waren Sie auch hier von unschätzbarem Wert für mich, und ich bitte Sie, mir zu verzeihen, wenn es scheint, als hätte ich Sie zum Narren gehalten. In Wirklichkeit tat ich es zum Teil Ihnen zuliebe, und meine Einschätzung der Gefahr, in der Sie sich befinden, veranlasste mich, hierher zu kommen und die Sache selbst zu untersuchen. Wäre ich mit Sir Henry und Ihnen zusammen gewesen, so wären mit Sicherheit meine Ansichten dieselben wie Ihre gewesen und meine Anwesenheit hätte unseren außergewöhnlichen Gegner dazu gebracht, auf der Hut zu sein. Auf diese Weise jedoch war ich in der Lage, mich überall frei zu bewegen, wie es mir nicht möglich gewesen wäre, wenn ich in Baskerville Hall gewohnt hätte, und ich bleibe ein unbekannter Faktor in der Affäre, bereit dazu, im kritischen Moment mein Gewicht in die Waagschale zu werfen.«

»Aber warum haben Sie mich im Dunkeln tappen lassen?«

»Hätten Sie davon gewusst, hätte das uns nicht weitergeholfen und womöglich zu meiner Entdeckung geführt. Sie hätten mir etwas erzählen wollen oder in Ihrer freundlichen Art zu meiner Annehmlichkeit beitragen und mir etwas herausbringen wollen, wodurch ein unnötiges Risiko entstanden wäre. Ich habe Cartwright mit hergebracht – Sie erinnern sich an den kleinen Kerl aus dem Expressbüro – und er hat sich um meine einfachen Bedürfnisse gekümmert: ein Laib Brot, ein sauberer Kragen. Was braucht ein Mann mehr? Durch ihn hatte ich ein zweites Paar Augen auf einem äußerst flinken Paar Füße, beides von unschätzbarem Wert.«

»Dann waren alle meine Berichte vergeblich!« Meine Stimme zitterte, als ich mich der Mühe und des Stolzes erinnerte, mit denen ich sie verfasst hatte.

Holmes entnahm seiner Tasche ein Bündel Papiere. »Hier sind Ihre Berichte, mein lieber Freund, und ganz gehörig durchgearbeitet, das können Sie mir glauben. Ich habe alles gründlich vorbereitet, sie trafen hier jeweils mit nur einem Tag Verspätung ein. Ich darf Sie außerordentlich beglückwünschen zu dem Eifer und der Intelligenz, die Sie bei diesem ungewöhnlich schwierigen Fall an den Tag gelegt haben.«

Ich war noch immer etwas gekränkt, weil Holmes mich dermaßen hinters Licht geführt hatte, aber die Herzlichkeit seines Lobes wusch mir den Ärger von der Seele. Im Grunde meines Herzens war mir auch bewusst, dass er mit dem, was er sagte, Recht hatte und es für unsere Zwecke das Beste war, dass ich über seine Anwesenheit im Moor nicht im Bilde gewesen war.

»So ist es besser«, sagte er, als er sah, wie sich meine Miene aufhellte. »Und jetzt berichten Sie mir von den Ergebnissen Ihres Besuches bei Mrs. Laura Lyons – dass Sie bei ihr gewesen sind, konnte ich unschwer erraten, denn sie ist in Coombe Tracey die einzige Person, die in dieser Angelegenheit für uns von Nutzen sein kann. Tatsächlich wäre ich mit großer Wahrscheinlichkeit morgen selber zu ihr gegangen, wenn Sie nicht heute bei ihr gewesen wären.«

Inzwischen war die Sonne untergangen und die Dämmerung breitete sich über das Moor aus. Die Luft war kühl geworden und wir zogen uns in das wärmere Innere der Hütte zurück. Dort saßen wir im Zwielicht beieinander, während ich Holmes von meiner Unterhaltung mit der Dame erzählte. Dies interessierte ihn so sehr, dass ich manche Passage zweimal wiederholen musste, bevor er zufrieden war.

»Das ist äußerst wichtig«, sagte er, als ich geendet hatte. »Dadurch schließt sich in dieser komplexen Affäre eine Lücke, die ich bislang noch nicht überbrücken konnte. Sind Sie sich übrigens dessen bewusst, dass zwischen dieser Dame und Stapleton eine enge Vertrautheit besteht?«

»Ich wusste nichts von einer engen Vertrautheit.«

»Darüber kann gar kein Zweifel bestehen. Sie treffen sich, sie schreiben sich, sie verstehen sich blendend. Dadurch halten wir eine machtvolle Waffe in der Hand – wenn ich sie nur nutzen könnte, um seine Frau von ihm zu befreien ...«

»Seine Frau?«

»Ich werde Ihnen nun zum Ausgleich für alles, was Sie mir gesagt haben, ein paar Informationen geben. Die Dame, die sich hier als Miss Stapleton ausgibt, ist in Wirklichkeit seine Frau.«

»Gütiger Himmel, Holmes! Sind Sie sicher mit dem, was Sie da sagen? Wie konnte er Sir Henry gestatten, sich in sie zu verlieben?«

»Sir Henrys Verliebtheit konnte niemandem schaden außer Sir Henry selbst. Er hat jedoch sorgfältig darauf geachtet, dass Sir Henry nicht weiter ging, wie Sie selbst beobachten konnten. Ich wiederhole, die Dame ist seine Frau und nicht seine Schwester.«

»Aber wofür diese sorgfältige Täuschung?«

»Weil er voraussah, dass sie als unverheiratete Frau für ihn sehr viel nützlicher sein würde.«

All meine unausgesprochenen Vorahnungen und vagen Verdächtigungen nahmen plötzlich Gestalt an und zentrierten sich auf den Naturforscher. In diesem unbewegten und farblosen Mann mit seinem Strohhut und seinem Schmetterlingsnetz schien sich mir etwas Schreckliches zu zeigen – eine Kreatur von unendlicher Geduld und ebensolcher Geschicklichkeit mit lächelndem Gesicht und Mordgedanken.

»Ist er dann unser Feind – ist er es, der uns in London beschattet hat?«

»Das scheint mir des Rätsels Lösung.«

»Und die Warnung – sie muss von ihr gekommen sein!«

»Genau.«

Konturen einer ungeheuren Gemeinheit, halb erkannt

und halb vermutet, traten aus der Dunkelheit hervor, die mich so lange umfangen gehalten hatte.

»Aber Sind Sie sich dessen sicher, Holmes? Woher wissen Sie, dass sie seine Frau ist?«

»Weil er so unvorsichtig gewesen ist, Ihnen einen Teil seiner wirklichen Lebensgeschichte zu erzählen, als er Ihnen das erste Mal begegnet ist, und ich wage die Behauptung, dass er dies seitdem oftmals bedauert hat. Er war tatsächlich einst Schulleiter im Norden Englands. Nun kann kaum jemandem leichter nachgespürt werden als einem Schulleiter. Es gibt Schulbehörden, durch welche man jeden, der jemals in diesem Beruf gearbeitet hat, ausfindig machen kann. Eine kleine Nachforschung hat ergeben, dass eine Schule unter furchtbaren Umständen zugrunde gegangen ist und derjenige, der sie – unter einem anderen Namen – geleitet hatte, ist zusammen mit seiner Ehefrau verschwunden. Die Beschreibung passte. Als ich hörte, dass der Vermisste einen Hang zur Insektenkunde hatte, war er vollständig identifiziert.«

Das Dunkel lichtete sich, doch noch immer war vieles von Schatten verborgen.

»Wenn diese Dame in Wahrheit seine Ehefrau war, wo kommt dann Mrs. Laura Lyons ins Spiel?«

»Das ist einer der Punkte, auf welchen Ihre eigenen Nachforschungen ein Licht geworfen haben. Ihre Unterhaltung mit der Dame hat die Situation ziemlich geklärt. Ich wusste nichts von einer geplanten Scheidung zwischen ihr und ihrem Ehemann. Da sie Stapleton für unverheiratet hielt, rechnete sie in diesem Fall sicherlich damit, seine Frau zu werden.«

»Und wenn sie die Wahrheit erfährt?«

»Nun, dann könnte die Dame vielleicht für uns von Nutzen sein. Unsere erste Pflicht wird es sein, dass wir sie – wir beide – morgen aufsuchen. Glauben Sie nicht, Watson, dass Sie nun schon recht lange Ihren Pflichten ferngeblieben sind? Ihr Platz sollte in Baskerville Hall sein.«

Die letzten roten Streifen im Westen waren verblasst und Nacht hatte sich über das Moor gesenkt. Ein paar schwach leuchtende Sterne blinkten am violetten Himmel.

»Eine letzte Frage, Holmes«, sagte ich, als ich aufstand. »Sicherlich bedarf es keiner Geheimniskrämerei zwischen uns. Was bedeutet dies alles? Was will er?«

Die Stimme von Sherlock Holmes senkte sich zu einem Flüstern, als er antwortete: »Es ist Mord, Watson – abgebrühter, kaltblütiger, vorsätzlicher Mord. Fragen Sie mich nicht nach Einzelheiten. Mein Netz schließt sich um ihn, so wie seines sich um Sir Henry spannt, und mit Ihrer Hilfe ist er mir schon fast ausgeliefert. Es gibt nur eine Gefahr, die uns bedrohen kann, nämlich dass er losschlägt, bevor wir dazu bereit sind. Noch ein oder höchstens zwei Tage und der Fall ist gelöst, doch bis dahin seien Sie auf Ihrem Posten und bewachen Sie Ihren Schützling so sorgfältig wie eine Mutter ihr krankes Kind. Ihr heutiger Ausflug war berechtigt, und doch möchte ich beinahe wünschen, Sie wären ihm nicht von der Seite gewichen. – Horchen Sie!«

Ein entsetzlicher Schrei – ein langgezogenes Geheul der Angst und des Schreckens – drang aus der Einsamkeit des Moores zu uns herüber. Das furchtbare Heulen ließ das Blut in meinen Adern gefrieren.

»Oh, mein Gott!«, keuchte ich.»Was war das? Was bedeutet das?«

Holmes war auf die Füße gesprungen und ich sah seine dunkle, athletische Gestalt im Türrahmen der Hütte mit gebeugten Schultern und vorgeneigtem Kopf in die Dunkelheit hinausspähen.

»Psst!«, flüsterte er, »Still!«

Der Schrei war auf Grund seiner Heftigkeit laut erschienen, doch war er von irgendwo weit jenseits der schattigen Ebene gekommen. Jetzt aber erklang er von neuem, näher, lauter und drängender als zuvor.

»Wo ist es?«, flüsterte Holmes, und ich erkannte am Be-

ben seiner Stimme, dass er, der Mann aus Eisen, bis ins Mark getroffen war. »Wo ist es, Watson?«

»Dort, glaube ich.« Ich deutete in die Dunkelheit.

»Nein, dort!«

Wieder erhob sich der qualvolle Schrei in der Stille der Nacht, noch lauter und noch viel näher als vorher. Und ein neuer Klang mischte sich hinein, ein tiefes, murmelndes Grollen, musikalisch, doch drohend, ansteigend und abebbend wie das tiefe, ständige Rauschen des Meers.

»Der Hund!«, schrie Holmes. »Kommen Sie, Watson, schnell! Um Gottes Willen, wenn wir zu spät kommen!«

Er begann hastig über das Moor zu rennen und ich folgte ihm auf den Fersen. Doch nun erscholl von irgendwoher aus dem von Schlammlöchern durchsetzten Untergrund direkt vor uns ein letzter verzweifelter Aufschrei und dann ein dumpfer, schwerer Schlag.

Wir stoppten und lauschten. Kein einziger Laut durchbrach mehr die schwere Stille der windlosen Nacht.

Ich sah, wie Holmes seine Hand einem Wahnsinnigen gleich gegen seine Stirn schlug. Er stampfte mit dem Fuß auf den Boden.

»Er hat uns geschlagen, Watson. Wir sind zu spät gekommen.«

»Nein, nein, bestimmt nicht!«

»Ich war ein Narr, dass ich mich zurückgehalten habe! Und Sie, Watson, sehen Sie, was passiert, wenn Sie Ihre Pflichten vernachlässigen! Doch bei Gott, wenn das Schlimmste geschehen ist, werden wir ihn rächen!«

Blind rannten wir durch die Finsternis, stießen gegen Felsen, erkämpften unseren Weg durch Stechginster, keuchten Hügel hinauf und rutschten Abhänge hinunter, immer der Richtung entgegen, aus welcher die schrecklichen Töne gekommen waren. Auf jeder Anhöhe schaute sich Holmes aufmerksam um, doch die Dunkelheit lag bleiern über dem

Moor und nichts bewegte sich auf seinem öden Antlitz.
»Können Sie irgendetwas erkennen?«
»Nichts.«
»Doch horchen Sie, was ist das?«
Ein leises Stöhnen war an unser Ohr gedrungen. Da war es wieder, zu unserer Linken! Auf dieser Seite ging ein Felsgrat in eine steile Wand über, die über einen steinbedeckten Abhang hinausragte. Auf seiner zerklüfteten Oberfläche lag etwas Dunkles, Unregelmäßiges. Als wir darauf zu rannten, wurde aus dem vagen Umriss eine deutlich erkennbare Gestalt.

Es war ein mit dem Gesicht nach unten liegender Mann, dessen Kopf in furchtbarem Winkel unter seinem Körper steckte, mit gekrümmten Schultern und den Körper so verdreht, als ob er im Begriff sei, einen Purzelbaum zu schlagen. Seine Haltung war dermaßen grotesk, dass mir zunächst gar nicht zum Bewusstsein kam, dass das Stöhnen, das wir gehört hatten, der letzte Seufzer seiner sterblichen Hülle gewesen war. Kein Flüstern, kein Rascheln erhob sich mehr von der dunklen Gestalt, über die wir uns beugten. Holmes legte seine Hand auf ihn und zog sie mit einem Aufschrei des Entsetzens zurück. Der Schein des Streichholzes, das er anzündete, beleuchtete seine beschmierten Finger und die grausige Lache, die sich langsam um den zerschmetterten Schädel des Opfers ausbreitete. Und er beleuchtete noch etwas anderes, das unsere Herzen sich verkrampfen ließ – die Leiche von Sir Henry Baskerville!

Keiner von uns hatte diesen seltsamen rostroten Tweedanzug vergessen können, den er an jenem ersten Morgen getragen hatte, als wir ihn in der Baker Street gesehen hatten. Nach diesem einen kurzen Blick auf ihn ging das Streichholz ebenso aus wie die Hoffnung in unseren Herzen. Holmes stöhnte und sein Gesicht schimmerte weiß durch die Dunkelheit.

»Das Scheusal! Das Scheusal!«, rief ich mit geballter Faust.

»Oh, Holmes, ich werde mir niemals verzeihen, ihn diesem Schicksal überlassen zu haben.«

»Ich muss mir mehr Vorwürfe machen als Sie, Watson. Damit ich meinen Fall schön rund und vollständig abschließen konnte, habe ich das Leben meinen Klienten verloren. Das ist der schlimmste Schlag, den ich in meiner Karriere je erhalten habe. Aber wie konnte ich ahnen, – wie konnte ich ahnen – dass er entgegen all meinen Warnungen allein aufs Moor gehen und dort sein Leben riskieren würde?«

»Dass wir seine Schreie gehört haben – oh, mein Gott, diese Schreie! – und doch außer Stande waren, ihn zu retten! Wo ist diese Bestie von einem Hund, die ihn zu Tode gebracht hat? Sie lauert vielleicht gerade in diesem Augenblick zwischen diesen Felsen. Und Stapleton, wo ist er? Er soll für diese Untat zur Rechenschaft gezogen werden.«

»Das wird er, dafür werde ich sorgen. Onkel und Neffe sind ermordet worden – der eine wurde zu Tode erschreckt durch den Anblick eines Untiers, das er für übernatürlich hielt, der andere stürzte auf der Flucht vor der Bestie zu Tode. Doch jetzt müssen wir den Zusammenhang zwischen dem Mann und dem Ungeheuer beweisen. Abgesehen von dem, was wir hörten, können wir noch nicht einmal die Existenz des letzteren beschwören, da Sir Henry ganz offensichtlich durch den Sturz zu Tode kam. Aber beim Himmel, so schlau er auch sein mag, der Kerl soll mir ausgeliefert sein, noch bevor ein weiterer Tag vergangen ist.«

Mit Bitterkeit im Herzen standen wir neben dem verstümmelten Leichnam, überwältigt von dieser plötzlichen und unwiderruflichen Tragödie, die all unsere langwierigen und mühevollen Anstrengungen zu einem erbärmlichen Ende gebracht hatte.

Dann ging der Mond auf, wir stiegen auf den Gipfel des Felsens, von welchem unser Freund herabgestürzt war, und blickten von der Höhe aus über das schattige, halb in Silber und halb in Düsternis getauchte Moor hinweg. Viele Kilometer weit entfernt, in Richtung der Ortschaft Grimpen, schien ein einzelnes gelbes Licht ruhig vor sich hin. Es konnte sich nur um das einsame Haus der Stapletons handeln. Fluchend drohte ich mit meiner Faust in dieser Richtung.

»Warum sollten wir ihn nicht sofort ergreifen?«

»Unser Fall ist noch nicht abgeschlossen. Dieser Bursche ist in höchstem Maße schlau und vorsichtig. Es geht nicht darum, was wir wissen, sondern was wir beweisen können. Wenn wir auch nur einen falschen Schritt unternehmen, wird uns der Schurke noch entkommen.«

»Was können wir tun?«

»Es gibt morgen genug zu tun für uns. Heute Nacht können wir unserem armen Freund nur einen letzten Dienst erweisen.«

Wir gingen zusammen den steil abfallenden Hang hinunter bis zu der Leiche, die sich schwarz und deutlich gegen die silbrigen Steine abhob. Der Todeskampf, den diese verkrümmten Gliedmaßen ausdrückten, verursachte mir selbst schmerzhafte Qualen und meine Augen füllten sich mit Tränen.

»Wir müssen nach Hilfe schicken, Holmes! Wir können ihn nicht allein den ganzen Weg bis nach Baskerville Hall tragen. – Gott im Himmel, sind Sie wahnsinnig geworden?«

Er hatte einen Schrei ausgestoßen und sich über die Leiche gebeugt. Jetzt tanzte er, lachte und drückte meine Hand. Konnte dies mein strenger, selbstbeherrschter Freund sein? Er besaß wirklich versteckte Emotionen!

»Ein Bart! Ein Bart! Der Mann trägt einen Bart!«

»Einen Bart?«

»Es ist nicht der Baronet – es ist – ja, wahrhaftig, es ist mein Nachbar, der entflohene Sträfling!«

In fiebriger Hast drehten wir den Leichnam herum, und der blutige Bart wies auf den kalten, klaren Mond. Es konnte keinen Zweifel geben über diese buschigen Augenbrauen und die eingefallenen Augen eines Tieres: Das war in der Tat dasselbe Gesicht, das mich im Kerzenschein von der anderen Seite des Felsens angestarrt hatte, das Gesicht von Selden, dem Verbrecher.

Dann wurde mir im Handumdrehen alles klar. Ich erinnerte mich, wie der Baronet mir erzählt hatte, dass er seine alten Kleidungsstücke Barrymore gegeben hatte. Dieser wiederum hatte sie an Selden weitergegeben, um ihm bei seiner Flucht zu helfen. Schuhe, Hemd, Mütze – alles hatte Sir Henry gehört. Auch wenn die Tragödie immer noch schlimm genug war, so hatte dieser Mann doch immerhin nach den Gesetzen seines Landes den Tod verdient. Während ich Holmes über diese Dinge in Kenntnis setzte, hüpfte mein Herz vor Dankbarkeit und Freude.

»Dann haben die Kleidungsstücke den Tod dieses armen Teufels verursacht«, sagte er. »Es ist ganz klar, dass der Hund mit Hilfe eines persönlichen Gegenstands Sir Henrys auf seine Spur gebracht wurde – aller Wahrscheinlichkeit nach der im Hotel abhanden gekommene Schuh – und daher diesem Mann nachjagte. Allerdings gibt es da noch einen merkwürdigen Umstand: Wie konnte Selden in der Dunkelheit wissen, dass der Hund hinter ihm her war?«

»Er hörte ihn.«

»Glauben Sie, ein harter Mann wie dieser Sträfling würde deswegen, weil er einen Hund auf dem Moor hörte, in solche Angst geraten, dass er es riskierte, wieder gefangen genommen zu werden, indem er laut um Hilfe rief? Nach seinen Schreien zu urteilen muss er ein weites Stück Weges gerannt sein, nachdem ihm klar geworden war, dass der Hund hinter ihm her jagte. Doch woher wusste er das?«

»Für mich ist es ein größeres Rätsel, warum dieser Hund, angenommen, alle unsere Mutmaßungen waren richtig ...«

»Ich nehme nichts an.«

»... nun, wie auch immer, warum dieser Hund in der Nacht frei herumlief. Ich gehe davon aus, dass er nicht die ganze Zeit auf dem Moor frei herumläuft. Stapleton würde ihn nicht freilassen, ohne davon auszugehen, dass sich Sir Henry dort aufhält.«

»Mein Problem ist doch das größere von beiden, denn ich glaube, dass wir bald für Ihre Frage eine Erklärung bekommen werden, während die Antwort auf meine wohl immer ein Geheimnis bleiben wird. Die Frage, die sich aber jetzt stellt, ist, was wir mit der Leiche dieses armen Schluckers anfangen sollen. Wir können sie nicht hier den Füchsen und Raben überlassen.«

»Ich schlage vor, sie in eine der Hütten zu bringen, bis wir der Polizei Bescheid geben können.«

»Eine gute Idee, ich schätze, dass wir sie zusammen so weit tragen können. – Hallo, Watson, was ist das? Da kommt der Mann höchstpersönlich, bei allen Göttern! Kein Wort, das unseren Verdacht erraten könnte – kein Wort, oder mein Plan wird scheitern!«

Eine Gestalt näherte sich uns über das Moor und ich sah das schwache rote Glühen einer Zigarre. Der Mond schien über ihm und so konnte ich die gepflegte Gestalt und den schwungvollen Gang des Naturforschers erkennen. Als er uns erblickte, hielt er einen Moment inne und kam dann zu uns herüber.

»Na so was, Dr. Watson, Sie sind es, nicht wahr? Sie sind der letzte Mensch, den ich zu dieser Stunde auf dem Moor erwartet hätte! Aber mein Gott, was ist das? Jemand verletzt? Nein – sagen Sie bloß nicht, das sei unser Freund Sir Henry!«

Er lief an mir vorbei und beugte sich über den Toten. Ich hörte, wie er scharf den Atem einzog, und die Zigarre fiel aus seiner Hand. »Wer – wer ist das?«, stammelte er.

»Das ist Selden, der Mann, der aus Princetown entflohen war.«

Mit entsetzter Miene hatte Stapleton uns angesehen, doch unterdrückte er mit großer Anstrengung sein Erstaunen und seine Enttäuschung. »Mein Gott! Was für ein furchtbares Erlebnis! Wie ist er gestorben?«

»Anscheinend hat er sich das Genick gebrochen, als er diese Felsen hinabstürzte. Mein Freund und ich spazierten gerade über das Moor, als wir einen Schrei hörten.«

»Auch ich habe einen Schrei gehört; deshalb bin ich hinausgelaufen. Ich machte mir Sorgen um Sir Henry.«

»Warum gerade um Sir Henry?«, konnte ich mich nicht beherrschen zu fragen.

»Weil ich ihm vorgeschlagen hatte, zu Besuch herüber zu kommen. Ich war überrascht, als er nicht kam, und natürlich war ich um seine Sicherheit besorgt, als ich vom Moor her Schreie hörte. Übrigens –«, seine Augen wanderten von meinem Gesicht zu Holmes, »haben Sie außer dem Schrei noch etwas gehört?«

»Nein«, sagte Holmes. »Sie?«

»Nein.«

»Was meinten Sie denn dann mit Ihrer Frage?«

»Ach, Sie kennen doch die Geschichten, die die Bauern über den Geisterhund und so erzählen. Sie sagen, man könne ihn des Nachts im Moor hören. Ich habe mich gefragt, ob es heute Nacht vielleicht Anzeichen eines solchen Geräuschs gegeben hat.«

»Wir haben nichts dergleichen gehört«, sagte ich.

»Und was für eine Theorie haben Sie hinsichtlich des Todes dieses armen Kerls?«

»Ich habe keine Zweifel, dass die Angst vor Entdeckung ihn in den Wahnsinn getrieben hat. Er rannte wie ein Verrückter auf dem Moor hin und her, bis er schließlich hier herunter fiel und sich das Genick brach.«

»Das scheint mir die vernünftigste Erklärung zu sein«, sagte Stapleton und seufzte – wie es mir schien – erleichtert auf. »Was halten Sie davon, Mr. Sherlock Holmes?«

Mein Freund beglückwünschte ihn. »Sie haben mich schnell erkannt«, sagte er.

»Wir erwarten Sie in dieser Gegend, seit Dr. Watson hierher gekommen ist. Sie sind rechtzeitig gekommen, um ein schlimmes Unglück zu erleben.«

»Ja, wirklich, und ich zweifle nicht, dass die Erklärung meines Freundes zutrifft. So werde ich morgen eine unangenehme Erinnerung mit nach London nehmen.«

»Oh, Sie fahren morgen schon zurück?«

»Das beabsichtige ich.«

»Ich hoffe, Ihr Besuch konnte etwas Licht in diese Angelegenheit bringen, die uns so viel Kopfzerbrechen bereitet hat.«

Holmes zuckte die Achseln. »Man kann nicht immer den Erfolg haben, den man sich erhofft. Ein Detektiv benötigt Fakten und nicht Legenden oder Gerüchte. Es war kein sonderlich befriedigender Fall.«

Mein Freund sprach auf offenherzigste und gleichgültigste Weise.

Stapleton musterte ihn immer noch eindringlich. Dann wandte er sich zu mir herum.

»Ich würde ja vorschlagen, dass wir diesen armen Kerl in mein Haus tragen, aber das würde meine Schwester zu sehr erschrecken, sodass ich mich nicht dazu berechtigt glaube. Ich denke aber, wenn wir etwas über sein Gesicht decken, wird er hier bis morgen unversehrt liegen bleiben.«

Und so machten wir es. Nachdem wir einer Einladung Stapletons zu ihm nach Hause widerstanden hatten, machten wir uns auf den Weg nach Baskerville Hall, während der Naturforscher alleine zurückkehrte.

Als wir ihm nachblickten, sahen wir seine Gestalt sich langsam über das weitläufige Moor fortbewegen, und von ferne erkannten wir auch noch jenen dunklen Fleck auf dem silbrig schimmernden Abhang, der uns die Stelle wies, wo der Mann lag, der hier ein solch furchtbares Ende gefunden hatte.

13. Das Netz zieht sich zu

»Wir sind ihm endlich dicht auf den Fersen«, sagte Holmes, als wir zusammen über das Moor liefen. »Was hat der Kerl für Nerven! Wie er sich zusammengerissen hat angesichts des lähmenden Schocks, der ihn befallen haben musste, als er erkannte, dass ihm der falsche Mann zum Opfer gefallen war! Ich habe Ihnen schon in London gesagt, Watson, und ich sage es Ihnen jetzt wieder, dass wir niemals einen würdigeren Gegner gehabt haben.«

»Es tut mir Leid, dass er Sie gesehen hat.«

»Das tat es mir zuerst auch, aber es ließ sich nicht vermeiden.«

»Was für einen Einfluss auf seine Pläne wird es Ihrer Meinung nach haben, dass er von Ihrer Anwesenheit hier erfahren hat?«

»Es könnte ihn dazu veranlassen, vorsichtiger zu sein oder aber sofort verzweifelte Maßnahmen zu ergreifen. Wie die meisten schlauen Verbrecher könnte auch er von seiner eigenen Schlauheit so überzeugt sein, dass er der Ansicht ist, uns vollständig getäuscht zu haben.«

»Warum sollten wir ihn nicht sogleich verhaften lassen?«

»Mein lieber Watson, Sie sind der geborene Mann der Tat. Ihr Instinkt lässt Sie immer zu energischen Maßnahmen greifen. Aber angenommen, wir hätten ihn heute Nacht verhaften lassen, wozu um alles in der Welt sollte das von Nutzen sein? Wir könnten ihm nichts beweisen! Das ist eben die teuflische Schlauheit seines Verbrechens! Hätte er einen menschlichen Handlanger gedungen, könnten wir vielleicht eine Zeugenaussage erlangen, aber wenn wir auch diesen großen Hund ans Tageslicht zerren könnten, würde es uns doch nicht helfen, die Schlinge um den Hals seines Herrn zu legen.«

»Aber es liegt doch unzweifelhaft der Fall eines Verbrechens vor?«

»Nicht einmal der Schatten eines Verbrechens – nichts als Annahmen und Mutmaßungen! Das Gericht würde uns auslachen, wenn wir mit solch einer Geschichte und solchen Beweisen ankämen.«

»Da ist der Tod von Sir Charles.«

»Tot aufgefunden ohne jede äußere Verletzung. Sie und ich, wir beide wissen, dass er vor schierem Entsetzen starb, und ebenso wissen wir, was ihn so erschreckte; aber wie sollen wir zwölf sture Geschworene dazu bringen, dies zu glauben? Was für Spuren eines Hundes gibt es denn? Wo sind die Abdrücke seiner Reißzähne? Natürlich ist uns klar, dass ein Hund keine Leiche beißt und dass Sir Charles tot war, bevor das Untier ihn erreichte. Doch all das müssen wir beweisen, und dazu sind wir momentan nicht in der Lage.«

»Und was ist mit heute Nacht?«

»Auch heute Nacht sind wir nicht besser dran. Wieder gibt es keine direkte Verbindung zwischen dem Hund und dem Tod des Mannes. Wir haben den Hund nie gesehen. Wir hörten ihn; aber wir können nicht beweisen, dass er dem Mann auf den Fersen war. Es gibt absolut kein Motiv. Nein, mein lieber Freund, wir müssen uns mit der Tatsache abfinden, dass zum jetzigen Zeitpunkt kein beweisbares Verbrechen vorliegt, dass es sich jedoch lohnt, jedes Risiko einzugehen, damit ein Verbrechen geschieht.«

»Und wie stellen Sie sich das vor?«

»Ich hege große Hoffnung, dass Mrs. Laura Lyons etwas für uns tun wird, wenn sie über den Stand der Dinge aufgeklärt wird. Außerdem habe ich noch einen eigenen Plan. Wir haben für heute genug Schlimmes erlebt; doch ich hoffe, dass ich die Oberhand gewinne, bevor der morgige Tag vorüber ist.«

Mehr konnte ich aus ihm nicht herausbekommen, und so lief er in Gedanken versunken bis zum Tor von Baskerville Hall.

»Kommen Sie mit hinauf?«

»Ja, ich sehe keinen Grund für weitere Geheimniskrämerei. Doch eins noch, Watson. Erzählen Sie Sir Henry nichts von dem Hund. Er soll glauben, dass Seldens Tod genau so eingetreten ist, wie Stapleton uns glauben machen wollte. Er wird dann bessere Nerven haben für die Prüfung, die ihm bevorsteht, denn wenn ich mich richtig an Ihren Bericht erinnere, wird er morgen mit diesen Leuten zu Abend essen.«

»Und ich ebenfalls.«

»Dann müssen Sie sich entschuldigen und ihn allein gehen lassen. Das wird sicher leicht zu machen sein. So, und wenn wir auch zu spät zum Abendessen sind, glaube ich doch, dass wir beide uns ein nächtliches Souper verdient haben.«

Sir Henry war eher entzückt als überrascht, Sherlock Holmes zu sehen, denn er hatte schon seit einigen Tagen erwartet, dass die jüngsten Ereignisse ihn von London herlocken würden. Doch runzelte er die Stirn, als er sah, dass mein Freund weder irgendwelches Gepäck bei sich hatte, noch eine Erklärung für dessen Fehlen.

Ich half ihm mit dem Nötigsten aus, und bei einem späten Nachtmahl erzählten wir dem Baronet schließlich so viel von unseren Erlebnissen, wie er unserer Ansicht nach wissen sollte. Doch zuerst hatte ich die unangenehme Aufgabe, die Neuigkeiten Barrymore und seiner Frau beizubringen.

Für ihn mochte es eine richtige Erleichterung gewesen sein, aber seine Frau weinte bittere Tränen in ihre Schürze. Für alle anderen war er der Gewalttäter, halb Tier, halb Dämon, doch für sie blieb er immer der kleine eigensinnige Junge ihrer Kindheit, der sich an ihre Hand geklammert hatte. Wehe dem Mann, um den nicht wenigstens eine Frau trauert.

»Seit Watson heute Morgen das Haus verlassen hat, bin ich den ganzen Tag über trübsinnig hin und her gelaufen«, sagte der Baronet.

»Ich denke, jetzt habe ich mir einige Anerkennung verdient, da ich mein Versprechen gehalten habe. Wenn ich nicht geschworen hätte, keinesfalls allein hinaus zu gehen, hätte ich einen unterhaltsameren Abend verleben können, denn ich bekam eine Nachricht von Stapleton, der mich zu sich einlud.«

»Ich bezweifle nicht, dass Sie einen unterhaltsameren Abend verlebt hätten«, sagte Holmes trocken. »Sie werden es wohl kaum zu schätzen wisen, dass wir bereits Ihren Tod aufgrund eines gebrochenes Genick beklagten.«

Sir Henry blickte auf. »Wie bitte?«

»Dieser arme Halunke trug Ihre Kleider. Ich fürchte, das könnte Ihrem Butler, der ihm die Sachen gab, Ärger mit der Polizei eintragen.«

»Das ist unwahrscheinlich. Soweit ich weiß, sind sie nicht gekennzeichnet.«

»Dann hat er Glück gehabt – oder Sie alle haben Glück gehabt, da niemand von Ihnen in dieser Affäre auf der richtigen Seite des Gesetzes stand. Ich frage mich, ob es als verantwortungsbewusster Detektiv nicht meine vordringlichste Aufgabe wäre, alle Hausbewohner zu verhaften. Watsons Berichte sind äußerst belastende Dokumente.«

»Aber was ist mit unserem Fall?«, fragte der Baronet. »Haben Sie irgendwelche Fäden entwirren können? Ich weiß nicht, ob Watson und ich so sehr viel schlauer geworden sind, seit wir hierher kamen.«

»Ich glaube in der Lage zu sein, Ihnen die Situation in Kürze erklären zu können. Es war eine äußerst schwierige und komplizierte Angelegenheit. Immer noch gibt es ein paar ungeklärte Punkte – aber auf jeden Fall werden wir sie noch lösen.«

»Wir hatten ein schlimmes Erlebnis, von dem Watson Ihnen bestimmt erzählt hat. Auf dem Moor haben wir den Hund gehört, so dass ich beschwören kann, dass es sich nicht um bloßen Aberglauben handelt. In Amerika hatte ich mit Hunden zu tun und erkenne sie daher, wenn ich sie höre. Wenn Sie diesem hier eine Kette anlegen und einen Maulkorb verpassen, bin ich bereit zu beeiden, dass Sie der größte Detektiv aller Zeiten sind.«

»Nun, ich glaube, ich werde dem Hund nach allen Regeln der Kunst Maulkorb und Kette anlegen können, sofern Sie mir dabei zur Hand gehen.«

»Was immer Sie verlangen, ich werde es tun.«

»Sehr gut, und ich verlange auch, dass Sie es blindlings tun, ohne nach den Gründen zu fragen.«

»Ganz wie Sie wünschen.«

»Wenn Sie das tun, halte ich die Chance, unser kleines Problem zu lösen, für groß. Ich bezweifle nicht ...«

Er unterbrach sich plötzlich und starrte gebannt über meinen Kopf hinweg. Die Lampe schien direkt in sein Gesicht, welches so starr und aufmerksam war, als ob es einer klassischen Statue gehörte, die Personifizierung von Wachsamkeit und Erwartung.

»Was ist los?«, riefen wir beide.

Als er seinen Blick senkte, merkte ich, dass er eine innere Bewegung zu unterdrücken suchte. Seine Gesichtszüge blieben ruhig, doch seine Augen funkelten vor Entzücken.

»Entschuldigen Sie die Bewunderung eines Kenners«, sagte er und wies mit der Hand auf die Reihe von Gemälden, die an der gegenüber liegenden Wand hingen. »Watson wird nicht zugeben, dass ich irgendetwas von Kunst verstehe, aber das ist reiner Neid, denn unsere Ansichten sind äußerst verschieden. Nun, Sie haben da eine wirklich ansehnliche Sammlung von Portraits.«

»Es freut mich, dass Sie das sagen«, antwortete Sir Henry und schaute meinen Freund überrascht an. »Ich will nicht behaupten, viel von diesen Dingen zu verstehen, und ein Pferd oder einen jungen Ochsen kann ich sicherlich besser beurteilen als ein Gemälde. Erstaunlich, dass Sie für solche Dinge Zeit finden.«

»Ich erkenne Qualität, wenn ich sie sehe, und jetzt sehe ich sie. Ich könnte schwören, dass es sich hier um einen Kneller handelt, diese Dame dort in blauer Seide, und der stämmige Herr mit der Perücke sollte wohl ein Reynolds sein. Ich vermute, es sind alles Familienporträts.«

»Jedes einzelne.«

»Kennen Sie ihre Namen?«

»Barrymore hat mich trainiert, so kann ich wohl sagen, dass ich meine Lektion einigermaßen gelernt habe.«

»Wer ist der Herr mit dem Teleskop?«

»Das ist Konteradmiral Baskerville, der unter Rodney in Westindien stationiert war. Der Mann im blauen Mantel mit der Papierrolle ist Sir William Baskerville, Ausschussvorsitzender im Unterhaus zur Zeit von Pitt.«

»Und dieser Kavalier mir gegenüber – der im schwarzen Samt mit den Spitzen?«

»Ah, Sie haben ein Recht darauf, ihn kennen zu lernen. Das ist die Ursache allen Übels, der bösartige Hugo, der den Hund der Baskervilles ins Leben rief. Ihn werden wir nie vergessen.«

Ich betrachtete das Porträt mit Interesse und ein wenig überrascht.

»Du liebe Güte«, sagte Holmes, »er sieht wie ein ruhiger und manierlicher Mann aus, doch ich wage zu behaupten, dass da etwas Teuflisches in seinem Blick lauert. Ich hatte ihn mir kräftiger und wilder vorgestellt.«

»Über die Echtheit besteht kein Zweifel, denn auf der Rückseite der Leinwand stehen der Name und das Jahr 1647.«

Holmes sprach danach kaum noch etwas, aber das Bild des alten Wüstlings schien eine große Faszination auf ihn auszuüben, und während des ganzen Essens weilte sein Blick auf ihm. Erst später, nachdem Sir Henry sich zurückgezogen hatte, war es mir möglich, seine Gedanken zu verstehen. Er führte mich zurück in den Bankettsaal, in den

Händen die Kerze aus seinem Zimmer, und beleuchtete damit das im Lauf der Jahrhunderte nachgedunkelte Porträt.

»Was fällt Ihnen daran auf?«

Ich betrachtete den breiten Federhut, die gelockten Haare, den weißen Spitzkragen und das gerade, strenge Antlitz dazwischen. Es hatte keinen brutalen Ausdruck, doch war es spröde, hart und finster, mit einem festen, dünnlippigen Mund und kalten, unbarmherzigen Augen.

»Erinnert es Sie an jemanden, den Sie kennen?«

»Das Kinn hat etwas von Sir Henry.«

»Vielleicht nur eine Ahnung. Doch warten Sie einen Moment.«

Er stellte sich auf einen Stuhl, hielt das Licht in seiner Linken und legte seinen rechten Arm so, dass er den breiten Hut und die Ringellocken abdeckte.

»Gütiger Himmel!«, rief ich erstaunt aus.

Das Gesicht von Stapleton starrte mir von der Leinwand entgegen. »Ha, jetzt erkennen Sie es. Meine Augen sind darauf trainiert, Gesichter zu untersuchen und nicht das Drumherum. Eine der hervorragendsten Eigenschaften eines Detektivs sollte die Fähigkeit sein, Verkleidungen zu durchschauen.«

»Aber das ist ja unglaublich. Es könnte sein Porträt sein.«

»Ja, es handelt sich hier um eine interessante Vererbungsvariante, die sich sowohl physisch als auch geistig durchzusetzen scheint. Wenn Sie Familienporträts studieren, könnte das allein schon genügen, Sie zu einem Anhänger der Wiedergeburt zu machen. Der Mann ist ein Baskerville – das ist offensichtlich.«

»Mit Absichten hinsichtlich der Erbfolge.«

»Genau. Der zufällige Anblick dieses Bildes hat uns eines der wesentlichen fehlenden Verbindungsstücke geliefert. Wir haben ihn, Watson, wir haben ihn, – und ich wage darauf zu schwören, dass er noch vor morgen Nacht so hilflos wie einer seiner Schmetterlinge in unserem Netz zappeln wird. Eine Nadel, ein Korken, ein Schild, und wir fügen ihn unsere Baker-Street-Sammlung hinzu!«

Er brach in einen seiner seltenen Lachanfälle aus und kehrte sich von dem Bild ab. Nicht oft habe ich ihn lachen hören, und jedes Mal bedeutete es Böses für jemanden.

Obwohl ich am nächsten Morgen zeitig aufstand, war Holmes doch noch früher auf den Beinen, denn als ich mich ankleidete, sah ich ihn die Einfahrt heraufkommen.

»Ja, wir werden heute wohl einen ausgefüllten Tag haben«, meinte er und rieb seine Hände voller Tatendrang. »Alle Netze sind aufgespannt, die Jagd kann beginnen. Noch bevor der Tag vorüber ist, werden wir wissen, ob wir unseren fetten Hecht gefangen haben oder ob er uns durch die Maschen gegangen ist.«

»Sind Sie schon auf dem Moor gewesen?«

»Ich habe von Grimpen aus einen Bericht nach Princetown über den Tod von Selden geschickt. Ich glaube versprechen zu können, dass niemand von Ihnen in dieser Sache Ärger bekommen wird. Außerdem habe ich mich mit meinem treuen Cartwright in Verbindung gesetzt, der sonst wahrscheinlich auf der Schwelle meiner Hütte ausgeharrt hätte wie ein Hund auf dem Grab seines Herrn, wenn ich ihn nicht über meine augenblickliche Situation beruhigt hätte.«

»Was ist der nächste Zug?«

»Sir Henry aufsuchen. Ah, da ist er!«

»Guten Morgen, Holmes«, sagte der Baronet. »Sie sehen aus wie ein General, der mit seinem Stabschef die Schlacht vorbereitet.«

»Dies entspricht genau der Situation. Watson fragte gerade nach meinen Befehlen.«

»Das tue ich auch.«

»Sehr gut. Soweit ich informiert bin, sind Sie für heute Abend zum Essen mit den Stapletons verabredet.«

»Ich hoffe, Sie leisten uns Gesellschaft. Es sind sehr gastfreundliche Menschen und ich bin sicher, sie würden sich über Ihren Besuch sehr freuen.«

»Ich fürchte, Watson und ich müssen nach London fahren.«

»Nach London?«

»Ja, meiner Ansicht nach sind wir beim augenblicklichen Stand der Dinge dort mehr von Nutzen.«

Das Gesicht des Baronet wurde spürbar länger.

»Ich hoffte, Sie würden mir in dieser Angelegenheit beistehen. Baskerville Hall und das Moor sind keine sonderlich amüsanten Orte, wenn man allein ist.«

»Mein lieber Sir Henry, Sie müssen mir vorbehaltlos vertrauen und aufs Genauste tun, was ich Ihnen sage. Richten Sie ihren Freunden aus, dass wir ihrer Einladung mit Vergnügen gefolgt wären, doch dringende Angelegenheiten erforderten unsere Anwesenheit in der Stadt. Wir hoffen, baldmöglichst nach Devonshire zurückkehren zu können. Werden Sie daran denken, diese Nachricht zu übermitteln?«

»Wenn Sie darauf bestehen.«

»Ich versichere Ihnen, es gibt keine Alternative.«

Der umwölkten Stirn des Baronets war deutlich anzusehen, dass er uns für Deserteure hielt und tief verletzt war.

»Wann wünschen Sie abzureisen?«, fragte er kühl.

»Unmittelbar nach dem Frühstück. Wir werden nach Coombe Tracey fahren, aber Watson wird seine Sachen hier lassen als Pfand für seine Rückkehr. Watson, Sie werden Stapleton eine Nachricht senden, dass Sie es sehr bedauern, nicht kommen zu können.«

»Ich hätte größte Lust, mit Ihnen nach London zu fahren«, sagte der Baronet. »Warum soll ich hier allein bleiben?«

»Weil es Ihre Pflicht ist, auf dem Posten zu bleiben. Weil Sie mir Ihr Wort gaben, Sie würden tun, was ich Ihnen sagte. Und ich sage Ihnen, Sie müssen hier bleiben.«

»Also gut, ich bleibe.«

»Und noch eine wichtige Anweisung: Ich wünsche, dass Sie mit der Kutsche nach Merripit House fahren, diese dann aber nach Baskerville Hall zurückschicken mit der Bemerkung, dass Sie beabsichtigen, zu Fuß zurückzukehren.«
»Zu Fuß über das Moor zu laufen?«
»Ja.«
»Aber gerade davor haben Sie mich so oft gewarnt!«
»Dieses Mal können Sie es gefahrlos tun. Hätte ich nicht so viel Vertrauen in Ihre Nervenstärke und Ihren Mut, würde ich es nicht vorschlagen; aber es kommt alles darauf an, dass Sie zu Fuß übers Moor gehen.«
»Dann will ich es tun!«
»Und wenn Ihnen Ihr Leben lieb ist, so gehen Sie nicht in beliebiger Richtung durch das Moor, sondern nehmen ausschließlich den direkten Weg, der von Merripit House zur Grimpen Road führt und Ihr natürlicher Heimweg ist.«
»Ich werde genau das tun, was Sie sagen.«
»Sehr gut. Es wäre mir lieb, wir würden so früh wie möglich nach dem Frühstück aufbrechen, damit wir London am Nachmittag erreichen.«
Ich war recht erstaunt über Holmes' Pläne, doch erinnerte ich mich, dass er Stapleton gegenüber in der Nacht zuvor erwähnt hatte, sein Besuch hier würde am folgenden Tag enden. Ich war jedoch bislang nicht auf den Gedanken gekommen, dass ich mit ihm fahren sollte, noch konnte ich verstehen, warum keiner von uns beiden dableiben sollte in einem Augenblick, den er selbst als äußerst kritisch bezeichnet hatte. Es blieb mir jedoch nichts anderes übrig, als vorbehaltlos zu gehorchen. Wir verabschiedeten uns daher von unserem untröstlichen Freund, und einige Stunden später befanden wir uns am Bahnhof von Coombe Tracey, nachdem wir den Wagen heimgeschickt hatten. Ein kleiner Junge erwartete uns auf dem Bahnsteig.
»Irgendwelche Aufträge, Sir?«
»Nimm diesen Zug nach London, Cartwright. Sobald du

angekommen bist, schickst du ein Kabel an Sir Henry Baskerville unter meinem Namen und bittest ihn, falls er das Notizbuch findet, das ich vergessen habe, möge er es per Einschreiben in die Baker Street schicken.«

»Jawohl, Sir.«

»Und frage in der Bahnhofspost, ob eine Nachricht für mich eingetroffen ist.«

Der Junge kam mit einem Telegramm zurück, das Holmes mir weiterreichte. Es lautete: »Kabel erhalten. Komme mit Blanko-Haftbefehl. Ankunft fünf Uhr vierzig. Lestrade.«

»Eine Antwort auf mein Telegramm von heute Morgen. Ich halte ihn für den besten Berufspolizisten und wir brauchen vielleicht seine Unterstützung. Nun, Watson, meiner Ansicht nach können wir unsere Zeit kaum besser verbringen, als unsere Freundin Laura Lyons zu besuchen.«

Langsam wurde mir sein Schlachtplan klar. Mit Hilfe des Baronets wollte er die Stapletons davon überzeugen, dass wir wirklich abgereist waren, während wir in Wirklichkeit zur rechten Zeit, wenn er uns brauchte, zurückkehren würden. Falls Sir Henry das Telegramm aus London den Stapletons gegenüber erwähnte, würde dies ihre letzten Zweifel zerstreuen. Schon schienen sich die Netze enger um unseren Fang zu ziehen.

Mrs. Laura Lyons befand sich in ihrem Büro, und Sherlock Holmes begann die Unterhaltung mit einer Offenheit und Direktheit, die sie erstaunte.

»Ich untersuche die Umstände, die zum Tode des seligen Sir Charles Baskerville führten«, sagte er. »Mein Freund Dr. Watson hat mich darüber informiert, was Sie ihm mitgeteilt haben, und ebenso, was Sie in dieser Angelegenheit verschwiegen haben.«

»Was soll ich verschwiegen haben?«, fragte sie herausfordernd.

»Sie haben zugegeben, dass Sie Sir Charles darum baten, um zehn Uhr am Tor zu sein. Wir wissen, dass dies Ort und

Zeit seines Todes waren. Sie haben jedoch verschwiegen, welcher Zusammenhang zwischen diesen Ereignissen besteht.«

»Es gibt keinen Zusammenhang.«

»In diesem Fall muss es sich um einen außerordentlichen Zufall handeln. Doch meiner Ansicht nach wird es uns gelingen, einen Zusammenhang herzustellen. Ich möchte ganz offen mit Ihnen sein, Mrs. Lyons. Wir betrachten diesen Fall als Mord, und die Beweise belasten nicht nur Ihren Freund Mr. Stapleton, sondern ebenso seine Frau.«

Die Dame sprang aus dem Stuhl auf. »Seine Frau?«, rief sie.

»Diese Tatsache ist längst kein Geheimnis mehr. Die Person, die sich als seine Schwester ausgibt, ist in Wirklichkeit seine Ehefrau.«

Mrs. Lyons hatte sich wieder hingesetzt. Ihre Hände umklammerten die Armlehnen ihres Stuhls so heftig, dass ihre rosafarbenen Fingernägel weiß geworden waren. »Seine Frau!«, sagte sie wieder. »Seine Frau! Er ist kein verheirateter Mann!«

Sherlock Holmes zuckte die Achseln.

»Beweisen Sie mir das! Beweisen Sie es mir! Und wenn Sie dazu in der Lage sind ...« Das wütende Funkeln in ihren Augen sagte mehr als alle Worte.

»Darauf war ich vorbereitet«, entgegnete Holmes und zog einige Papiere aus seiner Tasche. »Hier ist eine Fotografie des Paares, die vor vier Jahren in York aufgenommen wurde. Auf der Rückseite steht ›Mr. und Mrs. Vandeleur‹, aber Sie werden ihn ohne Mühe erkennen und seine Frau ebenfalls, wenn Sie sie vom Sehen her kennen. Dies hier sind drei Beschreibungen glaubwürdiger Zeugen von Mr. und Mrs. Vandeleur, die zu jener Zeit die Privatschule St. Oliver führten. Lesen Sie sie und sagen Sie mir dann, ob Sie noch an der Identität dieser Leute zweifeln.«

Sie warf einen Blick darauf und schaute uns dann mit

dem entschlossenen, starren Gesicht einer zu allem fähigen Frau an.

»Mr. Holmes, dieser Mann hat mich gebeten, ihn zu heiraten, sobald ich von meinem Ehemann geschieden bin. Dieser Schurke hat mich auf jede nur denkbare Weise betrogen. Niemals hat er auch nur ein wahres Wort zu mir gesprochen. Und warum – warum? Ich war der Ansicht, er habe alles um meinetwillen getan, doch jetzt erkenne ich, dass ich nur ein Werkzeug in seinen Händen gewesen bin. Warum sollte ich ihm gegenüber loyal bleiben, da er doch nie loyal zu mir war? Warum sollte ich ihn vor den Konsequenzen seiner Untaten schützen? Fragen Sie, was immer Sie wollen, ich werde nichts verschweigen. Eines aber schwöre ich Ihnen: Als ich den Brief geschrieben habe, hatte ich keinen Moment die Absicht, dem alten Herrn, der mein gütigster Freund war, Schaden zuzufügen.«

»Davon bin ich absolut überzeugt«, antwortete Holmes. »Der Bericht über die Ereignisse muss für Sie sehr schmerzhaft gewesen sein. Vielleicht ist es leichter für Sie, wenn ich Ihnen erzähle, was geschehen ist, und Sie können mich korrigieren, wenn mir ein gravierender Irrtum unterläuft. Sie haben diesen Brief im Auftrag von Stapleton geschrieben?«

»Er hat ihn mir diktiert.«

»Ich vermute, als Grund hat er angegeben, Sie würden so von Sir Charles finanzielle Unterstützung für Ihre Scheidung erhalten.«

»Genau.«

»Dann, nachdem Sie den Brief abgeschickt hatten, riet er Ihnen davon ab, die Verabredung einzuhalten.«

»Er sagte mir, es würde seine Selbstachtung verletzen, wenn ein anderer Mann mir zu diesem Zweck Geld geben würde, und obwohl er selbst arm sei, würde er seinen letzten Penny hergeben, um die Hindernisse zwischen uns aus dem Weg zu räumen.«

»Er scheint einen konsequenten Charakter zu besitzen.

Danach haben Sie nichts mehr über die Sache gehört, bis Sie den Bericht über Sir Charles' Tod in der Zeitung lasen?«

»So war es.«

»Und er ließ Sie schwören, nichts über Ihre Verabredung mit Sir Charles zu verraten.«

»Jawohl. Er sagte, dass sein Tod ein sehr geheimnisvoller sei und ich in Verdacht geriete, wenn die Tatsachen ans Licht kämen. Er hat mich so eingeschüchtert, dass ich schwieg.«

»Das ahnte ich. Aber Sie hatten einen Verdacht?«

Sie zögerte und schaute nach unten. »Ich kannte ihn«, sagte sie. »Aber wäre er mir treu geblieben, hätte ich ihm ebenfalls Treue gewahrt.«

»Meiner Meinung nach sind Sie glücklich aus der Sache herausgekommen«, sagte Holmes. »Sie hatten ihn in der Hand, er wusste es, und doch leben Sie noch. Einige Monate lang wandelten Sie einen gefährlichen Abgrund entlang. Wir müssen uns nun verabschieden, Mrs. Lyons, aber Sie werden mit Sicherheit in Kürze wieder von uns hören.«

»Unser Fall rundet sich langsam ab und Rätsel auf Rätsel löst sich vor unseren Augen auf«, meinte Holmes, als wir auf den Expresszug aus London warteten. »Bald werde ich in der Lage sein, eines der einzigartigsten und sensationellsten Verbrechen der heutigen Zeit zusammenhängend zu erläutern. Studenten der Kriminalistik werden sich an vergleichbare Ereignisse aus Grodno im Jahr 1866 oder natürlich auch an die Anderson-Morde in North Carolina erinnern, doch dieser Fall besitzt einige Charakteristika, die völlig einzigartig sind. Noch nicht einmal jetzt haben wir einen beweisbaren Fall gegen diesen gerissenen Mann in der Hand. Doch ich wäre sehr überrascht, wenn uns dies nicht gelingen würde, bevor wir heute Nacht zu Bett gehen.«

Der Eilzug aus London fuhr kreischend in den Bahnhof ein und ein kleiner, bulldoggenartiger Mann sprang aus einem Erster- Klasse-Abteil. Wir schüttelten uns die Hände,

und an der ehrfürchtigen Art, wie Lestrade meinen Gefährten ansah, erkannte ich sofort, dass er einiges gelernt hatte seit jenen Tagen, da sie das erste Mal zusammengearbeitet hatten. Ich erinnerte mich gut an den Spott, den der Mann der Tat über die Theorien meines zum Nachdenken neigenden Freundes gegossen hatte.
»Gute Neuigkeiten?«, fragte er.
»Das größte Ding seit Jahren«, sagte Holmes. »Wir haben zwei Stunden Zeit, bevor es losgeht. Wir könnten sie dazu nutzen, etwas zu essen, und dann, Lestrade, werden wir den Londoner Nebel aus ihrer Kehle vertreiben, indem Sie die reine Nachtluft von Dartmoor einatmen. Noch nie dort gewesen? Ah, gut, ich glaube nicht, dass Sie Ihren ersten Besuch je vergessen werden.«

14. Der Hund der Baskervilles

Zu Sherlock Holmes' Fehlern – vorausgesetzt, dass es überhaupt ein Fehler genannt werden kann – gehörte es, dass er eine große Abneigung dagegen hatte, von seinen Plänen etwas mitzuteilen, bevor der Augenblick der Ausführung dazu da war. Zum Teil beruhte dies unzweifelhaft auf der Überlegenheit seiner Natur: er liebte es, sich als Herrn und Meister zu zeigen und seine Umgebung zu überraschen. Zum anderen Teil aber lag es in seiner beruflichen Vorsicht begründet, kein unnötiges Risiko einzugehen.

Im Ergebnis war dies jedoch häufig anstrengend für seine Mitarbeiter und Helfer. Oft genug hatte ich darunter gelitten, doch niemals so sehr wie während dieser langen Fahrt durch die Dunkelheit.

Die große Prüfung lag vor uns, endlich sollte der letzte Akt über die Bühne gehen, doch Holmes hatte noch nichts über seine Pläne verlauten lassen, und ich konnte nur raten, was er vorhatte.

Ich fing vor Aufregung an zu zittern, als der kalte Wind auf unseren Gesichtern und der dunkle, öde Raum zu beiden Seiten der engen Straße mir zeigten, dass wir uns wieder auf dem Moor befanden. Jeder Hufschlag der Pferde und jede Umdrehung der Wagenräder brachten uns unserem spannenden Abenteuer näher.

Unsere Unterhaltung wurde durch die Anwesenheit des Fahrers der Mietdroschke beeinträchtigt, so dass wir gezwungen waren, über nebensächliche Dinge zu sprechen, während unsere Nerven vor Erwartung gespannt waren. Nach dieser unnatürlichen Zurückhaltung war es für mich eine Erleichterung, als wir schließlich an Franklands Haus vorbeifuhren und wussten, dass wir nunmehr ganz nahe an Baskerville Hall und dem Ort des Geschehens waren. Wir ließen uns nicht vor die Tür fahren, sondern hielten nahe dem Tor zur Auffahrt.

Der Wagen wurde bezahlt und nach Coombe Tracey zurückgeschickt, bevor wir uns zu Fuß in Richtung auf Merripit House aufmachten.

»Sind Sie bewaffnet, Lestrade?«

Der kleine Polizist lächelte.

»Solange ich meine Hosen anhabe, habe ich eine Hüfttasche, und solange ich meine Hüfttasche habe, befindet sich auch etwas darin.«

»Gut! Mein Freund und ich sind ebenfalls auf Notfälle vorbereitet.«

»Sie sind in dieser Angelegenheit ja reichlich verschlossen, Mr. Holmes. Was für ein Spiel wird denn gespielt?«

»Ein Geduldsspiel.«

»Meine Güte, das scheint wirklich kein sonderlich fröhlicher Ort zu sein«, sagte Lestrade schaudernd, während er über die düsteren Hänge des Hügels und die große Dunstwolke blickte, die über dem Grimpener Moor lag. »Ich sehe Lichter eines Hauses vor uns.«

»Das ist Merripit House und das Ziel unserer Reise. Ich

muss Sie darum ersuchen, auf Zehenspitzen zu laufen und nur noch zu flüstern.«

Vorsichtig gingen wir den Weg entlang, als wollten wir auf das Haus zugehen, doch Holmes stoppte uns, als wir nur noch etwa 200 Meter entfernt waren.

»Das dürfte reichen«, sagte er. »Diese Felsen hier rechts werden uns vortrefflich Schutz bieten.«

»Wir sollen hier warten?«

»Ja, das wird unser kleiner Hinterhalt. Schlüpfen Sie in diese Höhle, Lestrade. Sind Sie nicht schon im Haus gewesen, Watson? Dann können Sie uns die Lage der Räume erläutern. Wozu gehören die vergitterten Fenster an diesem Ende?«

»Ich glaube, das sind die Küchenfenster.«

»Und das hell erleuchtete Fenster dort drüben?«

»Das ist ganz bestimmt das Esszimmer.«

»Die Vorhänge sind zurückgezogen. Sie kennen sich hier am besten aus. Schleichen Sie lautlos nach vorne und sehen Sie nach, was drinnen geschieht, aber sie dürfen um Himmels Willen nicht merken, dass sie beobachtet werden!«

Auf Zehenspitzen schlich ich den Pfad entlang und duckte mich hinter der niedrigen Mauer, die den verwahrlosten Obstgarten umgab. Solchermaßen in Deckung befindlich kroch ich zu einer Stelle, von welcher aus ich direkt in das vorhanglose Fenster hineinsehen konnte.

Es befanden sich nur zwei Männer im Zimmer, Sir Henry und Stapleton. Sie saßen jeder an einer Seite des runden Tisches, das Profil mir zugewandt. Beide rauchten Zigarren und hatten Kaffee und Wein vor sich stehen. Stapleton redete sehr lebhaft, aber der Baronet sah bleich und zerstreut aus. Wahrscheinlich lastete der Gedanke an den bevorstehenden Gang über das einsame, übelberufene Moor schwer auf seiner Seele.

Während ich sie so beobachtete, stand Stapleton auf und verließ das Zimmer; Sir Henry schenkte sich Wein nach und lehnte sich in seinen Stuhl zurück, wobei er an seiner Zigarre zog. Ich hörte eine Tür knarren und das knirschende Geräusch von Schuhen auf Kies. Die Schritte gingen den Pfad auf der anderen Seite der Mauer, hinter der ich kauerte, entlang. Ich schaute über die Mauer und sah den Naturforscher an der Tür eines Häuschens in einer Ecke des Gartens stehen. Ein Schlüssel drehte sich im Schloss, und nachdem er hineingegangen war, ertönte von drinnen ein seltsames Geräusch wie von einer Rauferei. Er hielt sich höchstens ein oder zwei Minuten dort auf, dann hörte ich den Schlüssel sich erneut im Schloss drehen. Wieder lief Stapleton an mir vorbei, kehrte in das Haus zurück und setzte sich zu seinem Gast. Ich kroch leise dorthin zurück, wo meine Gefährten darauf warteten, was ich zu erzählen hatte.

»Und Sie sagen, die Dame saß nicht bei ihnen?«, fragte Holmes, als ich meinen Bericht beendet hatte.

»So ist es.«

»Wo kann sie dann sein, da doch nirgends sonst Licht brennt außer in der Küche?«

»Ich habe keine Ahnung.«

Wie ich bereits erwähnte, lag über dem großen Grimpener Moor ein dichter, weißer Nebel. Langsam trieb er auf uns zu und baute sich wie eine zwar niedrige, aber dicke und undurchdringliche Wand vor uns auf. Der Mond schien auf sie herab und ließ sie wie eine große, glänzende Eisfläche aussehen, aus welcher die Spitzen der Felstürme in der Ferne wie Klippen herausragten.

Holmes drehte sich nach ihr um und murmelte ungeduldig etwas vor sich hin, ihre langsame Bewegung ständig beobachtend.

»Sie kommt auf uns zu, Watson.«

»Ist das schlimm?«

»Sogar sehr schlimm – so ziemlich das einzige, das meine Pläne durcheinander bringen könnte. Sir Henry kann jetzt nicht mehr lange bleiben, es ist schon zehn Uhr. Unser Erfolg und sogar sein Leben könnten davon abhängen, ob er herauskommt, bevor sich diese Nebelwand über den Weg geschoben hat.«

Über uns war die Nacht klar und schön. Kalt und hell strahlten die Sterne, während der Halbmond die ganze Landschaft in ein sanftes, unstetes Licht tauchte. Vor uns lag die dunkle Masse des Hauses, dessen gezacktes Dach und hohen Kamine sich scharf gegen den silbrig schimmernden Himmel abhoben. Aus den unteren Fenstern ergossen sich breite Streifen goldenen Lichts über den Garten und das Moor. Plötzlich erlosch einer von ihnen. Die Dienstboten hatten die Küche verlassen. Nun blieb nur noch die Lampe aus dem Esszimmer übrig, wo die beiden Männer, der mörderische Gastgeber und sein ahnungsloser Gast, immer noch bei ihren Zigarren plauschten.

Jede Minute schob sich diese weiße, wattige Fläche, die schon eine Hälfte des Moors bedeckte, näher und näher an das Haus heran. Die ersten feinen Ausläufer wehten bereits durch das goldene Rechteck des beleuchteten Fensters, man konnte kaum noch die jenseitige Mauer des Gartens erkennen, vor der die Bäume aus einem Wirbel weißen Dunstes herausragten. Während wir hinsahen, krochen schon Nebelschwaden um beide Ecken des Hauses und fügten sich langsam zu einer dichten Bank zusammen, auf welcher der obere Stock und das Dach wie ein seltsames Schiff auf nächtlicher See zu schweben schienen. Holmes schlug leidenschaftlich mit der Hand auf den Felsen vor uns und stampfte ungeduldig mit dem Fuß auf.

»Wenn er nicht in einer Viertelstunde draußen ist, wird der Pfad vom Nebel bedeckt sein. In einer halben Stunde werden wir unsere Hand nicht mehr vor Augen sehen können.«

»Sollen wir uns nicht ein Stück Weges auf höher liegendes Land zurückziehen?«

»Ja, das wird wohl das Beste sein.«

Im selben Maße, wie die Nebelbank vorankroch, wichen wir vor ihr zurück, bis wir ein paar hundert Meter vom Haus entfernt waren, doch noch immer wälzte sich dieses dichte weiße Meer, deren Oberfläche vom Mond silbern beschienen wurde, langsam und unerbittlich vor.

»Wir sind zu weit weg«, sagte Holmes. »Wir dürfen nicht das Risiko eingehen, dass er eingeholt wird, bevor er uns erreicht hat. Unter allen Umständen müssen wir ausharren, wo wir uns befinden.«

Er kniete sich hin und legte sein Ohr auf den Boden. »Gott sei Dank, ich höre ihn kommen.«

Das Geräusch schneller Schritte durchbrach die Stille des Moores. Zwischen den Felsen kauernd starrten wir angestrengt auf die Nebelwand vor uns mit ihrer silbernen Oberfläche. Die Schritte wurden lauter, und durch den Nebel, wie durch einen Vorhang, tauchte der Mann auf, den wir erwartet hatten. Überrascht schaute er sich um, als er in die klare, sternenbeschienene Nacht hinaustrat. Dann schritt er rasch den Weg entlang, lief an unserem Versteck vorüber und stieg den langen Hang hinter uns empor, dabei drehte er sich die ganze Zeit um wie jemand, der sich nicht wohl fühlt.

»Pst!«, rief Holmes, und ich hörte das scharfe Klicken einer Pistole, die entsichert wurde. »Vorsicht! Er kommt!«

Von irgendwoher aus dem Innersten dieser wallenden Nebelbank kam ein dünnes, kratzendes, regelmäßiges Getrappel.

Die Wolke hing etwa fünfzig Meter vor uns, und wir starrten sie alle drei an in der unsicheren Erwartung, was für ein Schrecken wohl aus ihr hervorbrechen würde. Ich lag dicht neben Holmes und schaute ihm einen Moment lang ins Gesicht. Es war bleich und triumphierend, seine Augen leuchteten im Mondlicht. Doch plötzlich erstarrte sein Blick und seine Lippen öffneten sich verwundert. Im selben Moment stieß Lestrade einen Schreckensschrei aus und warf sich mit dem Gesicht nach unten auf den Boden.

Ich sprang auf, meine Hand griff nach der Pistole, doch mein Geist war wie gelähmt durch das schreckliche Geschöpf, das vor uns aus den Schatten des Nebels hervorgesprungen kam. Es war ein Hund, ein riesiger, pechschwarzer Hund, doch kein Hund, wie ihn sterbliche Augen jemals gesehen haben. Feuer schoss aus seinem offenen Rachen, aus den Augen glühte schwelende Glut, Lefzen und Nacken waren von hellen Flammen umlodert. Kein wahnsinniger Traum eines irren Hirns konnte ein wilderes, entsetzlicheres, höllischeres Ungeheuer erzeugen als diese nachtschwarze Schöpfung mit teuflischer Fratze, die uns aus der Nebelwand entgegenstürzte.

Mit langen Sätzen schoss das enorme schwarze Ungeheuer den Weg entlang, unserem Freund dicht auf den Fersen. Wir waren dermaßen gelähmt durch die Erscheinung, dass er an uns vorüber war, bevor wir uns wieder gefasst hatten. Dann feuerten Holmes und ich gleichzeitig, und ein schreckliches Heulen der Kreatur bewies uns, dass wenigstens einer getroffen hatte. Doch blieb sie nicht stehen, sondern hetzte weiter.

Weiter vorn auf dem Weg sahen wir, wie Sir Henry sich umdrehte, das Gesicht im Mondlicht kreidebleich, seine Hände voller Entsetzen in die Höhe gestreckt, starrte er hilflos auf das entsetzliche Untier, das auf ihn zuschoss.

Doch der Schmerzensschrei des Hundes hatte all unsere Ängste vertrieben. Wenn er verwundbar war, so war er sterblich, und wenn wir ihn verwunden konnten, so konnten wir ihn auch töten. Niemals habe ich jemanden so rennen sehen, wie Holmes in jener Nacht gerannt ist. Ich bin sicherlich gut zu Fuß, aber er hängte mich ebenso ab, wie ich den kleinen Lestrade abhängte. Während wir den Weg entlangstürzten, hörten wir vor uns Schrei auf Schrei von Sir Henry und das tiefe Knurren des Hundes. Ich erreichte sie gerade, als die Bestie ihr Opfer ansprang, es zu Boden warf und nach seiner Kehle schnappte. Doch im nächsten Augenblick hatte Holmes schon fünf Kugeln seines Revolvers in die Flanke des Untiers gejagt. Mit einem letzten Aufheulen, im Todeskampf bösartig um sich beißend, rollte der Hund auf den Rücken, schlug mit allen Vieren um sich und fiel dann reglos auf die Flanke. Keuchend beugte ich mich zu ihm hinunter und drückte die Pistole gegen seinen furchtbaren, rotglühenden Kopf, doch war es sinnlos abzudrücken. Der riesige Hund war tot.

Sir Henry lag bewusstlos an der Stelle, wo er gestürzt war.

Wir rissen seinen Kragen auf, und Holmes entfuhr ein Stoßgebet der Dankbarkeit, als er sah, dass kein Anzeichen einer Verletzung zu erkennen und die Hilfe rechtzeitig gekommen war. Schon vibrierten die Augenlider unseres Freundes und er machte einen schwachen Versuch aufzustehen. Lestrade schob seine Brandyflasche zwischen die Lippen des Baronets, der uns mit vor Entsetzen geweiteten Augen anstarrte.

»Mein Gott«, flüsterte er, »Was war das? Was um alles in der Welt war das?«

»Was immer es war, jetzt ist es tot«, sagte Holmes. »Wir haben das Familiengespenst ein für allemal zur Strecke gebracht.«

Von seiner bloßen Größe und Stärke her war es ein schreckliches Geschöpf, das vor uns ausgestreckt lag. Es war kein reinrassiger Bluthund und keine reinrassige Dogge, sondern schien eine Mischung beider zu sein – hager, wild und so groß wie eine kleine Löwin. Selbst jetzt, da es in der Reglosigkeit des Todes vor uns lag, schien eine bläuliche Flamme von seinen Lefzen zu tropfen und die kleinen, tief liegenden, grausamen Augen waren von Feuer umgeben. Ich legte meine Hand auf das glimmende Maul, und als ich sie in die Höhe hob, glühten und leuchteten meine eigenen Finger in der Dunkelheit.

»Phosphor«, sagte ich.

»Und schlau zubereitet«, sagte Holmes, der das tote Tier beschnüffelte. »Es hat keinen Geruch, der sein Witterungsvermögen irritieren könnte. Wir müssen uns zutiefst bei Ihnen entschuldigen, Sir Henry, dass wir Sie diesem Schrecken ausgesetzt haben. Auf einen Hund war ich vorbereitet, doch nicht auf ein Untier wie dieses. Und wegen des Nebels hatten wir kaum Zeit, ihm entgegenzutreten.«

»Sie haben mein Leben gerettet.«

»Nachdem wir es erst in Gefahr gebracht haben. Sind Sie kräftig genug aufzustehen?«

»Geben Sie mir noch einen Schluck von diesem Brandy, dann werde ich zu allem bereit sein. So, wenn Sie mir jetzt aufhelfen würden. Was gedenken Sie nun zu unternehmen?«

»Sie hierzulassen. Sie sind nicht imstande, in dieser Nacht noch mehr Abenteuer durchzumachen. Wenn Sie auf unsere Rückkunft warten wollen, kann einer von uns Sie nach dem Schloss bringen.«

Er versuchte sich aufzurichten, doch war er immer noch kreidebleich und zitterte an allen Gliedern. Wir halfen ihm zu einem Felsblock, wo er sich zitternd hinsetzte und sein Gesicht in den Händen vergrub.

»Wir lassen Sie jetzt allein«, sagte Holmes. »Der Rest unserer Arbeit muss getan werden und jeder Augenblick ist kostbar. Wir haben nunmehr unseren Fall, jetzt brauchen wir nur noch den Täter.«

»Ich wette tausend zu eins, dass wir ihn nicht zu Hause finden werden«, fuhr er fort, als wir rasch unsere Schritte den Weg zurück lenkten. »Die Schüsse dürften ihm verraten haben, dass sein Spiel aus ist.«

»Wir waren ein ganzes Stück entfernt und der Nebel könnte sie gedämpft haben.«

»Er folgte dem Hund, um ihn zurückrufen zu können, da können Sie sicher sein. Nein, nein, er ist inzwischen fort!

Doch wir werden das Haus durchsuchen, um sicherzugehen.«

Die Haustür stand offen, also stürzten wir hinein und eilten von Zimmer zu Zimmer zur Verwunderung eines schlotternden alten Dieners, der uns im Flur entgegen kam. Abgesehen vom Esszimmer brannte nirgends Licht, doch Holmes hatte sich eine Lampe geschnappt und ließ keinen Winkel des Hauses unerforscht. Nicht das geringste Anzeichen des Mannes, den wir suchten, war zu finden. Im oberen Stock war jedoch eines der Schlafzimmer abgeschlossen.

»Da ist jemand drinnen«, rief Lestrade. »Ich kann ein Geräusch hören. Öffnen Sie die Tür!«

Ein unterdrücktes Stöhnen und Röcheln war zu hören. Holmes trat mit der flachen Seite seines Fußes direkt oberhalb des Schlosses gegen die Tür und sie flog auf. Mit den Pistolen in der Hand stürmten wir in das Zimmer.

Doch von dem verzweifelten und trotzigen Schurken, den wir zu finden erwartet hatten, war keine Spur zu sehen. Statt dessen bot sich uns ein so seltsamer und unerwarteter Anblick, dass wir einen Moment starr vor Erstaunen stehen blieben.

Das Zimmer war zu einem kleinen Museum umgestaltet worden und an den Wänden standen Reihen von Kästen mit Glasdeckeln, in welchen sich die Sammlung von Schmetterlingen und Faltern befand, die das Hobby dieses komplizierten und gefährlichen Mannes waren. In der Mitte des Raums stand ein Pfeiler, der dort nachträglich eingebaut worden war, um die alte, wurmzerfressene Holzdecke zu stützen. An diesen Pfeiler war eine Gestalt angebunden, die so sehr in Stofftücher eingehüllt war, dass wir zunächst nicht sagen konnten, ob es sich um eine Frau oder einen Mann handelte. Ein Handtuch war um ihren Hals geschlungen und an der Rückseite des Pfostens befestigt, ein anderes bedeckte die untere Hälfte des Gesichts, über welcher uns zwei dunkle Augen voller Kummer, Scham und mit einem fragendem Ausdruck anstarrten. Im Handumdrehen hatten wir den Knebel entfernt sowie die Fesseln gelöst, und Mrs. Stapleton sank vor uns auf den Fußboden. Als ihr schöner Kopf auf ihre Brust fiel, sah ich den deutlichen roten Striemen eines Peitschenhiebes auf ihrem Nacken.

»Der Schuft!«, rief Holmes. »Hier, Lestrade, Ihre Brandyflasche! Setzen Sie sie auf den Stuhl. Sie ist von den Misshandlungen und vor Erschöpfung ohnmächtig geworden.«

Sie öffnete ihr Augen. »Ist er in Sicherheit?«, fragte sie. »Ist er entkommen?«

»Er kann uns nicht entkommen, Madam.«

»Nein, nein, ich meine nicht meinen Ehemann. Sir Henry? Ist er in Sicherheit?«

»Ja.«

»Und der Hund?«

»Der Hund ist tot.«

Sie stieß einen tiefen Seufzer der Erleichterung aus.

»Gott sei Dank! Gott sei Dank! Dieser Schuft! Sehen Sie, wie er mich behandelt hat!« Sie schob ihre Ärmel hoch und wir sahen mit Entsetzen, dass ihre Arme über und über mit Striemen bedeckt waren.

»Aber das war gar nichts! Es sind mein Herz und meine Seele, die er gequält und geschändet hat. Solange ich Hoffnung hatte, dass er mich liebte, konnte ich alles ertragen, Misshandlungen, Einsamkeit, ein Leben voller Enttäuschung, aber jetzt ist mir klar geworden, dass er mich als Werkzeug benutzt hat.« Während sie sprach, brach sie in fürchterliches Schluchzen aus.

»So schulden Sie ihm nichts«, sagte Holmes. »Sagen Sie uns dann, wo wir ihn finden können. Haben Sie ihm je bei seinen Untaten geholfen, so helfen Sie jetzt uns und büßen Sie dadurch.«

»Es gibt nur einen Ort, an den er geflüchtet sein kann«, antwortete sie. »Es gibt eine alte Zinnmine auf einer Insel inmitten des Moors. Dort hat er seinen Hund versteckt und auch eine Zuflucht vorbereitet. Bestimmt ist er dorthin geflohen.«

Die Nebelbank lag wie weiße Wolle vor dem Fenster. Holmes beschien sie mit der Lampe.

»Sehen Sie«, sagte er. »Niemand kann in dieser Nacht den richtigen Weg durch das Grimpener Moor finden.«

Sie lachte und schlug die Hände zusammen. Ihre Augen und Zähne blitzten vor grimmiger Freude.

»Er mag den Weg hinein finden, aber niemals wieder heraus«, rief sie. »Wie kann er heute Nacht die Stecken finden, die ihn führen? Wir haben sie zusammen gepflanzt, er und ich, um den Weg durch das Moor zu markieren. Oh, hätte ich sie nur heute herausgerissen! Dann wäre er Ihnen rettungslos ausgeliefert!«

Es war offensichtlich, dass jede Verfolgung sinnlos war, bevor sich der Nebel verzogen hatte. So ließen wir Lestrade in Stapletons Haus zurück, während Holmes und ich mit dem Baronet nach Baskerville Hall zurückkehrten. Die Wahrheit über die Stapletons konnte ihm nicht länger verheimlicht werden, doch hielt er dem Schlag tapfer stand, als wir ihm über die Frau berichteten, die er geliebt hatte. Doch hatte der Schrecken der nächtlichen Abenteuer seine Nerven angegriffen, und bevor der Morgen graute, lag er mit hohem Fieber darnieder und Dr. Mortimer pflegte ihn. Die beiden mussten erst zusammen eine Weltreise unternehmen, damit Sir Henry wieder der gesunde und kräftige Mann wurde, der er gewesen war, bevor er der Herr dieses verwünschten Anwesens wurde.

Und nun will ich rasch zum Ende dieser ungewöhnlichen Erzählung kommen, in welcher ich mich bemüht habe, den Leser an all jenen düsteren Ängsten und vagen Befürchtungen teilhaben zu lassen, die unser Leben so lange verdunkelt haben und auf so tragische Weise endeten.

Am Morgen nach dem Tod des Hundes hatte sich der

Nebel gelichtet, und Mrs. Stapleton führte uns zu der Stelle, wo sie einen Weg durch das Moor markiert hatten. Es half uns, die Leiden im Leben dieser Frau zu verstehen, als wir den Eifer und die Freude sahen, mit welcher sie uns auf die Fährte ihres Mannes brachte. Wir ließen sie auf einer sicheren und soliden Halbinsel zurück, die in das sich um sie herum ausbreitende Moor hineinragte. Von dort aus zeigten uns hier und dort angepflanzte Stecken den Weg, der im Zickzack zwischen mit grünem Schaum bedeckten Tümpeln und übel riechenden Morastlöchern, die dem Fremden den Durchgang versperrten, entlang führte. Schlanke Gräser und üppige, schleimige Wasserpflanzen sonderten einen modrigen Geruch und schwere Ausdünstungen ab, während ein falscher Schritt uns mehr als einmal tief in dem dunklen, schmatzenden Moor versinken ließ, das viele Meter weit um unsere Füße herum vor sich hin waberte. Sein zäher Griff packte unsere Knöchel, während wir liefen, und wenn wir einsanken, schien es, als ob eine heimtückische Hand uns in diese widerwärtigen Tiefen ziehen wollte, so fest und hinterhältig griff der Sumpf nach uns. Nur einmal sahen wir eine Spur davon, dass jemand vor uns schon diesen gefährlichen Weg gegangen war. Inmitten eines Büschels Riedgrases, das aus dem Schleim aufragte, lag etwas Dunkles. Holmes versank bis zur Hüfte im Schlamm, als der den Pfad verließ, um es aufzuheben, und wären wir nicht bei ihm gewesen, um ihn herauszuziehen, er hätte wohl nie mehr seinen Fuß auf festen Grund gesetzt. Er hielt einen alten, schwarzen Schuh in die Luft. »Meyers, Toronto«, war auf die Innenseite des Leders gedruckt.

»Das war das Schlammbad wert«, sagte er. »Es ist der vermisste Schuh unseres Freundes Sir Henry.«

»Von Stapleton auf seiner Flucht dort weggeworfen.«

»So ist es. Er behielt ihn in seiner Hand, nachdem er ihn benutzt hatte, um den Hund auf die richtige Fährte zu bringen. Als er merkte, dass das Spiel aus war, floh er und hielt ihn dabei noch immer in der Hand. Erst an dieser Stelle warf er ihn fort. Wenigstens wissen wir, dass er sicher bis hierhin gekommen ist.«

Doch mehr als das sollten wir niemals erfahren, auch wenn wir eine Menge vermuteten. Es gab keine Möglichkeiten, Fußabdrücke im Moor zu finden, da der Schlamm sie umgehend wieder füllte, aber als wir schließlich wieder festeren Boden erreichten, suchten wir gründlich nach ihnen, doch fanden wir niemals nur das kleinste Anzeichen. Wenn der Boden uns die Wahrheit erzählte, hat Stapleton diese Zufluchtsinsel, die er durch den Nebel jener letzten Nacht ansteuerte, nie erreicht. Irgendwo inmitten des großen Grimpener Moores, versunken im fauligen Schleim des Morastes, der ihn nach unten gezogen hatte, liegt dieser eiskalte und grausame Mann für immer begraben.

Auf der vom Moor umschlossenen Insel, wo er seinen wilden Helfer verborgen hatte, fanden wir einige Spuren von ihm. Ein großes Steuerrad und ein halb verschütteter Schacht zeigten uns, wo sich die verlassene Mine befunden hatte. Daneben lagen die verfallenen Reste von Behausungen der Minenarbeiter, die zweifellos von den sie umgebenden fauligen Dünsten vertrieben worden waren. In einer von ihnen zeigten uns ein Ring mit Kette und eine Anzahl abgenagter Knochen, wo der Hund gehalten worden war. Zwischen den Abfällen lag ein Skelett, an welchem noch ein Büschel brauner Haare hing.

»Ein Hund«, sagte Holmes. »Bei Jupiter, ein kraushaariger Spaniel. Der arme Mortimer wird seinen Schoßhund niemals wiedersehen. Nun, ich glaube nicht, dass dieser Ort noch ein Geheimnis enthält, das wir nicht schon entdeckt haben. Er konnte zwar seinen Hund verbergen, aber er konnte sein Heulen nicht abstellen, daher dieses Heulen, das auch bei Tageslicht nicht schön anzuhören war. Für den Notfall konnte er den Hund auch in seinem Gartenhaus unterbringen, aber das war immer ein Risiko, das er erst an jenem Tag einging, den er als Erfüllung seiner Mühen ansah. Diese Paste in der Dose ist ganz klar die Leuchtfarbe, mit welcher der Hund bemalt wurde. Natürlich wurde das von der alten Familienlegende des Höllenhundes angeregt und durch die Idee, den alten Sir Charles zu Tode zu erschrecken. Kein Wunder, dass der arme Sträfling, ebenso wie unser Freund und wir es selbst wohl auch getan hätten, vor Todesangst davonlief und schrie, als er diese Kreatur durch die Dunkelheit über das Moor ihm nachjagen sah. Es war ein schlauer Plan, denn abgesehen von der Möglichkeit, sein Opfer zu Tode zu erschrecken, welcher Bauer würde es wagen, ein solches Geschöpf, falls er ihm auf dem Moor begegnen würde, näher zu untersuchen? Ich habe es Ihnen in London gesagt, Watson, und sage es wieder, niemals haben wir einen gefährlicheren Mann verfolgt als jenen, der irgendwo hier unten liegt ...«

Er zeigte mit seinen langen Armen auf die unendliche Fläche des grün-gesprenkelten Moores, das sich vor uns bis zu den weit in der Ferne liegenden roten Hängen der Hügel erstreckte.

15. Ein Rückblick

Es war Ende November und Holmes und ich saßen an einem rauen und nebligen Abend vor einem lodernden Kaminfeuer in unserem Wohnzimmer in der Baker Street. Seit dem tragischen Ausgang unseres Besuchs in Devonshire war er mit zwei Fällen höchster Bedeutung beschäftigt gewesen; im ersten hatte er das abscheuliche Betragen von Colonel Upwood in Verbindung mit dem berühmten Spielkartenskandal des Nonpareil-Clubs enthüllt, im zweiten hatte er die unglückliche Madame Montpensier vor der Mordanklage gerettet, die ihr in Zusammenhang mit dem Tod ihrer Stieftochter, Mademoiselle Carere, drohte, jener jungen Dame, die, wie sich jeder erinnert, sechs Monate später wohlauf und verheiratet in New York aufgefunden wurde. Mein Freund war so guter Laune auf Grund des Erfolges in dieser Reihe so schwieriger und wichtiger Fälle, dass es mir möglich war, ihn dazu zu bringen, mit mir über Einzelheiten des Baskerville-Falls zu reden. Geduldig hatte ich auf diese Gelegenheit gewartet, denn ich wusste, dass er es niemals zuließ, dass sich Fälle überlappten und sein klarer und logischer Geist von seiner gegenwärtigen Arbeit abgelenkt würde, um sich vergangener Fälle zu erinnern. Gerade befanden Sir Henry und Dr. Mortimer sich in London, um zu der langen Reise aufzubrechen, die zur Wiederherstellung von Sir Henrys angegriffenen Nerven geplant war. Sie hatten uns am selben Nachmittag aufgesucht, so dass es nur natürlich war, über das Thema erneut zu debattieren.

»Der ganze Ablauf der Ereignisse, vom Standpunkt des Mannes aus betrachtet, der sich Stapleton nannte, war einfach und geradlinig, obwohl uns, die wir anfangs das Motiv seiner Handlungen nicht kannten und die Fakten nur Stück für Stück erfuhren, alles äußerst verwickelt schien. Ich hatte den Vorteil zweier Unterhaltungen mit Mrs. Stapleton, und der ganze Fall ist nunmehr so vollständig aufgeklärt, dass ich mir keines Umstands bewusst bin, der für uns ein Rätsel geblieben ist. Sie werden ein paar Notizen zu dem Fall unter dem Buchstaben B in meinen Unterlagen finden.«

»Vielleicht möchten Sie mir freundlicherweise einen Überblick über die Ereignisse aus dem Gedächtnis geben.«

»Sicher, doch ich kann nicht garantieren, dass ich alle Tatsachen im Kopf habe. Intensive geistige Konzentration führt seltsamerweise dazu, dass Vergangenes aus dem Gedächtnis gelöscht wird. Ein Anwalt, der alle Fakten eines bestimmten Falles im Kopf hat und mit Sachverständigen darüber diskutieren kann, wird feststellen, dass er nach einer oder zwei Wochen Verhandlungen über einen anderen

Fall den vorigen wieder vergessen hat. So ersetzt auch jeder meiner Fälle vollständig den vorhergehenden, und Mademoiselle Carere hat meine Erinnerung an Baskerville Hall getrübt. Morgen kann ein anderes Problem meine Aufmerksamkeit fesseln und seinerseits die hübsche französische Dame und den widerwärtigen Upwood verdrängen. Doch was den Fall jenes Hundes anbelangt, so will ich Ihnen die Ereignisse so gut ich kann schildern, und Sie werden einspringen, wenn ich etwas vergessen habe. – Meine Untersuchungen ergaben zweifelsfrei, dass das Familienporträt nicht getäuscht hat und dieser Kerl wirklich ein Baskerville war. Es handelte sich um einen Sohn von Rodger Baskerville, dem jüngeren Bruder von Sir Charles, der einen schlechten Ruf hatte und sich nach Südamerika absetzte, wo er unverheiratet gestorben sein soll. Tatsächlich hatte er jedoch geheiratet und einen Sohn, unseren Mann, dessen wirklicher Name genau wie der seines Vaters lautete. Er heiratete Beryl Garcia, eine der Schönheiten von Costa Rica, und nachdem er eine beträchtliche Summe öffentlicher Gelder veruntreut hatte, änderte er seinen Namen in Vandeleur und floh nach England, wo er im Osten von Yorkshire eine Schule gründete. Der Grund für diese besondere Berufswahl lag darin, dass er auf der Heimreise die Bekanntschaft eines schwindsüchtigen Lehrers gemacht und die Fähigkeiten dieses Mannes dazu genutzt hatte, um sein Unternehmen zum Erfolg zu führen. Fraser, der Lehrer, starb jedoch bald, und die Schule, die anfangs gut lief, sank tiefer und tiefer, so dass die Vandeleurs es angebracht fanden, ihren Namen in Stapleton zu ändern. Dann brachte er die Reste seines Vermögens, seine Zukunftspläne und sein Interesse an Insektenkunde in den Süden von England. Im Britischen Museum habe ich erfahren, dass er eine anerkannte Autorität auf diesem Gebiet war und der Name Vandeleur für immer mit einem Falter verbunden bleiben wird, den er während seiner Zeit in Yorkshire als erster beschrieben hat.

Nun kommen wir zu jenem Teil seines Lebens, der für uns von Interesse ist. Offenbar hatte der Bursche Nachforschungen angestellt und herausgefunden, dass zwischen ihm und einem beträchtlichen Erbe nur zwei Leben standen. Ich vermute, dass seine Pläne nicht sonderlich ausgefeilt waren, als er nach Devonshire zog, doch dass er von Anfang an Böses vorhatte, ist aus dem Umstand zu ersehen, dass er seine Frau als seine Schwester ausgab. Die Idee, sie als Köder zu benutzen, stand ihm schon klar vor Augen, auch wenn er sich über die Einzelheiten seines Vorhabens noch nicht sicher gewesen sein mag. Am Ende wollte er jedenfalls Baskerville Hall erben und war bereit, alles dafür zu tun und jedes Risiko einzugehen. Sein erster Schritt war, sich dem Haus seiner Vorfahren so nahe wie möglich niederzulassen, der zweite, sich mit den Nachbarn und mit Sir Charles anzufreunden.

Der Baronet selbst erzählte ihm von dem Familiengespenst und bereitete so seine eigene Todesart vor. Stapleton, wie ich ihn weiterhin nennen möchte, wusste von dem schwachen Herzen des alten Mannes und dass ein Schock ihn töten könnte. So viel hatte er von Dr. Mortimer erfahren. Außerdem hörte er, dass Sir Charles abergläubisch sei und diese Legende sehr ernst nehme. Sein erfinderisches Hirn entwickelte umgehend eine Idee, wie der Baronet getötet werden und es doch kaum möglich sein könnte, dem wahren Mörder die Schuld nachzuweisen.

Nachdem ihm also diese Idee gekommen war, führte er sie mit beträchtlicher Raffinesse aus. Ein gewöhnlicher Verbrecher hätte sich mit einem wilden Hund begnügt. Dass er mit künstlichen Mitteln ein diabolisches Geschöpf aus ihm machte, war einer von Stapletons Geniestreichen. Den Hund kaufte er in London bei Ross und Mangles, der Tierhandlung in der Fulham Road. Es war der stärkste und wildeste, den sie hatten. Er brachte ihn mit der Nord-Devon-Linie hinunter und lief eine große Strecke über das Moor, um ihn ohne Aufsehen zu sich zu bringen. Wie man in das Grimpener Moor gelangte, hatte er schon bei seinen Streifzügen in Erfahrung gebracht, und so hatte er auch ein sicheres Versteck für den Hund gefunden. Dort kettete er ihn an und wartete auf eine Gelegenheit. Doch das dauerte eine Weile. Der alte Herr war nachts nicht aus seinem Haus zu locken. Mehrmals lauerte ihm Stapleton mit dem Hund erfolglos auf. Während dieser fruchtlosen Ausflüge wurde er, oder besser gesagt, sein Verbündeter von Bauern gesehen, so dass die Legende des Höllenhundes neue Nahrung bekam. Er hatte gehofft, dass seine Frau Sir Charles in den Untergang locken könnte, doch hier erwies sie sich als ausgesprochen eigenwillig. Sie war nicht bereit, Sir Charles zu einer sentimentalen Bindung zu verführen, die ihn seinem Feind ausliefern würde. Drohungen und, ich bedaure das sagen zu müssen, selbst Schläge konnten sie nicht umstimmen. Sie wollte damit nichts zu tun haben, und ausnahmsweise befand sich Stapleton in einer Sackgasse.

Jedoch fand er durch Zufall einen Weg aus seinen Schwierigkeiten. Sir Charles, der sich mit ihm angefreundet hatte, übertrug ihm die Verantwortung für die Hilfe im Fall jener unglücklichen Mrs. Laura Lyons. Indem er sich ihr gegenüber als unverheiratet ausgab, gewann er vollständigen Einfluss auf sie und ließ sie glauben, er werde sie heiraten, sobald sie die Scheidung von ihrem Mann erlangte. Sein Plan musste abrupt in die Tat umgesetzt werden, als er erfuhr, dass Sir Charles auf Anraten von Dr. Mortimer, dessen Meinung er selbst zu teilen vorgab, Baskerville Hall verlassen würde. Er musste sofort handeln, oder sein Opfer würde sich außerhalb seines Machtbereichs befinden. Daher setzte er Mrs. Lyons unter Druck, diesen Brief zu schreiben, in welchem sie den alten Mann anflehte, sich vor seiner Abreise nach London mit ihr zu treffen. Dann hielt er sie mit einer raffinierten Ausrede davon ab, die Verabredung einzuhalten, und hatte so die Gelegenheit, auf die er gewartet hatte.

Als er am Abend von Coombe Tracey zurückfuhr, hatte er Zeit genug, seinen Hund zu holen, ihn mit der teuflischen Farbe zu bemalen und das Untier zu der Pforte zu bringen, an welcher er Sir Charles vermutete. Der von seinem Herrn aufgehetzte Hund sprang über das Tor und jagte dem unglücklichen Baronet nach, der die Eibenallee hinunter floh. Es muss wirklich schrecklich gewesen sein, diese riesige schwarze Kreatur mit ihren flammenden Lefzen und glühenden Augen in diesem düsteren Tunnel hinter sich her jagen zu sehen. Am Ende der Allee brach Sir Charles aus Angst und wegen seines Herzleidens tot zusammen. Der Hund hatte sich auf dem grasbewachsenen Rand gehalten, während der Baronet den Weg entlang gerannt war, so dass außer den Spuren von Sir Charles keine anderen zu sehen waren. Wahrscheinlich hat sich die Bestie dem still daliegenden Toten genähert, um ihn zu beschnüffeln, doch da er sich nicht mehr rührte, wandte sie sich von ihm ab. Dabei hat sie wohl die Abdrücke hinterlassen, die von Dr. Mortimer entdeckt wurden. Der Hund wurde zurückgerufen und zu seinem Unterschlupf im Grimpener Moor gebracht, und ein Rätsel blieb zurück, das die Behörden verblüffte, die Landbevölkerung in Angst versetzte und schließlich den Fall zu unserer Kenntnis brachte.

So viel zum Tod von Sir Charles Baskerville. Sie nehmen die teuflische Gerissenheit wahr, denn es ist wirklich so gut wie unmöglich, dem wahren Mörder daraus einen Strick zu drehen. Der einzige Komplize, den er hatte, konnte niemals gegen ihn aussagen, und die groteske und unglaubliche Art des Plans machte ihn nur um so wirksamer. Beide der in den Fall verwickelten Frauen, Mrs. Stapleton und Mrs. Lyons, hatten einen starken Verdacht gegen Stapleton. Mrs. Stapleton wusste von seinen Absichten gegen den alten Mann und auch von der Existenz des Hundes. Mrs. Lyons hatte zwar von beidem keine Ahnung, aber ihr war klar, dass Sir Charles zur Zeit der nicht abgesagten Verabredung starb, die ansonsten nur Mr. Stapleton bekannt war. Doch standen beide Frauen unter seinem Einfluss und er hatte von ihnen nichts zu befürchten. Die erste Hälfte der Aufgabe war vollbracht, aber der schwierigere Teil lag noch vor ihm. Möglicherweise wusste Stapleton nichts von der Existenz eines Erben in Kanada. Auf jeden Fall hat er davon sehr bald durch seinen Freund Dr. Mortimer erfahren, und dieser hat ihm auch alle Einzelheiten über die Ankunft von Henry Baskerville erzählt. Stapletons erster Plan war, diesen jungen Fremden aus Kanada vielleicht schon in London umzubringen, bevor er überhaupt erst nach Devonshire fuhr. Seit seine Frau sich geweigert hatte, Sir Charles eine Falle zu stellen, misstraute er ihr, und deshalb wagte er es nicht, sie lange allein zu lassen aus Angst, er könne seinen Einfluss auf sie verlieren. Daher nahm er sie mit nach London. Ich habe herausgefunden, dass sie im Mexborough Private Hotel in der Craven Street wohnten, eines der Hotels, die Cartwright auf der Suche nach der Seite der ›Times‹ durchforstete. Er schloss seine Frau in ihr Zimmer ein, während er, mit einem Bart verkleidet, Dr. Mortimer in die Baker Street folgte und später zum Bahnhof und ins Northumberland Hotel. Zwar hatte seine Frau eine Ahnung von seinen Plänen, doch fürchtete sie ihren Mann so sehr – diese Furcht war wegen seiner brutalen Misshandlungen wohl begründet –, dass sie es nicht wagte, Sir Henry vor den Gefahren, von denen sie wusste, zu warnen. Sie wäre ihres eigenen Lebens nicht mehr sicher gewesen, sollte dieser Brief Stapleton in die Hände fallen. So verfiel sie auf die Idee, die Wörter, wie wir wissen, aus der Zeitung auszuschneiden und die Adresse mit verstellter Schrift zu schreiben. Der Brief erreichte den Baronet und war die erste Warnung vor der Gefahr, die ihn erwartete.

Es war natürlich wesentlich für Stapleton, einen persönlichen Gegenstand von Sir Henry zu ergattern, um den

Hund, sofern er ihn benutzen wollte, auf dessen Fährte setzen zu können. Mit für ihn charakteristischer Promptheit und Kühnheit setzte er dies in die Tat um, und wir können davon ausgehen, dass er dazu den Schuhputzer des Hotels oder das Zimmermädchen bestochen hat. Zufällig war jedoch der erste Schuh, den er erhielt, ein noch ungetragener und daher für seine Zwecke wertloser. Daher ließ er ihn zurückbringen und einen anderen entwenden – ein sehr lehrreicher Zwischenfall, denn er bewies meinem Verstand einwandfrei, dass wir es mit einem richtigen Hund zu tun hatten, denn es konnte keine andere Erklärung dafür geben, dass ein alter und kein ungetragener Schuh benötigt wurde. Je ungewöhnlicher und grotesker ein Vorfall ist, um so sorgfältiger muss er analysiert werden, und gerade der Punkt, der einen Fall scheinbar kompliziert werden lässt, ist, wenn er genau und wissenschaftlich untersucht wird, meist derjenige, der den Fall aufklärt.

Am nächsten Morgen besuchten uns unsere Freunde, beschattet von Stapleton in der Droschke. So erhielt er Kenntnis von unserer Wohnung und meiner Person. Seinem ganzen Verhalten nach zu urteilen, neige ich zu der Ansicht, dass Stapletons Karriere als Verbrecher sich nicht auf die Baskerville Affäre beschränkt. Es fällt auf, dass während der letzten drei Jahre vier erwähnenswerte Einbrüche im Westen getätigt wurden, bei welchen niemals ein Schuldiger verhaftet wurde. Der letzte davon, in Folkestone Court im Mai, ist durch die Kaltblütigkeit aufgefallen, mit welcher der junge Diener, der den maskierten, allein arbeitenden Einbrecher überrascht hat, erschossen wurde. Ich habe keinerlei Zweifel, dass Stapleton auf diese Weise seine schwindenden finanziellen Mittel aufstockte und schon seit vielen Jahren ein gefährlicher und zu allem fähiger Mann ist.

Ein Beispiel für seine Geistesgegenwart hat er uns an jenem Morgen geliefert, als er uns so erfolgreich entkommen ist und die Kühnheit besaß, mir meinen eigenen Namen durch den Kutscher zu senden. Von jenem Augenblick an war ihm klar, dass ich den Fall in London übernommen hatte und es daher für ihn dort keine Gelegenheit zu handeln gab. Daher kehrte er nach Dartmoor zurück, um auf die Ankunft des Baronets zu warten.«

»Einen Moment«, unterbrach ich ihn. »Sie haben zweifellos die Reihenfolge der Ereignisse richtig beschrieben, aber einen Punkt haben Sie nicht erklärt. Was wurde aus dem Hund, während sein Herr in London weilte?«

»Dieser Frage habe ich einige Aufmerksamkeit gewidmet und sie ist ohne Zweifel von Bedeutung. Es steht außer Frage, dass Stapleton einen Vertrauten hatte, obwohl es nicht wahrscheinlich ist, dass er ihn je vollständig in seine Pläne eingeweiht hat. Es gab in Merripit House einen alten Diener namens Anthony. Seine Verbindung zu den Stapletons kann mehrere Jahre lang zurückverfolgt werden bis zu den Tagen, als er Schulleiter war, so dass dieser gewusst haben muss, dass die beiden in Wirklichkeit Mann und Frau waren. Dieser Mann ist verschwunden und hat wohl das Land verlassen. Anthony ist in England kein sehr verbreiteter Name, wohingegen Antonio in spanischen und spanisch-amerikanischen Ländern sehr geläufig ist. Wie Mrs. Stapleton sprach auch dieser Mann gut englisch, wenn auch mit einem seltsam lispelnden Akzent. Ich habe ihn selbst beobachtet, wie er den von Stapleton markierten Weg durch das Grimpener Moor gegangen ist. Daher ist es wahrscheinlich, dass er sich in Stapletons Abwesenheit um den Hund gekümmert hat, auch wenn er womöglich nicht gewusst hat, zu welchem Zweck das Tier gebraucht wurde.

Die Stapletons fuhren also zurück nach Devonshire, wohin ihnen Sir Henry und Sie bald folgten. Ein Wort dazu, wie mein Wissensstand zu diesem Zeitpunkt war. Vielleicht erinnern Sie sich daran, dass ich den Brief mit den aufgeklebten Wörter sehr genau nach einem Wasserzeichen untersuchte. Als ich das tat, hielt ich ihn dicht vor meine Augen, wobei mir ein leichter Parfümgeruch auffiel, der mir als ›Weißer Jasmin‹ bekannt ist. Es gibt fünfundsiebzig Parfümarten, die ein Verbrechensexperte zu unterscheiden in der Lage sein sollte, und es gibt genug Fälle, deren Aufklärung davon abhing, dass sie sofort erkannt wurden. Der Geruch ließ auf die Gegenwart einer Dame schließen und schon begann ich an die Stapletons zu denken. So wusste ich also von der Existenz des Hundes und ahnte schon, wer der Verbrecher war, bevor wir überhaupt einen Fuß nach Devonshire gesetzt hatten.

Meine Aufgabe war es nun, Stapleton zu beobachten. Es lag auf der Hand, dass ich dies nicht tun konnte, wenn ich mit Sir Henry und Ihnen zusammen war, denn er würde natürlich auf der Hut sein. Daher täuschte ich alle, Sie eingeschlossen, über meine Absichten und fuhr heimlich dorthin, während mich jeder in London vermutete. Mein Ungemach war längst nicht so groß, wie Sie sich vorgestellt haben, doch dürfen solche trivialen Details ohnehin niemals die Untersuchung eines Falls beeinflussen. Die meiste Zeit über blieb ich in Coombe Tracey und nutzte die Hütte im Moor nur, wenn es angebracht war, dem Geschehen nahe zu sein. Cartwright war mit mir gekommen und in seiner Verkleidung als Junge vom Land eine große Hilfe, da ich, was Essen und saubere Wäsche betraf, von ihm abhängig war. Während ich Stapleton beobachtete, folgte Cartwright häufig Ihnen, so dass ich in der Lage war, alle Fäden in Händen zu halten.

Wie ich Ihnen schon sagte, erreichten mich Ihre Berichte rasch, indem sie umgehend aus der Baker Street nach Coombe Tracey weitergeleitet wurden. Sie leisteten mir große Dienste, vor allem jenes zufällig wahre Stück aus Stapletons Biografie. So konnte ich die tatsächliche Identität der beiden feststellen und wusste daher genau, woran ich war. Der Fall wurde allerdings beträchtlich erschwert durch den entflohenen Sträfling und die Verbindung zwischen ihm und den Barrymores, aber das haben Sie ja auch auf sehr effiziente Weise aufgeklärt, auch wenn ich durch meine eigenen Beobachtungen schon zu demselben Schluss gekommen war.

Zu dem Zeitpunkt, da Sie mich im Moor entdeckten, hatte ich umfassende Kenntnis der Zusammenhänge, aber noch keinen Fall, den ich der Gerichtsbarkeit übergeben konnte. Nicht einmal Stapletons Angriff auf Sir Henry in jener Nacht, der mit dem Tod des unglücklichen Sträflings endete, konnte uns den Beweis eines Mordes liefern. Es gab anscheinend keine Alternative, als ihn auf frischer Tat zu ertappen, und dazu mussten wir Sir Henry benutzen, allein und scheinbar ungeschützt, als Lockvogel. Das taten wir mit dem Risiko, unserem Kunden einen schweren Schock zu verursachen, doch konnten wir unseren Fall erfolgreich abschließen und Stapleton seinem Untergang zuführen. Dass Sir Henry dieser Situation ausgesetzt wurde, ist, das muss ich zugeben, ein Vorwurf gegen die Art, wie ich den Fall gehandhabt habe, aber wir konnten wirklich nicht vorhersehen, welch schreckliches und lähmendes Schauspiel der Hund uns gab, noch konnten wir den Nebel vorhersehen, der es ihm gestattete, erst so spät vor unseren Augen aufzutauchen.

Doch erreichten wir unser Ziel zu einem Preis, den mir sowohl der Spezialist als auch Dr. Mortimer als einen vorübergehenden zusicherten. Auf ihrer langen Reise werden sich nicht nur die Nerven unseres Freundes erholen, sondern er wird auch von den seelischen Wunden genesen. Seine Liebe zu Mrs. Stapleton war tief und aufrichtig, und für ihn war der traurigste Teil dieser ganzen dunklen Affäre, dass er von ihr getäuscht wurde. Bleibt nur noch der Anteil zu klären, den sie an der ganzen Sache hatte. Es kann keinen Zweifel geben, dass Stapleton großen Einfluss auf sie ausübte, mag es Angst, Liebe oder sehr wahrscheinlich beides gewesen sein, da das zwei miteinander nicht unvereinbare Gefühle sind. Jedenfalls war es letzten Endes wirkungsvoll.

Auf seine Anordnung hin gab sie sich als seine Schwester aus, doch erreichte er die Grenzen seiner Macht über sie, als sie ihm direkte Hilfe bei seinen Morden leisten sollte. Sie war bereit dazu, Sir Henry zu warnen, sofern sie das tun konnte, ohne ihren Ehemann zu belasten, was sie mehrfach versuchte. Stapleton selbst war zu Eifersucht fähig, und als er sah, wie der Baronet seiner Frau den Hof machte – obwohl das Teil seines Plans war –, ging er mit einem leidenschaftlichen Gefühlsausbruch dazwischen, wodurch er sein hitziges Gemüt offenbarte, welches sonst sein selbstbeherrschtes Auftreten so geschickt verbarg. Indem er diese Vertrautheit noch ermutigte, stellte er sicher, dass Sir Henry oft nach Merripit House käme und sich ihm so früher oder später die gewünschte Gelegenheit böte. Am Tag der Entscheidung jedoch stellte sich seine Frau plötzlich gegen ihn. Sie hatte vom Tod des Sträflings erfahren und wusste, dass der Hund an jenem Abend, als Sir Henry zum Essen kam, im Gartenhaus versteckt war. Als sie ihren Mann mit dem beabsichtigten Verbrechen konfrontierte, kam es zu einer heftigen Auseinandersetzung, in deren Verlauf er sie zum ersten Mal wissen ließ, dass sie eine Rivalin hatte. Sofort kehrte sich ihre Treue in erbitterten Hass, und er erkannte, dass sie ihn verraten würde. Daher fesselte er sie, damit sie keine Gelegenheit bekäme, Sir Henry zu warnen, und bestimmt hoffte er, dass, wenn die ganze Grafschaft den Tod des Baronets wie zu erwarten auf den Familienfluch schieben würde, er seine Frau wieder dazu bringen könne, eine vollendete Tatsache zu akzeptieren und Stillschweigen zu bewahren. Hier hatte er sich meiner Ansicht nach verrechnet, und auch ohne unser Zutun wäre sein Schicksal besiegelt gewesen. Eine Frau von spanischem Blut verzeiht solches Unrecht nicht so leicht. Und jetzt, mein lieber Watson, kann ich Ihnen kein detaillierteres Bild dieses seltsamen Falles geben, ohne in meinen Aufzeichnungen nachzulesen. Mir fällt nichts Wesentliches ein, das unerklärt geblieben ist.«

»Er konnte nicht darauf bauen, Sir Henry mit seinem Geisterhund ebenso zu Tode zu erschrecken, wie es ihm bei dem alten Onkel gelungen ist.«

»Die Bestie war wild und halb verhungert. Wenn ihre Erscheinung ihr Opfer nicht schon zu Tode erschreckt hätte, so hätte sie wenigstens den Widerstand gelähmt.«

»Kein Zweifel. Doch eine Schwierigkeit bleibt. Wenn Stapleton die Nachfolge angetreten hätte, wie hätte er den Umstand erklärt, dass er, der Erbe, unter falschem Namen so nahe am Sitz seiner Familie lebte? Wie hätte er seinen Anspruch geltend gemacht, ohne einen Verdacht und Untersuchungen auszulösen?«

»Das ist ein außerordentliches Problem, aber ich fürchte, dass Sie mich zu viel fragen, wenn Sie von mir erwarten, es zu lösen. Die Vergangenheit und die Gegenwart sind Gegenstand meiner Nachforschungen, aber was ein Mann in der Zukunft tun könnte, ist eine kaum zu beantwortende Frage. Mrs. Stapleton hat ihren Gatten dieses Problem zu verschiedenen Gelegenheiten diskutieren hören. Dabei ergaben sich drei mögliche Wege: Er hätte sein Recht von Südamerika einfordern, seine Identität den britischen Behörden vor Ort beweisen und so das Vermögen erlangen können, ohne überhaupt nach England zu kommen. Oder er hätte sich für die kurze Zeit, die er sich in London hätte aufhalten müssen, eine ausgefeilte Verkleidung zulegen können; oder aber er hätte einen Komplizen mit den Beweisen und Dokumenten versehen, diesen als Erben ausgegeben und dann von ihm seinen Anteil eingefordert. Nach allem, was wir über ihn wissen, gibt es keinen Zweifel, dass er einen Weg gefunden hätte, diese Schwierigkeit zu umgehen. Und jetzt, mein lieber Watson, hatten wir einige Wochen harter Arbeit, und so könnten wir einen Abend lang unsere Gedanken in eine angenehmere Richtung lenken. Ich habe eine Loge für ›Die Hugenotten‹. Haben Sie schon die ›De Reszkes‹ gehört? Dürfte ich Sie dann bitten, in einer halben Stunde ausgehfertig zu sein, dann könnten wir noch bei Marcini's vorbeigehen, um ein kleines Abendessen einzunehmen.«